가르침과 배움

Lessons of the Masters

조지 스타이너 지음 ㅣ 고정아 옮김

서커스

차례

레베카와 미리엄에게,
언젠가 읽을 수 있는 때가 되면

감사의 말

2001~02년에 나를 초빙해서 찰스 엘리엇 노턴 강의를 열어준 하버드 대학에 깊이 감사한다.

내가 그곳 영문학과에서 받은 대접은 더없이 따뜻했고, 미국 흑인학 프로그램을 이끄는 석학들의 활기찬 지원도 마찬가지였다.

시인 겸 비평가인 윌리엄 로건은 미국지학美國誌學에 귀중한 도움을 주었다.

보스턴 대학 교수인 내 아들 데이비드 스타이너와 그 아내 이블린 엔더 박사(내 제자였던)가 가까이 있던 것이 내게 얼마나 큰 도움이 되었는지 두 사람은 알 것이다.

내가 가르치고 연구한 오랜 세월 동안 내 아내 자라 스타이너 박사는 모범적인 동반자였다.

영국 케임브리지
2002년 10월
조지 스타이너

50년 동안 여러 나라의 다양한 고등 교육 기관에서 가르치는 동안, 나는 이 '직업profession'의 정당성이랄까 근원적인 진실이 점점 더 아리송해졌다. 내가 직업에 따옴표를 친 것은 그것이 종교적, 이념적 조상들과 복잡한 관계를 갖고 있다는 걸 보여주기 위해서다. '선생professor'이라는 직업은 그 자체로 상당히 불투명한 용어로, 현실적 생계 수단부터 고고한 천직까지 수많은 뉘앙스를 담고 있다. 거기에는 단조롭고 지루한 수업 진행자에서부터 카리스마 넘치는 스승까지 온갖 유형이 존재한다. 우리는 헤아릴 수 없이 다양한 형태의 교육―초등, 기술, 과학, 인문, 도덕, 철학 등―에 둘러싸여 살기 때문에, 전달의 놀라움, 기만의 수단, 그 일의 (정확한 정의가 없어서 내가 임시로 부르는 말인) '수수께끼'에 대해 생각해보는 일이 드물다. 무엇이 한 사람이 다른 사람을 가르치게 하는가? 그 권위의 원천은 무엇인가? 또 가르침을 받는 사람들의 반응은 어떻게 나뉘는가? 성 아우구스티누스를 괴롭혔던 질문은 오늘날의 자유

시상주의적 분위기에서 아주 생경해졌나.

　단순화시켜서 말하면, 관계에는 세 가지 주요 유형 또는 구조가 있다. 많은 스승이 제자를 심리적으로 또 (좀 더 드물지만) 육체적으로 파괴했다. 그들은 제자의 용기를 꺾고, 희망을 짓밟고, 그들의 신뢰와 개성을 착취했다. 영혼의 세계에도 뱀파이어가 있다. 그와 반대로 역시 많은 제자, 생도, 수련생이 스승을 전복하고 배신하고 파멸시켰다. 이 드라마에도 정신적, 육체적 속성이 모두 있다. 승리를 거두고 학장이 된 바그너는 죽음을 앞둔 지난날의 '스승magister' 파우스트를 능멸한다. 세 번째 부류는 교환, 상호 신뢰와 사랑이 이루는 에로스가 특징을 이룬다(최후의 만찬에서 '예수가 사랑한 제자'를 생각해보라). 스승은 소통과 삼투의 과정을 통해 제자를 가르치면서 제자에게서 배운다. 강렬한 대화는 최고의 우정을 생성한다. 거기에는 명석함도 사랑의 비합리성도 다 개입한다. 알키비아데스와 소크라테스, 엘로이즈와 아벨라르, 아렌트와 하이데거의 경우를 생각해보라. 제자들 중에는 스승을 능가하는 것은 불가능하다고 생각한 이들이 있다.

　이런 관계의 모델들 각각, 그리고 그 사이의 다양한 혼종과 미묘한 차이가 종교, 철학, 문학, 사회, 과학 각 분야에서 다양한 사례를 낳았다. 이 소재 전체를 포괄적으로 살피는 것은 불가능하다. 규모가 너무 방대하기 때문이다. 나는 이 책에서 그

중의 극히 일부만을 소개하려고 한다. 그 듬성듬성함은 거의 부조리할 지경이다.

역사적 상황과 통시적 상황 모두에 뿌리를 둔 질문들이 제기될 것이다. 시간축은 교차하고 재교차한다. '전달tradendere'의 의미는 무엇이고, 누가 누구에게 전달하는 것이 옳은가? '전해진 것tradito'과 '지금 전해지는 것(그리스어로 paradidomena)'의 관계는 분명하지 않다. '반역treason'과 '번역traduction'의 의미가 '전승tradition'과 완전히 분리되지 않는 것도 우연이 아닐 것이다. 반대로 이런 의미와 의도의 흔들림은 (그 자체로 도전적인) '번역translatio'에서 강력하게 작동한다. 가르치는 일이란 어떤 근본적인 의미로 볼 때 일종의 번역 행위, 그러니까 발터 벤야민이 충실성과 전달성의 미덕이 행간에 있다고 말할 때의 그런 행간 행위인가? 앞으로 보겠지만 이에 대해서는 많은 대답이 제시되어 있다.

진정한 가르침은 초월적, 더 정확하게는 신적인 드러냄 — 하이데거가 존재의 속성이라 말하는 진실을 펼치고 접는 행위aletheia — 을 '모방imitatio'하는 것이라 여겨졌다. 세속의 학문은 초급, 고급을 막론하고 신성하고 경전적인 교본과 원형의 모방이고, 그런 교본은 철학적, 신화적 낭독으로 구전되는 것이다. 교사는 듣고 전하는 사람, 촉발되고 훈련된 감수성으로, 계시된 로고스 ─ "태초의 말씀" ─ 를 파악하게 된 사람, 그 이상도 그 이하도 아니다. 토라 교사, 코란 해설가, 신약 주석가의 유효한 모델은 본질적으로 그것이다. 이런 패러다임은 유추를 통해서 —유추에는 얼마나 많은 혼란이 따르는가— 세속 지식 '사피엔티아(sapientia, 지혜)' 또는 '비센샤프트(Wissenschaft, 학문)'의 전달과 성문화成文化로 확대된다. 신성한 문서와 외경의 스승들에게서도 이미 나중에 세속 영역으로 옮겨가는 이상과 현실이 발견된다. 그래서 성 아우구스티누스, 랍비 아키바, 토마스 아퀴나스가 교육의 모든 역사에 등장하는 것이다.

반대로 진정한 가르침과 교육적 권위는 오직 모범적 예시에서 온다는 주장도 있다. 교사는 물질에 대한 자신의 이해, 화학 실험 수행 능력(실험실에는 '시범 조교'가 있다), 칠판에 방정식을 푸는 능력, 화실에서 석고 모형이나 누드모델을 정확하게 그리는 솜씨를 보여준다. 모범적 가르침은 실행으로 이루어지고 때로는 말도 필요 없다. 아마 그래야 할 것이다. 피아노 건반 위에서는 교사의 손이 학생의 손을 이끈다. 유효한 가르침은 지시적이다. 그것은 겉으로 보여준다. 비트겐슈타인이 흥미로워한 이 '지시성'은 어원에 박혀 있다. 라틴어 '말하다dicere'는 원래 '보여준다'는 뜻이었고 나중에야 '말로 알려준다'는 뜻이 생겼다. 중세 영어 'token'과 'techen'에는 '보여주는 것'이라는 의미가 함축되어 있다. (교사는 결국 쇼맨인가?) 독일어의 '가리키다deuten'는 '의미하다bedeuten'와 불가분이다. 이런 인접성 때문에 비트겐슈타인은 철학에서 텍스트를 통한 진정한 가르침은 불가능하다고 본다. 도덕성에서는 스승의 실제 인생만이 시범적 증거가 된다. 소크라테스와 성인들은 존재 자체로 가르쳤다.

　두 가지 유형 모두 이상화된 것일 수 있다. 푸코의 관점은 단순하지만 타당하다. 가르치는 일은 공개적이건 비공개적이건, 권력 관계의 행사로 볼 수 있다는 것이다. 스승은 정신적, 사회적, 물리적 권력을 갖고 있다. 그는 포상과 처벌, 배척과 지원의 권한이 있다. 그의 권위는 제도에서도 오고, 개인적 카리스마에서도 오고, 양쪽 모두에서도 온다. 그것은 약속 또는 협박으로 유지된다. 교육 제도가 정의하고 전달하는 지식은 그 자체로 권력의 형태다. 그 점에서 급진적 교육 방식들조차 보수적이며, 안정이라는 이념적 가치를 품고 있다('테뉴어tenure'는 프랑스어로 '스타빌리자시옹stabilisation'이다). 오늘날 '반문화'와 뉴에이지 이론은 그 조상인 원시 종교와 목가적 무정부주의가 책을 배격하듯이, 형식적 지식과 과학 연구를 착취 및 계급 지배의 수단이라 낙인찍는다. 누가, 누구에게, 무엇을, 어떤 정치적 목적으로 가르치는가? 나중에 보겠지만, 외젠 이오네스코의 『수업La Leçon』은 이런 스승직mastery의 책략, 야수적 권력인 가르침이 에로틱한 히스테리 수준에까지 오른 일을 풍자한 것이다.

가르치지 않는 일, 전달의 거부는 사실상 검토에서 배제된다. 때로 스승은 자신의 메시지, 유산을 받을 만한 제자를 찾지 못한다. 모세는 첫 번째 석판, 그러니까 신이 직접 글을 새긴 석판을 깬다. 니체는 인정 욕구가 타오를 때 자신에게 적절한 제자가 없는 것을 한탄한다. 이 모티프가 차라투스트라의 비극을 이룬다.

때로는 '독사doxa'—가르치는 원리와 자료—가 너무 위험해서 전달할 수 없다고 판단하는 경우도 있다. 그런 것은 오랫동안 어떤 신성한 장소에 보관되기도 하고, 더 강력하게는 스승과 함께 죽음을 맞는다. 연금술과 카발라 전승 역사에 그런 예들이 있다. 하지만 더 흔한 경우는 입문자 중 선택된 소수만이 스승의 진정한 뜻을 전수받는 것이다. 일반 대중은 희석된 보급판 지식을 받는다. 레오 스트라우스의 플라톤 해석은 비전祕傳과 공전公傳의 이런 구별에 토대한다. 오늘날 생물 유전학이나 입자 물리학에 이 비슷한 것이 있을까? (사회적, 인간적으로) 너무 위험해서 테스트하지 못하는 가설, 발표되지 않는 발견이 있을까? 군사 기밀들은 어쩌면 더 복잡하고 비밀스러운 문제에 희극적 가면을 씌운 것일지도 모른다.

또 사고나 자기 기만으로 인한 소실消失도 있고(페르마는 자신의 정리를 풀었을까?), 역사적 행위가 그런 일을 일으키기도

한다. 얼마나 많은 구전 지혜와 지식이 (식물학과 치료 등의 분야에서) 복구 불가능하게 사라지고, 알렉산드리아에서 사라예보까지 얼마나 많은 원고와 책이 불태워졌는가? 알비파Albigensian 성서는 의심스러운 단편들만이 전한다. 우리는 어떤 '진실', 특히 인문학의 중대한 어떤 비유와 통찰들을 영원히 잃어버렸을지도 모른다(아리스토텔레스의 희극론 같은). 오늘날 우리는 판 에이크가 혼합한 몇몇 색조를 사진으로밖에 재연하지 못한다. 또 파가니니가 가르치기를 거부한 특정 삼중음 페르마타fermata도 연주하지 못한다. 또 스톤헨지와 이스터섬의 거석들은 어떤 수단으로 옮겨지거나 세워진 것일까?

가르침의 기술과 행위가 (남용된 용어지만 제대로 된 의미에서) 변증법적이라는 것은 분명하다. 스승이 제자에게서 배우고 그런 상호 관계를 통해 자신을 수정하는 일은 이상적인 교환 과정이다. 증여는 사랑처럼 상호적 행위가 된다. "내가 너일 때 나는 가장 나이다." 파울 첼란은 말했다. 스승은 가치 없고 불충한 제자와 인연을 끊는다. 반대로 제자는 자신이 스승을 넘어섰다고, 이제 스승을 퇴위시키고 자신의 목소리를 내야 한다고 느낀다(비트겐슈타인이 그렇게 명령한다). 이렇게 스승을 극복하는 일과 정신분석학이 말하는 그것의 오이디푸스적 반항의 요소는 트라우마적 슬픔을 일으키기도 한다. 단테가 『신곡』의 『연옥편』에서 베르길리우스와 작별하는 장면이나 가와바타의

『명인名人』이 그것을 보여준다. 아니면 허구―바그너가 파우스트를 이기는―와 현실 ―하이데거가 후설을 꺾는― 모두에서 복수의 달콤함을 안겨주기도 한다.

이제 나는 철학과 문학과 음악 분야에서 이런 여러 접촉의 사례들, 그 일부를 들여다보고자 한다.

가르침과 배움

01

·

영속하는 근원

* * *

가르치는 행위는 말로 행하건 모범적 예시로 행하건 상관없이 인류만큼이나 오래되었다. 아무리 고립되고 미개한 친족 집단이나 사회라고 해도 가르침과 배움, 숙련된 스승과 미숙한 제자가 없는 곳은 없다. 하지만 서구의 유산에는 특별한 원천이 있다. 우리의 학교 제도와 교육적 관행, 스승과 제자의 이미지, 학파/이론 간의 경쟁과 관련된 용례와 모티브에는 놀라울 만큼 기원전 6세기의 모습이 남아 있다. 우리의 강연과 세미나의 정신, 라이벌 구루들과 제자들의 카리스마 넘치는 주장, 가르침 자체의 많은 수사적 기술은 소크라테스 전대前代 사람들에게도 낯설지 않을 것이다. 이 수천 년 동안의 전승이 우리의 주요한 유산이자 이른바 서구 문화라고 하는 것의 축이 되었다.

하지만 문제는 우리가 엠페도클레스, 헤라클레이토스, 피타고라스, 파르메니데스 같은 사람들에 대해 너무 많이 알면서 또 너무 모른다는 것이다. 그들의 알려진 인생은 끊임없이 철학적, 시적 감수성을 매혹했다. 그것은 서구 지성사에서 우주론, 형이상학, 논리학뿐 아니라, 미술, 시, 그리고 피타고라스의 경우 음악 이론도 북돋았다. 하지만 그들의 실제 가르침은 아주 일부만 전하거나 아니면 플라톤, 아리스토텔레스, 또는 비잔틴 학자나 교부들의 비판적인 인용—그 자체로 부정확하고 편의적인—을 통해 왜곡되어져 전해질 뿐이다. 전설의 안개가 (때로는 이것이 이상하게 빛을 발하기도 하지만) 소크라테스 전대의 시칠리아, 소아시아의 철학적-과학적 가르침과 체계를 뿌옇게 감싸고 있다. '철학적-과학적'이라는 말조차 의문스럽다. 소크라테스 전대에는 두 가지를 구분하지 않았다. 우화, 밀교, 샤머니즘의 마술적 요소가 심원한 추상적 명제들과 불가분하게 뒤얽혀 있었다(파르메니데스의 '공허론', 헤라클레이토스의 변증론). 헤겔의 표현이 인상적이다. 그는 철학사는 —그 자체가 철학인데— 헤라클레이토스에 이르러서야 비로소 뭍에 오른다고 했다. 하지만 고대인들에게 음침하고 불가해한 아포리스트로 여겨진 헤라클레이토스는 종적이 희미한 그의 선구자들만큼이나 파악이 쉽지 않다.

우리는 여기서 바로 우리의 주요 주제 중 하나인 구술성oral-ity의 문제에 부딪힌다. 문자 이전에도, 문자 시대에도, 또 문자에 저항하는 사람들에게도 구어는 가르치는 일의 핵심이었다. 스승은 제자에게 '말씀한다'. 플라톤에서 비트겐슈타인까지 진실한 삶의 이상은 구술, 대면 전달과 반응으로 이루어진다. 많은 교사와 사상가가 자신의 가르침을 소리 없는 글로 고정시켜 놓으면 곡해와 불충을 피할 수 없다고 본다.

아낙시만드로스는 하이데거에게 강력한 영향을 미쳤다. 하지만 이미 고대 그리스에서도 아낙시만드로스, 아낙사고라스, 크세노파네스, 키오스의 이온 같은 최초의 스승들은 (그들 중에는 주유 철학자도 많았다) 일종의 수수께끼였다. 그들이 누구를 어떻게 가르쳤는가? 아낙사고라스 '학파'라는 옛날의 언급은 정확히 무엇을 의미했는가? 전설과 추론은 흔히 '오르피즘'을 가리킨다. 그것은 오르페우스 신화, 시원의 철학과 우주론에서 비롯된 가르침과 의례를 말한다. 오르피즘의 개념과 전승에 대해서는 밝혀진 게 거의 없다. 중요한 것은 철학적 가르침이라는 한 줄기와 음유 시인의 기예라는 다른 한 줄기가 밀접한 관계를 이루었다는 것이다. 이런 기예는 구술적이고 당연히 시적이다. 음유 시인이나 샤먼적 시인-가수의 음송, 시의 형태로 제시되는 스승들의 논문(엠페도클레스, 파르메니데스뿐 아니라 플라톤의 신화도 포함된다), 명인과 제자들의 전수 공동체는 지금은 되살릴 수 없지만 중차대했던 혼합물을 생성했다. 그 힘은 그것이 현대 생활에 남긴 흔적을 통해서 알 수 있다.

우리가 아는 엠페도클레스와 피타고라스의 가르침과 인생 서사는 스승과 제자의 관계를 둘러싼 다양한 주제가 기원하는 곳이다. 기원전 5세기 말에 이르면, 피타고라스의 명성과 활동은 널리 퍼져 있었다. 박학다식했다고 알려진 피타고라스는(헤라클레이토스는 이 박식가를 '사기꾼'이라고 비난한다) 우주학, 수학, 음악의 이해뿐 아니라 무엇보다 금욕주의자의 일상적 삶에 강력한 영향을 미쳤다. 그의 크로토나의 가르침은 대단한 매력을 발휘한 것이 분명하다. 소크라테스 전대 학자들에 대한 연구에서, 회의적인 조너선 반스도 피타고라스 계열의 '프리메이슨'이 '다수 분파'를 이루었다고 말한다. "규범과 금기로 결합된 그들은 학문 공동체가 아닌 종교 집단으로, 이탈리아 남부의 정치에도 다소 관여했다."

이 '다소의 관여'가 치명적이었을지도 모른다. 피타고라스는 지역 귀족층 출신의 제자들에 둘러싸여 있었던 것 같다. 끈질긴 전설에 따르면, 이 '집단etaireia'의 성원들은 몇 년간의 준비, 입문기의 침묵, 엄격한 식단과 위생 규칙 준수를 거쳐야 스승을 친견해 개인적 가르침을 받을 수 있었다. 가장 중요한 것은 물론 윤리적, 지적 수련이었지만, 피타고라스의 통찰과 원리들에는 정치적 함의도 있었고, 그 목적은 철학의 도시 지배―플라톤의 이상―였다. 피타고라스가 시민들의 반발로 기원전 497~5년에 메타폰툼으로 도망쳤다는 전승은 개연성이 없지 않다. 신비주의에 오염된 보고들에 따르면, 거기서 스승은 40일 동안 곡기를 끊고 세상을 떠났다. (예수의 "광야의 40일"?)

하지만 제자 집단은 사라지지 않았다. 피타고라스 공동체는 크로토나의 영향이 미치는 도시들에서 계속 이어진 것으로 보인다. 기원전 450년 무렵에 피타고라스 학파 사람들은 공격을 피해 그리스로 도망쳤다. "관습과 의례로 묶인 집단"인 그들은 기원전 340년 무렵까지 흔적을 보인다. 정신의 삶과 도시의 삶의 갈등이라는 반복되는 패턴이 이미 시작되었다. 오르페우스도 찢겨 죽었고, 히브리 전승도 예언자와 지혜의 교사는 동료 시민들에게 살해된다고 말한다.

이런 갈등은 우리가 아는 엠페도클레스에게서도 등장한다. 여기서는 피타고라스의 경우보다 초자연의 아우라가 훨씬 더 두드러진다. 당당하고 강렬한 인물인 엠페도클레스는 스스로를 '헤타이로이hetairoi' 즉 제자와 동료로 둘러쌌고, 그중에는 여자들도 있었다. 그의 교육 행위는 선대의 오르피즘-피타고라스 또는 파르메니데스의 경우와 마찬가지로 기본적으로 구술적이었다(하지만 이 경우에 철학적-시적 텍스트가 우리에게 전하기는 한다). 정치적 야심도 분명했다. 엠페도클레스의 철학적-마술적 '독사doxa'는(그 내밀한 가르침은 선택된 엘리트들만 접할 수 있었다) 시라쿠사 또는 아그리젠토에 대한 정치적 통치 가능성을 열어놓고 있었다. 엠페도클레스가 사람들에게 권유받은 왕관을 거부했다는 모티프는 고대의 것이다. 그가 정적을 처형하는 등 전제 정치를 펼쳤다는 전승도 마찬가지다. 한 가지 전승에 따르면, 결국 그래서 민중 봉기가 일어나고 철학자는 펠로폰네소스로 추방된다. 하지만 세상에 유명해진 것은 다른 버전이다. 분노한 사제 계급과 군중들에게 시달리게 되자, 엠페도클레스는 파우사니아스―그가 아끼던 제자로 나중에 유명 의사가 된다―에게 작별을 고하고, 황량한 에트나 산에 올라서 그 뜨거운 분화구에 뛰어든다는 것이다. 분화구 옆에서 발견된 샌들 한 짝이 그의 자살을 말해주었다고 한다.

하지만 그의 원리와 방식의 영향력은 계속 이어졌다. 기원전 4세기 시라쿠사에서는 엠페도클레스파의 의학이 번성했다. 서기 6세기에도 신플라톤주의자 심플리키우스는 엠페도클레스의 두루마리 저작을 읽는다. 무엇보다 엠페도클레스의 전설적 죽음과 거기 담긴 철학적-사회적 함의의 극적 성격이 매혹을 지속했다. 세 가지 버전으로 된 프리드리히 횔덜린의 『엠페도클레스의 죽음Tod des Empedokles』에서 이것을 똑똑히 볼 수 있다. 노발리스는 엠페도클레스의 드라마를 투사했고, 산문 비극을 준비할 때 니체도 마찬가지였다. 그 비극은 한 장면만 전하지만 자기 묘사가 풍부하다. 니체가 그린 엠페도클레스는 지식으로 멸망에 이른다. 그는 자기 백성들의 게으름과 범용함이 치유 불가능하다며 그들을 파멸시킨다. 그는 "점점 더 냉혹해진다." 이런 주제와 "엠페도클레스적 풍경"은 『차라투스투라는 이렇게 말했다』에도 담겨 있다. 실제로 스승이 고지에 올라가서 죽는 이마고imago는 하나의 원형이 되었다. 그것은 입센의 영감이 되고, 소크라테스의 도시성과 대비를 이룬다. 게르하르트 하우프트만의 희곡 『인디포디Indiphodi』는 화산에서의 자살을 그린다. 다른 시인과 극작가들은 엠페도클레스가 한 명 이상의 제자와 가진 에로틱한 관계를 탐구했다.

그 가운데 매슈 아널드의 극시 『에트나 산의 엠페도클레스 Empedocles on Etna』는 다소 지루한 사례지만, 거기에는 중요한 힌트가 하나 있다. "이 새로운 소피스트 무리가 / 우리 학교들에 제국을 세운 이후 / (말싸움이) 우리를 쪼개놓는다." "소피스트들은 / 인간 의식의 마지막 불꽃을 / 말로 흐리게 한다." 그렇다면 이렇게 해로운 소피스트들은 누구인가?

소피스트라는 이름은 예로부터 늘 멸칭이었다. 그것은 거짓된 주장이자, 다투는 양측 모두를 똑같이 인위적인 언변으로 대하는 일, 실체도 도덕적 기준도 없는 논리적 기교를 뜻했다. 궤변sophistry은 언어적 과시와 훈련된 웅변술의 이기적 적용을 가리켰다. 이 유구한 비난을 재고하고, 고대 세계―그리스와 로마―의 양대 소피스트 학파를 재평가하기 시작한 것은 최근 몇십 년의 일이다. 새로 제시된 견해들은 거의 혁명적이다. 주요 소피스트와 그 제자들은 이제 텍스트 비평의 조상으로 여겨진다(시모니데스의 서정시에 대한 프로타고라스의 해석 참고). '무nothingness'에 대한, 존재 명제의 패러독스적 지위에 대한 그들―특히 고르기아스―의 대담한 추정은 하이데거의 '무Nichts' 경험과 라캉-데리다의 해체적 말놀이의 중대한 측면을 맹아적으로in nuce 담고 있다. 이소크라테스, 알키다마스, 또 엘리스의 히피아스는 최근의 철학적-기호학적 관심을 예견하는 언어 및 '그라마톨로지grammatology'에 대한 매혹을 공유하는 것 같다. 자클린 드 로미 같은 저명 학자는 소피스트가 이른바 아테네 민주주의에서 필수불가결한 인자였다고 본다.

그 가운데 이 책의 맥락에 부합하는 것은 그들이 가르침의 발전, 오늘날 우리가 아는 학술계와 책 세계의 발전에서 행한 역할이다. 소피스트들은 오늘날의 강의나 세미나와 같은 상황에서 학생들에게 고전 저자의 저작도 자신의 저작(paradeigmata, 예시)도 모두 읽어주었다. 프로타고라스의 저작이 무신론 때문에 불태워졌다는(기원전 416~415년?) 전승이 믿을 만한 것이라면, 그것은 두루마리 문서가 널리 유통되고 개인에게 판매되었다는 증거가 된다. 증거는 다른 곳에도 있다. 소크라테스-플라톤이 소피스트의 학구성, 텍스트의 죽은 권위에 대한 의존을 비판한 대목에도 있고, 『프로타고라스』, 『파이드로스』, 플라톤의 『서간』 2편과 7편에도 있다. 소피스트들은 어떻게 해서인지 "문어文語에 대한 그리스의 뿌리 깊은 배척"(루돌프 파이퍼)을 극복했다. 그들에게는 오늘날 우리의 체계적 교육, 해석적·문법적 분석, 텍스트 인용의 관습이 다 있다. 학생에게 엄격한 사고와 디테일에 대한 주의를 훈련시키는paideuein 여러 기술이 개발되었다. 그것은 수사학과 수사적 기교의 (기술적이고, 그래서 가르칠 수 있는) 토대를 형성하기 위함이었다. 높은 문해력과 '현대성'에도 불구하고, 소피스트들은 신성한 영감을 노래하는 음유 시인, 진실의 가수를 스스로의 선구자로 여겼기 때문이다.

이런 요소는 전부 소크라테스에 반영되어 있다. 그가 프로타고라스와 고르기아스를 대하는 태도에는 비꿈과 존경, 반박과 모방mimesis의 복잡하게 섞여 있다. 소크라테스 자신이 동시대인들에게는 유명한 소피스트였다. 그의 논증이 항상 라이벌들보다 뛰어났던 것은 아니다(『프로타고라스』에서 두드러진다). 그 역시 그런 유사성을 인식했음이 드러나고, 때로는 그로 인해 혼란스러워한다. 이런 모호성에 대한 통찰이 아리스토파네스의 희극 『구름』의 조롱을 낳았다.

아리스토파네스의 풍자는 어렵지만 핵심적인 사안을 건드

린다(이상하게도 레오 스트라우스의 『소크라테스와 아리스토파네스』는 이런 내용을 대부분 생략한다). 소피스트들은 여러 도시의 사적, 공적 장소에서 강연을 하면서 보수를 요구하고 받았다. 프로디코스는 단어와 구문의 올바른 사용법에 관한 수업에 50드라크마—상당히 큰 금액—를 매겼다고 전한다.

이것의 철학적, 도덕적, 인식론적 함의는 거의 무한하다. 그것은 이 책이 다루는 주제의 모든 측면과 결부된다. 지혜, 지식, 윤리 원칙, 논리적 통찰의 전달에 '돈을 받는' 일이 어떻게 가능할까? 인간 지혜와 진실의 증여가 어떤 교환율을 통해 현금의 보수로 계산될 수 있을까? 만약 스승이 정말로 드높은 진실을 보유하고 전수하는 사람, 비범한 통찰과 소명을 가진 사람이라면, 어떻게 청구서를 내밀 수 있을까? 그런 상황은 무언가 굴욕적이면서도 우스꽝스럽지 않은가? (『구름』 658행 이하. 또는 소르본에 대한 라블레의 비판을 참조하라.)

미묘한 차이의 변별은 당연히 필요하다. 기술적 기교와 기능을 가르치는 일은 과학 수준에 버금가는 일급의 것이라 해도 금전적 근거를 가질 수 있다. 목공 동작과 전자·양자 전산 동작은 '전문적professional' 영역에만 해당하지 않는다. 거기 들어가는 시간과 작동 훈련은 금전적 보상을 계산, 수령하는 것이 가능하다고 합리적으로 추론할 수 있다. 단순화한 것이지만, 논란의 경계는 응용 수학과 순수 수학 사이, 측량사나 유압

공학자가 배우는 기하학과 수 이론가가 매달리는 문제들 사이에 있다고 할 수 있다(그 경계는 언제나 불확정적이고 수정할 수 있다). 음악은 특히 까다롭다. 성악 훈련이나 대위법 교습과 작곡 교습 사이에 어떤 구분이 가능한가? 아니면 음악은 결국 최고 수준에서도 그 가치를 금전적으로 보상받을 수 있는 '방법지techn'인가?

하지만 철학, 윤리, 인식과 관련된 것이나 시학의 경우는 어떤가? 음유 시인, 플라톤의 박식한 이온Ion, 아르고나우타이에게 노래한 오르페우스는 자신의 '공연'에 대해 상당한 보상을 받을 수 있다. 고대 세계는 그런 예술을 흔히 운동선수의 기량과 비슷하게 보았다. 하지만 '일자the one'에 대한 파르메니데스의 가르침, 미덕에 대한 소크라테스의 가르침, 선험적a priori 종합 판단에 대한 칸트의 가르침에 어떻게 값을 매기고 돈을 지불할 수 있을까? 보수가 미흡하면 형이상학자들은 파업을 하는가? 그들은 자신들의 스승의 직분magisterium* 수행에 돈을 지불할 수 없는 사람들에게는 수고를 베풀지 않는가? 하이데거의 존재론과 리처드 로티의 유쾌한 관용 및 상대주의에

---

* 영어의 mastery, 라틴어의 magisterium, 프랑스어의 maîtrise 모두 '스승의 직분'이라는 뜻과 함께 '통달, 지배'라는 뜻도 갖고 있다. 마찬가지로 영어의 master, 라틴어의 magister, 프랑스어의 maître 모두 '스승'이라는 뜻과 '대가, 달인'이라는 뜻이 함께 있다.

는 다른 가격표가 붙는가? 이 근본적인 질문은 학계의 현실 때문에 가려져 있다. 정확히 소피스트 이후 철학이 대부분 대학에서 공적, 전문적 자격을 갖춘 이들에 의해 '실행'되기 때문에, 그리고 이 기획에 참여하는 이들이 봉급을 기대하고 또 받기 때문에, 우리는 이 직업의 문제적인 이질성을 간과하는 경향이 있다. 아리스토텔레스에서 베르그송, 콰인에 이르는 수많은 스승들이 '교수', 즉 임명, 승진, 급여의 메커니즘을 갖춘 학계 엘리트 길드에 직책이 있었기 때문에 그런 상황은 '정상적'으로 보인다. 하지만 강단에서 개인적 수입을 얻지 않은 뛰어난 예외들도 있었다. 쇼펜하우어와 니체가 그 예다. 사르트르 같은 걸출한 사상가도 강단을 거부하고 '바깥'에서 생계비를 벌었다. 비트겐슈타인은 교수직에 있었지만, 그것은 잘못된 것이라고 여겼다. 오늘날 '주재 시인', '문예 창작' 교사도 때때로 자평 타평으로 자신의 위치가 잘못되었다고 여긴다. 그리고 프로이트도 치료적 조언을 제공하는 대가로 금전적 보상을 받는 일을 불편해했다. 스피노자의 금욕은 모범적 빛을 잃지 않았다.

철학, 문학, 시학—소피스트들이 '수사학'이라고 부른—의 교사들이 보수를 기대하고 받아야 하느냐는 질문은 호의적 반응을 받기 어렵다. 이런 질문을 하면, 대학의 수강생들—그 상당수가 심각한 경제적 어려움을 겪고 있는—은 도발적 궤변이라고 비난할 것이다(여기서는 그 경멸적 용법이 정확하다). 하지만 이 문제는 깊은 진정성이 있다.

진정한 가르침은 천직이고 소명이다. 사제직, 성직 용어와 관련된 여러 가지 의미가 심리적, 역사적으로 모두 세속적 가르침에 흘러들어갔다. 히브리어 '랍비'는 단순히 '교사'라는 뜻이다. 하지만 그 말은 우리에게 역사 깊은 권위를 느끼게 해준다. 어린이나 농아자, 지적 장애인을 가르치는 낮은 단계—실제로는 전혀 '낮지' 않지만—에서도, 예술, 과학, 사상을 가르치는 특권적 최상부의 단계에서도 진정한 가르침은 모두 소환의 결과다. "왜 저를 부르십니까? 제가 무엇을 하기를 바라십니까?" 예언자는 자신을 부르는 목소리에, 또는 자기 양심 안의 합리성에게 묻는다. 오비디우스의 『변신』 15편이 보여주는 피타고라스에 대한 이해는 여전히 매혹적이다.

그의 생각은 높고 먼 곳,

하늘의 위대한 신들에게 도달했고,

그의 상상력은 인간 시야 너머의 광경을 보았다.

그는 예리하고 열렬한 정신으로 모든 것을 공부했고,

배운 것을 가지고 와서 사람들 곁에 앉아

가치 있는 것을 가르치니, 모두가 침묵 속에

그의 말을 들었다……

그는 자기 직업의 **중**요싱과 수수께끼를, 자신이 침묵의 히포크라테스 선서로 선서한 내용을 잘 알았다. 그는 맹세했다. 그는 의심받고 조롱받는 신탁의 예언자와도 비슷하다. Sequar or moventem/ Rite deum Delphosque meos ipsumque recludam("이제 나는 신을 따라 내 안의 열린 델포이로 갈 것이다").

> 최고의 경이는 별의 언덕을 떠도는 것,
> 지상의 지루한 영역을 떠나는 것,
> 구름을 타는 것, 아틀라스의 어깨 위에 서는 것,
> 멀리, 아래쪽에 이유 없이 여기저기
> 불안과 죽음의 공포 속에 헤매어 다니는
> 작은 사람들을 보고 그들에게 조언하는 것,
> 운명을 활짝 펼쳐진 책으로 만드는 것이다.

기쁨에는 거기 상응하는 위험이 있다. 진지한 가르침은 인간의 핵심에 손을 대는 일이다. 그것은 어린이 또는 성인의 가장 예민하고 깊은 곳에 접근하는 것이다. 스승은 침입하고 껍질을 깬다. 정화하고 재건하기 위해 파괴한다. 형편없는 가르침, 판에 박힌 교수법, 의식적이건 아니건 실용성만을 추구하는 냉소적 교육법은 파괴적이다. 그것은 희망을 뿌리 뽑는다.

질 낮은 가르침은 폭력이며, 죄악에도 비유할 수 있다. 그것은 학생의 성장을 가로막고, 가르치는 과목을 답답한 어둠 속에 던져 넣는다. 그것은 배우는 사람의 감성에 유독한 산酸, 지루함, 권태의 가스를 주입한다. 많은 이가 수학, 시, 논리적 사고를 배웠지만, 그것은 죽은 가르침, 또는 좌절한 교사들의 (어쩌면 무의식적 복수심에 의한) 범용함으로 생명을 잃은 것이었다. 몰리에르가 그와 관련해서 보여주는 장면들은 무자비하다.

통계에 따르면, 지금은 '반反 가르침'이 규준인 것 같다. 좋은 교사, 학생들의 미성숙한 영혼에 불길을 일으키는 자들은 예술의 대가나 현자보다 더 귀해 보인다. 신뢰와 취약성의 관계, 책임과 응답의 유기적 융합(나는 이것을 '화답 능력'이라고 부른다)의 중대성을 인지하는 학교 교사나 심신의 훈련자는 놀라울 만큼 소수다. 오비디우스는 그것이 "최고의 경이"라고 말했다. 현실을 보면, 우리가 아이를 맡기는 중등 교육 기관 관계자들, 우리가 학계에서 지도와 모범을 기대하는 사람들 대다수는 친절한 저승사자다. 그들은 학생들을 그들처럼 무심한 피로 상태로 끌어내리려고 한다. 그들은 델포이를 열지 않고 반대로 닫는다.

이에 대조되는 진정한 스승의 이상은 낭만적 판타지도 비현실적 유토피아도 아니다. 운이 좋은 사람들은 소크라테스, 에머슨, 나디아 불랑제, 막스 페루츠 같은 진정한 스승을 만난다.

이들은 흔히 익명성을 유지한다. 어린이나 청소년의 재능을 일깨우고 그것을 끈질기게 밀어주는 개별적 학교 교사들은 책을 빌려주기도 하고, 수업이 끝난 뒤 학생이 찾아오기를 기대하고 남아 있기도 한다. 유대교의 기도문에는 학자를 배출한 집안에 대한 특별한 축복이 있다.

어떻게 소명이 급료 대장에 오를 수 있는가? 계시(Dictaque mirantum magni primordia mundi: 대우주의 근원에 대한 가르침으로 사람들의 감탄을 일으켰다)*에 어떻게 값을 매길 수 있는가? 교사로서 평생을 사는 동안 이 질문은 끊임없이 나를 괴롭혔다. 내가 왜 나의 산소, 나의 존재 이유raison d'être에 대해 보상을, 돈을 받는가? 사람들과 함께 책을 읽는 것, 『파이드로스』나 『템페스트』를 공부하는 것, 사람들에게 더듬더듬 『카라마조프 가의 형제들』을 소개하는 것, 프루스트가 베르고트의 죽음을 말하는 대목이나 파울 첼란의 시를 설명하는 것, 이런 일은 나의 특권이자 보상이고, 그 무엇과도 비교할 수 없는 축복과 희망이다. 지금 내가 가르치는 일에서 은퇴하고 느끼는 것은 깊은 고립감이다. 내가 제네바에서 이끈 박사 과정 세미나는 25년 동안 거의 쉬지 않고 이어졌다. 그 목요일 오전은 평

---

* 오비디우스가 『변신』에서 피타고라스를 설명한 대목.

범한 세속적 영혼이 성령 강림을 받는 것과 비슷했다. 어떤 실수 또는 타락으로 내가 나 자신이 된 일에 보수를 받게 되었는가? 실제로는 내가 나에게 배우는 이들에게 돈을 주어야 하는게 아닌가?

그러면 분노한 상식이 조롱하듯 말한다. 교사들도 먹고 살아야 한다고, 당신이 낭만적으로 말하는 고귀한 스승들도 먹어야 산다고! 그들 중 많은 수가 이미 힘든 운명을 겪는다고. 이런 대답 불가능한 질문에 대해 비뚤어진 정신은 온전히 이 세상 것은 아닌 관용구를 중얼거린다. "먹고 사는 일은 절대적인 필요조건이지만, 위대하고 최종적인 것의 탐구와 전달에서는 무용하고 부차적이다." 스승의 소명을 직업화, 상업화하는 것, 소피스트들이 진실 탐구와 급여를 등치한 것에 대한 대안은 없는가?

근본적인 것을 지향하는 사회는 교사들의 물질적 필요를 채워줄 수 있다. 소크라테스가 깊은 아이러니 속에 비난자들에게 제안한 것이 그런 합의였다. 그것은 범용한 사람, 소명을 사업으로 만든 사람에게만 직업적 급여를 주는 것이다. 그와 반대로 스승은 최소한의 보수를 받고, 탁발승과 비슷하게 생활한다. 하시디즘의 스승들이 그 영역에 들어온다. 현실적으로 말하면, 스승, 그러니까 사상가와 질문자는 천직과 분리된 방식으로 일용할 양식을 구해야 한다. 뵈메는 구두를 만들고, 스피노자는 렌즈를 갈았으며, 퍼스—신대륙이 낳은 가장 중요한 철학자—는 1880년대부터 지독한 궁핍과 고립 속에서 독창적 역작들을 생산했다. 카프카와 월리스 스티븐스는 보험회사에서 일했으며, 사르트르는 극작가, 소설가 및 천재적 팸플릿 저자였다. 테뉴어는 덫이자 마취제다. 엄격한 학문 제도라면 교수들이 안식년에 자신의 전문 분야와 무관한 곳에서 생계비를 벌게 해야 한다. 그것이 소수에게만 적용되고, 오늘날의 지배적인 가치—오만과 돈의 악취가 만연한—에 안티테제적 공동체를 전제한다고 해도, 이런 시나리오가 아주 불가능한 것은 아니다.

이 문제는 소피스트들의 입성과 함께 발생했고, 구술이 책으로 옮겨가는 과정에서, 우리 생각보다 훨씬 점진적으로 일어났다. 이 이행은 소크라테스 개인과 그의 행위에 구현되어 있다. 개인적, '비공식적' 가르침이라는 무정부적 축복에서 아카데미의 의례로 이동하는 문제도 마찬가지였다. 여기서도 소피스트들이 핵심적 역할을 한다. 오늘날의 세미나는 프로타고라스 이후 생겨나고, 강의는 고르기아스 이후 생겨난 것이다.

* * *

소크라테스와 플라톤에 대한 평론, 해석, 연구는 너무도 방대해서, 아무리 뛰어난 학자도 그것을 총체적으로 조망하지 못한다. 플라톤에 대한 책, 논문, 학술지는 끝없이 태어나고 있다. 하지만 이 거대 산업에서 소크라테스, 그리고 그가 영감을 주고, 매혹하고, 호기심 또는 좌절을 일으킨 사람들의 관계에 대한 종합적 연구는 찾아보기 어렵다. 소크라테스를 향한 태도는 열렬한 찬양에서 지독한 혐오까지 모든 색조를 망라한다. 하지만 심리적 예리함, 이런 다양한 색조와 시야의 미묘한 움직임은 분류를 거부한다. 나는 플라톤의 대화편에 넘치는 굴복과 반항, 친밀하고 소원한 관계들을 규정하는 것이 셰익스피어의 인물들을 정연하게 이해하는 것보다 더 어렵다고 생각한다. 플라톤은 여러 가지 면에서 셰익스피어에 비견할 만한 극작가다. 하지만 도덕적, 지적 에너지는 오직 그만이(그리고 아마 단테도) 가지고 있다. 실제로 『파이돈』과 『변명』에서조차 "소크라테스와 대화하고 그의 말을 경청한 사람들은 명백히 그의 '제자들'이었는가?"라는 직설적 질문에 대한 답이 없다. (고대 자료들에 따르면, 소크라테스는 시간이 상당히 지난 뒤에야 제자가 생긴다.)

거기에는 플라톤의 설명의 지위 또는 '진리값'이라는 난제가 딸려 있다. 그 대화들은 (불가능한 수준으로) 기억한 서사를 2차, 3차적으로 제공한다. 'A'가 'B'에게 들은 것을 'C'에게 전달하면서, 가끔은 기억이 잘 나지 않는다거나 틀릴 수도 있다고 덧붙인다. 무엇보다 우리는 플라톤이 말하는 '소크라테스'

의 어디까지가 '형상figura', 그러니까 존재의 밀도와 진실성이 폴스타프, 햄릿, 안나 카레니나와 비슷하거나 그것을 능가하는 시적-철학적 구성물인지 알 수가 없다.

플라톤은 시인-극작가로 시작했다. 대화편들에는 연회, 감옥, 일리소스 강변 산책, 광장, 길모퉁이 같은 연극적 상황이 가득하다. 사람들의 입장과 퇴장이 어떤 극문학 못지않게 의미심장하게 배치되어 있다(알키비아데스는 아가톤의 잔치에 난입한다). 플라톤의 『파르메니데스』, 『프로타고라스』, 『테아이테토스』는 헨리 제임스의 작품만큼이나 정교한 구성으로 다양한 등장 장면을 만든다. 플라톤은 우리에게 '그가 어떤 의미로 대화록의 저자인가?' 하는 질문을 불러일으키는 것 같다. 그것은 이른바 해체적 또는 포스트모던적 불신일 수도 있고, 그 자체로 소크라테스적 아이러니와 전복을 상징하는 의심méfiance의 전략일 수도 있다. 하지만 다른 순간들, 특히 『크리톤』, 『파이돈』, 『변명』에는 우리를 압도하는 거대한 직접성, 밀접한 비극 감정이 있다. 이것은 서구 역사의 2대 수난극("신비극") 중 하나다. 윌리스 스티븐스의 표현을 빌리면, 플라톤의 소크라테스—이는 크세노폰의 소크라테스나 아리스토파네스의 소크라테스와 크게 다르다—는 "최고의 허구"일 수 있다.

역사적 소크라테스, 그러니까 기원전 399년, 패전 후 아테네의 사회 갈등 속에 죽음을 맞은 개인이 정말로 플라톤의 저작에 나오는 명확하고 예리한 철학적 발언들을 했는가? 아리스토파네스의 『구름』은 소피스트적인 교사이자 지식인이라는 소크라테스의 명성에 희극적이고 의심스러운 것이 있다고 본다. 아니면 그가 실제로는 시끄러운 도덕가, 지루한 교육자에다 크세노폰이 묘사하는, 육지에 고립된 영혼일까? 안티스테네스, 아리스티포스, 아이스키네스, 파이돈, 에우클레이데스(유클리드)는 이른바 '소크라테스적' 대화를 전하지 않는다. 아리스토텔레스의 증언은 소급적이다(플라톤은 소크라테스를 기원전 408년에만 만났다). 레오 스트라우스는 "플라톤의 대화편이 전하는 구체적 사실은 거의 창작된 것이지만, 그 전체는 완전히 진실일" 것이라고 말한다. 멋진 역설이지만, 설득력은 별로 없다. 게다가 이후 소크라테스 학파의 풍성함과 다양함 — 견유학파, 쾌락주의 학파들, 메가라 학파, 플라톤 아카데미 — 을 보면, 소크라테스의 가르침이 얼마나 문제적이고 심지어 자기 모순적으로 느껴졌는지 알 수 있다. 끝으로, 대화편이 플라톤의 형이상학적 견해doxa, 정치학, 극적 수사학의 심대한 변화를 얼마나 반영하고 있는지도 문제된다. 대화편의 마지막 저작이자 가장 현실 참여적인 『법률』에는 소크라테스가 없다. 이 부재는 소크라테스의 임종 때 플라톤이 부재한 것에 대한 조용한 대응인지도 모른다.

스승을 향한 감정이 가장 두드러지게 표현된 제자는 알키비이데스다. 플라톤이 『향연』에서 보이는 능란한 문체와 극적인 구성은 비길 데가 없다. 하지만 알키비아데스가 하는 말을 신뢰를 가지고 듣기는 쉽지 않다. 알키비아데스는 "술에 곤죽이" 되어 있을 뿐 아니라(밀턴식 "난동"), 자신의 취한 상태를 잘 활용한다. 게다가 플라톤은 알키비아데스가 아가톤의 연회에서 보인 태도는 머지않아 그 자신과 도시에 참화를 안겨줄 혼란스러운 분위기를 담고 있다고 암시한다.

알키비아데스는 강박적으로 스승의 '이질성'을 강조한다. "소크라테스의 이질성이 너무 커서 지금 살아 있는 사람들과 옛 사람들을 모두 보아도 그와 같은 사람도, 그가 하는 말도 찾아볼 수 없다." (플라톤이 묘사하는) 알키비아데스는 강철 체력의 소유자로, 전쟁에 나가서도 위험을 모른다. 소크라테스는 많은 술을 마시면서도 맑은 정신을 유지한다. 이런 직관에 반하는 묘사는 뛰어난 지성과 추상적 사고를 신체적 연약함과 연결하는 인습적 관념을 거부한다. 그것은 알랭이나 비트겐슈타인의 무용武勇을 예견한다. 그리고 소크라테스의 금욕주의, 물질적 무욕—플라톤은 디오게네스를 "극단화된 소크라테스"일 뿐이라고 말한다—은 이후 스피노자에 반영된다.

소크라테스가 중대한 갈림길에서 다이몬daimonion, 즉 수호신에게 의존하는 일에는 영원한 이질성이 있다. 그가 정신의 삶에 전념하게 해준 것, 그의 정치 진출을 막아준 것이 이 개인적 신탁이었다. 회의주의적 합리성의 모범인 이 사람은 다른 곳에서는 아폴로와 무사(뮤즈) 여신을 부른다. 그는 음유 시인을 조롱했지만, 생의 끝이 가까워지자 시와 음악을 붙잡았다. 소크라테스는 비트겐슈타인이 『철학적 탐구』에서 한 말 "할 수 있다면 나는 이 책을 신에게 헌정할 것이다"를 완전히 이해했을 것이다. 하지만 소크라테스의 '다이몬 숭배daemonism'에, 그리고/또는 더 정확히 말하자면 플라톤의 서사에 담긴 아이러니와 자기 조롱 부분을 어떻게 측정할까? 소크라테스가 전통적 기성 신앙에 대해 모호하고 부정적, 무정부적인 태도를 지녔다는 박해자들의 비난은 정당했나? 어떤 교부들은 소크라테스를 악마의 피조물로 보았고, 어떤 이들은 그를 성자로 추앙했다. 이질성은 그치지 않는다.

알키비아데스는 소크라테스의 추한 용모에 대해 열렬했다. 그는 코가 뭉툭한 사튀로스, 실레노스* 같은 사람이다. 그의 얼굴과 몸에는 남성적 미, 플라톤과 같은 육체적 광채가 없다. 하지만 스승의 매혹은 대적할 자가 없다. 소크라테스의 카리스마적 매혹, 그의 존재의 마법을 이겨낼 자는 없다. 키르케고르는 헬레니즘과 로마 시대에 남은 소크라테스의 무수한 흉상을 통

---

* 디오뉘소스의 스승.

해서 유혹자의 유형을 도출했다. 그 유혹은 소크라테스의 말과 변증법적 추궁을 뛰어넘는다. 거기에는 영과 육이 모호하게 결합되어 있다. 제자는 스승에 대한 욕망에 들끓는다. 알키비아데스가 소크라테스와 섹스를 시도한 일에 대한 이야기에는 뭐라 말할 수 없는 격한 자학 유머와 고통이 담겨 있다. 소크라테스는 이미 두려운 암시가 곁들여진 "오만의 죄목으로" 재판에 넘겨졌다. 잘생긴 알키비아데스는 미치도록 욕망하고 사랑하는 "신처럼 비범한 남자의 곁에 밤새 누워" 있었다. 하지만 소크라테스의 "아버지나 형처럼 행동하는" 아이러니한 자제력에 절망한 채 다음 날 아침 그의 곁을 떠났다.

어색한 표현을 쓰자면 소크라테스는 '에로스주의자'다. 그의 질문에는 색욕에서부터 초월agape에 이르는 사랑의 본성과 특징이 가득하다. 정치적, 개인적 영혼 안에 에로스를 포용하고 펼치는 것, 사랑과 궁극적 진리에 대한 철학적 탐구의 화합과 갈등―이 둘은 종국적으로 통합되어야 한다―이 플라톤적 소크라테스의 라이트모티프다. 이런 소크라테스-플라톤적 에로스는 신플라톤주의와 헬레니즘화된 그리스도교를 통해 서구의 사고와 감성을 물들이게 된다. 소크라테스의 사랑은 실제로는 호모에로틱한 사랑이다. 중년 남자가 청소년에게 품는 열정이다(여러 텍스트 가운데 특히 『카르미데스』는 이 사실에 대한 의심을 허락하지 않는다). 소크라테스와 크산티페의 결혼은 악명

이 높다. 철학 교사는 아내가 없는 게 좋을 수 있다고 알튀세르의 격렬한 인생은 증언한다. 소크라테스에게 충만을 안겨준 것은 소년들과 그들의 눈부신 나신이었다. 동성애에 대한 플라톤 자신의 관점은 파악하기 어렵고, 고전학과 사회 인류학은 이 주제에 대해 논쟁을 계속하고 있다. 그 역할과 의미는 우리 주제 전체에서 아주 중요하다.

에로티시즘은 내밀하건 공공연하건, 상상된 것이건 실행된 것이건 모두 가르침에서, 사제지간의 현상학에서 뒤섞인다. 이 근본적인 사실은 성희롱에 대한 집착 때문에 간과되고 있다. 하지만 그것은 변함없이 핵심적이다. 어떻게 그러지 않을 수 있겠는가?

가르침의 맥박은 설득이다. 교사는 관심, 동의, 그리고 최상의 경우 협력적 이의 제기를 요구한다. 또 신뢰를 요청한다. 마르크스가 1844년의 원고에 이상적으로 쓴 것, 바로 "사랑으로 사랑을, 신뢰로 신뢰를 교환"하는 것이다. 설득은 정正의 설득도 있고 ―"이 기능을 내게서 얻어가라, 나를 따라 이 기술에 입문하라, 이 텍스트를 읽어라"― 부否의 설득도 있다―"이걸 믿지 말라, 거기에 노력과 시간을 쏟지 말라." 역학은 똑같다. 소통, 공유된 감정의 응집, 열정, 거절을 통해 공동체를 만드는 것이다. 설득과 유도 행동에서 그것이 (수학 정리의 논증이나 대위법의 설명처럼) 추상적이고 이론적인 것이라 해도, 유혹의 과정은 의도적이건 우연적이건 피할 수 없다. 스승, 교육자는 경청자의 지성, 상상력, 신경계, 내면에 접근한다. 스포츠, 음악 공연 같은 신체적 기능을 가르칠 때 스승은 몸에 접근한다. 제언과 수용, 정신과 육체를 엄격하게 분리하는 일은 불가능하다(발레 수업을 관찰해보라). 심신의 총체성이 요구된다. 카리스마적 스승, 영감 넘치는 교수는 학생 또는 제자의 살아 있는 영혼을 '전체주의적으로', 심신 양면으로 그러쥔다. 위험도 특권도 무한하다.

설득이나 협박으로(공포는 위대한 교사다) 타인에게 '침입'하는 일은 모두 에로티시즘에 근접하고 그것을 방출한다. 신뢰, 제안, 수용의 뿌리 역시 성적이다. 가르침과 배움은 다른 방식으로는 표현되지 않는 인간 영혼의 섹슈얼리티로 형성된다. 이섹슈얼리티는 이해와 모방imitatio을 에로틱하게 만든다. 여기에 예술과 인문학에서는 가르치는 자료, 분석하고 연습하는 음악 자체가 뜨거운 감정이 가득하다는 핵심적 사실을 더해보라. 이런 감정은 직간접적으로 상당 부분 사랑의 영토와 잇닿는다. 설명하기는 더 어렵지만, 나는 과학 분야의 유인誘因에도 자체적인 에로스가 있을 거라고 생각한다.

'마스터 클래스', 개인 교습, 세미나도 그렇고, 심지어 한 번의 강의도 강렬한 감정들이 물결치는 분위기를 만들 수 있다. 친밀성, 질투, 환멸이 사랑, 혐오, 또는 둘의 복잡한 혼합 형태를 만든다. 거기서 펼쳐지는 드라마는 에로스의 레퍼토리가 그렇듯 욕망과 배신, 현혹과 이탈을 담고 있다. "내 애인들 중 나를 가질 자격이 있는 사람은 당신이 유일하다"고 알키비아데스는 떠벌였다. 그 이유가 오직 소크라테스가 진정한 스승답게 "이 세상에서 내게 수치를 안겨줄 수 있는 유일한 사람"이기 때문이라고 해도.

수천 년 동안 무수한 사회에서 가르치는 상황, 지식·기술·가치의 전달paideia은 성숙한 남녀라는 한쪽 줄기와 청소년 및 초기 청년이라는 다른 한쪽 줄기를 긴밀하게 엮었다. 이 과정에서는 육체적 추함이 아름다움을 유혹할 수 있다. 미켈란젤로와 카발리에리를 생각해보라. 플라톤의 아카데미, 아테네의 김나지움, 뉴기니의 롱하우스, 영국의 퍼블릭 스쿨, 다양한 종교 학교들에서 호모에로티시즘은 번성했을 뿐 아니라 교육적으로 여겨지기도 했다. 스승magister이 학생을 에로틱하게 지배하는 일, 학생이 의식/무의식적으로 성적 유혹을 행하는 일은 사제지간의 양극을 이루었다. 나는 효과적인 가르침은 (실현된 제자의 직분도 마찬가지지만) 그 안에서 사랑, 또는 사랑의 어둠인 미움이 활동한다고 생각한다. 고대 아테네에서는 이런 활동을 공개적으로 추구하고 철학적으로도 지지했다. 소크라테스의 경우도 마찬가지다. 그는 에로틱함과 절제의 숭고한 실현이다. 이런 이중성이 다시 한 번 그의 '이질성'을 이룬다.

그중 가장 이질적인 것은 플라톤이 전하는 소크라테스의 교육 방법이다. 그것은 아리스토파네스 이후 의문과 조롱 및 철학적, 정치적 추측의 대상이 되었다. 질문하고 그 대답에 논박하는 기술은 평범한 의미의 지식을 전달하지 않는다. 그 목표는 응답자에게 불확실성의 과정, 즉 자기 의문으로 이어지는 질문을 일으키는 것이다. 소크라테스의 가르침은 가르침에 대한 거부고, 비트겐슈타인의 먼 모델인지도 모른다. 소크라테스의 의도를 파악하는 사람은 독학자, 특히 윤리학의 독학자가 된다고도 할 수 있을 것이다. 소크라테스 자신이 무지를 고백하기 때문이다. 델포이 신탁이 그의 말이라고 전하는 지혜["너 자신을 알라"]는 오직 자신의 무지를 명확히 인식하는 데 토대하고 있다.

하지만 이 유명한 격언은 어느 정도의 진지함―후설이 '지향성'이라고 말하는 것―으로 받아들여야 하는가? 학자들은 이 역설을 끝없이 논의했다. 거기다 소크라테스는 『메논』98b장, 『변명』29장의 한두 지점에서 확실성을 주장한다. 무지의 고백을 통해 가르치는 것, 현실적 지혜(칸트의 실천이성praktische Vernunft)를 전달하는 일은 근본적으로 궤변인가? 지식의 부인은 현명함으로 해석될 수 있다. 하지만 소크라테스의 입장은 회의주의는 말할 것도 없고 절대적 상대주의도 아니다. 그는 선악의 구별을 끈질기게 추구한다. 소크라테스는 특정 소피스트 궤변가들과 달리, 자신이 완벽하게 잘 아는 것eu oida을 악하다고 하지 않는다. 영혼의 평정eudaimonia이라는 이상 자체가 도덕적 엄정함, 타인과 자신에 대한 공정함이라는 강력한 직관에 토대하고 있다. 하지만 이것을 체계적, 제도적인 방식으로 가르칠 수 있는가? "하버드에서 가르치는 일? 그건 불가능하다"고 에즈라 파운드는 말했다.

플라톤의 미덕 전문가 옹호는 소크라테스적이지 않다고 나는 생각한다. 소크라테스에게 진정한 가르침은 모범을 통한 것이다. 그것은 말 그대로 모범적이다. 올바른 인생의 의미는 그것을 실제로 사는 데 있다. 정의하기 매우 곤란하지만, 소크라테스와 변증법적 대화를 나누는 일, 그를 경험하는 일(불분명한 표현이다)은 성찰하는, 그래서 올바른 삶을 실행하는 것이다. 비트겐슈타인이 『논리-철학 논고Tractatus Logico-Philosophicus』에서 의미란 '보여주는 것', '지시적인 것'이라고 주장하는 점이 이와 통할 수도 있다. 소크라테스적인 도덕적 유도는 '앞을 가리켜 보이는' 행위다.

소크라테스가 경청자들에게 실행하는 매복 기술은 실제로는 상당수가 얄팍하고 논박 가능하다. 플라톤이 전하는 단음절어의 동의는 수긍하기 어렵다. 하지만 중요한 건 그게 아니다. 우리는 운동선수의 플레이나 음악가의 연주를 보면서 배운다. 이상적으로 상상해보면, 무언의 소크라테스도 가능하다. 아니면 (아마도 차라투스트라처럼) 춤으로 의미를 펼치는 사람도. 여기서도『논리-철학 논고』의 마무리는 적절하다.

플라톤의 소크라테스는『에우튀데모스』와 (가장 분명하게는)『메논』에서 가르침의 기능과 현실에 대한 관습적 규정을 거의 부정하기 직전까지 간다. "사람은 아는 것에 대해서는 질문할 수 없다. 알고 있기 때문이다. 그 경우에는 질문이 필요 없다. 그리고 모르는 것에 대해서도 질문할 수 없다. 무얼 물어야 할지 모르기 때문이다." 그래서 지식은 기억이라는 결론이 나온다. 영혼은 불멸이기 때문에, 존재의 이전 상태에서 모든 것 chremata을 배웠다. 이미 모든 것을 습득하고 있기에, 영혼은 접촉과 연상을 통해 지식의 요소들을 되찾을 수 있다(소크라테스는 이따금 프로이트와 아주 가깝다). 발견은 회복, "자기 안에 잠재한 지식을 스스로 회복하는 것"이다. 이 모델에 오르피즘과 피타고라스 학파의 주장을 비튼 자취가 있는가?

잘 알려져 있듯이, 소크라테스적 교사는 임신한 영혼의 산파, 우리를 기억 상실—하이데거라면 '존재의 망각'이라고 부를—에서 일깨우는 알람시계다. 스승이 열어주는 새로운 시야는 실제로는 '다시 보기'이자 '데자뷔'다. 하지만 그렇다면 오류가 어떻게 가능할까? 그리고『메논』에서 소크라테스가 노예 소년에게서 산파술로 이끌어낸 기하학 증명은 별로 신빙성이 없다. 거기서 두드러지는 것은 창조적 불면의 모티프다. 선승은 제자를 때려서 깨운다. 위대한 가르침은 불면 상태에, 아니면 겟세마네 동산에 있어야 했다. 몽유병은 교사의 천적이다. 『메논』에서 아뉘토스는 소크라테스 교육의 전복하고 흔드는 전술을 경계하며 "신중하라"고 훈계한다. 하지만 열성적 스승은 그렇게 할 수 없다. 지독한 불편함이 있는 곳―『메논』84장은 소크라테스의 질문이 '노랑가오리'처럼 사람을 마비시킬 수 있다고 말한다―에 사랑도 있다. 횔덜린은 시 「소크라테스와 알키비아데스」에서 그것을 완벽하게 전달한다.

> "Warum huldigest du, heiliger Sokrates,
>
> Diesen Jünglinge stets? kennst du Größers nicht?
>
> Warum sieht mit Liebe,
>
> Wie auf Götter, dein Aug auf ihn?"
>
> Wer das Tiefste gedacht, liebt das Lebendigste,
>
> Hohe Jugend versteht, wer in die Welt geblickt,
>
> Und es neigen die Weisen
>
> Oft am Ende zu Schönem sich.
>
> "신성한 소크라테스여, 왜 이 젊은이를
>
> 계속 칭찬하는가? 그대는 그보다 큰 것을 모르는가?

왜 그대의 눈은

사랑을 담고 신을 보듯 그를 보는가?"

가장 깊이 생각한 자는 가장 생기 있는 것을 사랑한다.

세상을 들여다본 자는 선택된 젊음을 이해한다

그리고 결국 흔히

현명한 이들은 아름다운 것을 향해 기운다.

* * *

천재 작가 플라톤은 『파이드로스』와 『일곱 번째 편지』에서 구술성을 옹호한다. 구어와 대면 접촉만이 진실을 이끌어내고, 더 확실하게는a fortiori 정직한 가르침을 보장한다고 말한다. 기이한 역설이지만, 그는 대화편의 저자이면서도 문자의 발명 및 성문화된 '원리doxa'에 뿌리 깊은 의심을 품고 있다.

문자는 암기술의 위축이라는 태만을 낳는다. 하지만 암기는 "무사 여신의 어머니"이고, 모든 배움을 가능하게 하는 인간의 타고난 재능이다. 이 명제는 심리적이면서 동시에 영혼의 선재先在와 불멸에 대한 논제에서 이미 보았듯이 형이상학적이기도 하다. 플라톤의 이데아와 이상적 형상 개념에서, 이해와 미래는 '기념commemoration', 즉 구술성으로 발현되는 기억 행위다. 좀 더 일반적으로 말하면, '암기'하는 것은 우리 안에서 성숙하고 전개된다. 암기한 텍스트는 우리의 현세적 존재와 상호 작용하면서 우리 경험을 수정하고, 또 변증법적으로 그 경험에 의해 수정된다. 기억의 근육이 강할수록 자신의 완전성을 잘 지킬 수 있다. 어떤 검열이나 국가 경찰도 기억한 시를 없앨 수는 없다(글로 적어둘 수 없던 만델슈탐의 시들이 입에서 입으로 전해지며 살아남은 것을 보라). 죽음의 수용소에서 특정 랍비와 탈무드 학자들은 '살아 있는 책'이라는 명성을 얻었다. 포로들은 그들이 기억하는 책을 '읽으며' 거기서 판단 또는 위안을 얻었다. 대형 서사시와 건국 신화는 문자가 대두하면서 시들기 시작했다. 이런 여러 가지를 볼 때, 오늘날 교육 제도에서 암기를 배제하는 것은 어리석은 일이다. 그것은 의식이 스스로의 밸러스트를 버리는 행위다.

두 번째로, 문자는 담론을 저지하고 경화시킨다. 그리고 생각의 자유로운 놀이를 억제한다. 그것은 규준적, 인위적인 권위를 신성화한다. 모세의 법은 신의 손이 닿지 않은 두 번째 석판에서 나온다. 안티고네는 불문율themis ― 인간 영혼에 '새겨지되' 글로 적히지 않은 ― 로 전제 군주 크레온의 규범적 적법성nomoi에 맞선다. 문어는 독자의 말을 듣지 않는다. 거기에는 독자의 질문이나 이견이 들어갈 틈이 없다. 반면에 구어는 계속 자신을 수정하고, 메시지를 바로잡을 수 있다. 책은 우리의 관심에 죽은 손main morte을 댄다. 권위auctoritas는 저술au-thorship에서 비롯된다.

흥미롭게도, 상호 작용, 수정, 중단이 가능한 워드프로세서, 인터넷과 웹상의 전자 문서는 비코가 말한 구술성의 매력ricor-so을 회복할지도 모른다. 스크린상의 텍스트는 어떻게 보면 임시적이고 비결정적이다. 이런 조건은 소크라테스가 실행하고 플라톤이 연극적으로 그려낸 진정한 가르침의 요소를 되살릴지도 모른다. 반면에 전자 문해력은 정보 저장과 검색, 데이터뱅크의 무제한적 용량으로 인해 기억을 방해한다. 그리고 스크린상의 얼굴은 플라톤이나 레비나스가 사제간의 생산적인 만남에 필수적이라고 여기는 살아 있는 얼굴이 아니다.

구술성은 가르침과 계시의 차이를 말하기도 한다(물론 이두 카테고리가 겹치기는 하지만). 계시는 구어를 통해 드러날 때조차 흔히 신성하고 경전적 전거—그 자체로 이미 텍스트적인—를 인용한다. 그것은 토라, 복음서, 코란, 모르몬경을 말한다. 불의 문자로 받아적는 행위는 시나이 산의 계시, 성 요한이 파트모스에서 적은 계시록, 마오주의의 신성한 붉은 문서를 지탱한다. 필사 행위가 전제되어야만 계시된 메시지에 힘이 생긴다. 이런 의미에서 마르크스주의 교의—탈무드를 쏙 빼닮은—보다 더 '계시적인' 통찰은 없다. 반면에 구술적 가르침은 창조적 오류, 정정과 반증을 통해 발전한다. 계시된 진리들은 기원 문서―"바이블", 말라르메가 말하는, 우주를 포함하는 '그 책le Livre'―를 통해 생각을 응결시킨다. 명령을 거치면 가르침은 '교육didactic'이 아니라 '강요dictatorial'가 된다(칙령edict도 거기서 비롯되는 불길한 어휘의 하나다).

"좋은 교사지만 저술이 없다." 나사렛 예수가 테뉴어를 받을 자격이 없다는 하버드 대학의 썰렁한 농담이다. 그 배경에는 중대한 사실이 있다. 소크라테스도 예수도 가르침을 글로 적지 않았다. 플라톤의 저작 전체에서 소크라테스가 두루마리를 들여다본 것은 단 두 번뿐이다. 그리고 둘 다 자신의 글이 아니다. 유일하고 수수께끼 같은 예외는 요한복음 8장 1~8절이다. 바리사이인들이 간음을 저지른 여자를 데려와서 물었을 때, "예수께서는 아무 말도 듣지 못한 것처럼 몸을 굽혀 손가락으로 땅바닥에 무엇인가 쓰고 계셨다." 그는 "너희 중에 누구든지 죄 없는 사람이 먼저 저 여자를 돌로 쳐라"라는 빛나는 경구를 던지고 다시 그 일을 했다. 그가 흙 위에 뭐라고 썼는지, 그게 어느 언어였는지 우리는 모른다. 이 알쏭달쏭한 대목은 처음부터 의심쩍었다. 오늘날 학자들은 이것을 나중에 삭제하기 위해 써넣은 대목으로 본다. 우리에게는 예수가 글을 쓸 줄 알았다는 증거가 없다.

소크라테스와 예수가 우리 문명의 추축이라는 말은 과장이 아니다. 그들의 죽음을 둘러싼 수난 서사는 내적 알파벳, 우리의 도덕적·철학적·신학적 인식의 암호를 생성한다. 그것들은 내재적 공간에서도 초월성을 유지하고, 서구 의식에 다스릴 수 없는 슬픔과 열렬한 희망 양자를 모두 주입했다. 이 두 시조의 유사점과 대조점은 종교적 주석, 도덕적·철학적 해석뿐 아니라, 시적 장르들 및 연극 기술 연구도 이끌어냈다. 헤르더에서 헤겔에, 키르케고르에서 니체와 레프 셰스토프에 이르는 서구 지성사를 소크라테스와 예수라는 형성적 존재를 빼고 이해하기는 사실상 불가능하다. 이 양대 도상은 동등하게 방대하다. 자크-루이 다비드의 유명한 그림에서 죽음을 앞둔 소크라테스가 손가락을 들어올린 모습은 예수의 모습을 예고한다.

여기서 나는 아테네와 갈릴리와 예루살렘의 가르침 행위, 사제 관계에 초점을 맞추고자 한다. 나사렛의 편력 교사, 변증의 거장은 듣는 이들에게 자신은 교사 이상도 이하도 아니라고 말한다.

이 갈릴리의 스승은 소크라테스와 달리 스스로 제자를 뽑는다. 그 숫자는 전통적 수비학(數秘學, numerology)과 관계가 있다. 그들은 처음에 열두 명이었고, 그것은 이스라엘 지파의 수 및 황도대 별자리의 수와 같다. 그들은 귀족이나 아테네의 귀공자가 아니라 평민들이다. "그들은 그의 가르침에 놀랐다. 그가 율법학자가 아니라 권위 있는 사람으로서 가르쳤기 때문이다."

소크라테스가 말했다고 플라톤이 전하는 '독사'는 신화를 많이 사용하는 데 반해 예수의 가르침은 비유로 되어 있다. 그 것은 기억을 위한 구술적 장치다. 이 두 가지 방식의 인식론적 지위, 그 유효성과 '진실 기능'은 끝없는 논쟁의 대상이었다. 나는 천재성의 주요한 능력 하나는 신화를 만들고 우화를 고 안하는 능력이라고 본다. 이 능력은 아주 희귀하다. 그것은 셰 익스피어보다는 카프카, 모차르트보다는 바그너의 특징이다. 동굴의 신화 같은 플라톤/소크라테스의 신화, 겨자씨나 돌아 온 탕아 같은 예수의 비유는 공통점이 있다. 끝없이 다양한 해 석과 가능성을 촉발하는 열린 구조라는 것이다. 그것은 인간 영혼의 균형을 흔든다. 우리가 파악하는 것 같은 순간에도 그 것들은 우리의 부연과 이해를 벗어난다(이것이 바로 하이데거 의 알레테이아aletheia의 모델이다. 그것은 드러나는 바로 그 과정에 서 스스로를 감추는 진실을 말한다). 전차꾼의 신화, 씨 뿌리는 사 람의 비유는 경계가 확실하지만 한계는 없다. 상대성 물리학 은 이런 모순을 다룰 수 있다. 플라톤의 신화와 복음서의 비유 는 그 핵심에 은유를 감추고 있는지도 모른다. 이런 역학은 법 에 대한 카프카의 투명하지만 심오한 비유에서 작동한다. 수학 의 완벽하게 의미 있고 적용 가능한 논증 불가능성이 이와 상 사점相似點이 있을 수 있다.

하지만 '상사'라는 개념 자체가 너무 모호해서 별 도움이 되지 않는다. 플라톤의 신화, 예수의 비유는 거의 독보적으로 스승의 직분, 가르침의 기술에 대해 결정적이면서도 설명 불가능한 것을 체현incarnate—나는 일부러 이 말을 사용한다—한다. 영혼과 지성의, 의미에 대한 허기는 제자(우리)를 계속 이 텍스트들로 돌아오게 한다. 이런 귀환—언제나 좌절했지만 또 언제나 재생된 상태인—이 부활의 개념에 가장 가까울지도 모른다. 그리고 그것 또한 은유라고 감히 말하고 싶다.

미세한 차이들이 있는 데다 언급과 개인적 맥락이 부족한 까닭에 소크라테스의 학생이나 문하생을 체계적으로 분류하는 일은 거의 불가능하다. 공관복음서의 2차원적 기술은 예수의 몇몇 제자들을 직접적으로 표현한다. 그들은 비잔틴 모자이크 속 형상처럼 평면적인 동시에 기념비적이다. 게다가 수천 년간의 전례와 주석은 베드로, 안드레아, 가나안 사람 시몬에게 개별성을 부여했다. 그들 없이 서구 회화와 건축이 어디 있겠는가? 예수 안에는 조급함, 심지어 폭력성도 있다. 그것이 때로는 제자들에게 겨누어진다. 야고보와 요한이 견책을 받고, 베드로는 배신할 거라는 말을 듣는다. 제자로 따르려던 자는 아버지의 장례를 포기하라는 명령을 받는다. 이런 촉박성은 나사렛 예수를 유대교의 사실상 가장 신성한 의무와 분리시킨다. 스승의 분노가 울린다. "베드로야, 시몬아, 너희는 자고 있느냐, 한 시간을 깨어 있지 못하느냐?" 다시 한 번, 불면의 주제가 위대한 가르침에 달라붙어 있다.

나는 다른 책에서(『소진되지 않은 열정_No Passion Spent_』(1996) 참고) 『향연』과 최후의 만찬 서사의 구조적 유사점을 보여주려고 했다. 양쪽 다 퇴장과 등장이 연출된다. 양쪽 다 그날 밤을 둘러싼 정치–사회적 혼란이 압박을 가한다. 순교가 ―한 경우에는 임박하고, 또 한 경우에는 가시권에 들어온― 아가톤의 집에서도 예루살렘의 유월절을 위해 "꾸민 위층의 큰 방"에서도 모든 움직임에 그림자를 드리운다. 이 두 밤의 드라마를 세미나나 마스터 클래스로 보아도 크게 문제될 게 없다.

사실 그런 시각은 이 암울한 주제들을 심리적으로 이해하게 해줄 수도 있다. 비그리스도교인은 예수가 이유 없이 유다를 지목해서 비난한 일, 유다를 돈과 동일시하는 일(그는 제자 집단의 회계원이다)을 이해하기 어렵다. 유대인에게 그것은 오늘날까지도 끔찍한 결과를 낳았다. 하지만 유다에게는 우리가 사제 관계의 역사 전체에서 마주칠 충동이 내재해 있다. 사제 관계에는 제자들 사이의 경쟁이 팽만하다. 모두가 스승의 애제자, 그가 뽑은 황태자가 되기를 열망한다. 그런 열망과 그에 따르는 질투가 없는 제자단, 화실, 대학 세미나, 연구팀은 없다. 알키비아데스는 이런 충동을 강력하게 증언한다. 2천 년 뒤 게르숌 숄렘과 야코프 타우베스의 비극적인 분규도 다르지 않다. 때로는 자살도 따른다. 최후의 만찬 장면은 "예수가 사랑한hon egapa" 제자에 대해 말한다. 서양 미술에서 "예수의 가슴에 기댄" 모습으로 그려지는 이 사람이 누구인지는 여전히 모른다. 불트만은 '이상형eine idealgestalt'이라고 말한다. 예수가 다른 제자들이 듣지 못하게 귓속말을 하는 "사랑하는" 제자는 '비밀과 신비의 인물figura esoterico-misterica'이다.

복음서들은 유다에게 스승을 향한 잘못된 사랑, 독보적인 존재가 되고픈 욕망이 ―그 욕망은 잔혹하게 실현된다― 있음을 암시한다. 그는 스스로의 파문을 알리는 식사에 참여한다. 몇몇 평자들에 따르면 그것은 영성체의 확고한 안티테제인 '사탄의 성례'다. 유다는 예수가 그 제자를 ―전승에 따르면 그 제자는 '요한'이고, 몇몇 신비 집단은 그를 베드로보다 높이 놓는다― 선택해서 사랑을 보이는 장면을 목격해야 했다. 유다의 실망과 질투 속으로 거친 인간성이 들어온다. 이아고와 오셀로를 생각해보라. 술기운과 자책감에 싸인 알키비아데스는 스승의 곁을 떠나서 난동을 피운다. 유다 이스카리옷은 "즉시" 밤의 어둠 속으로en de nux 사라진다. 그의 민족은 그 어둠에서 제대로 나온 적이 없다. 스승의 선택과 사랑을 추구하다 거절당하는 것은 견딜 수 없는 일이다. 붉은 머리와 매부리코의 제자에게 남은 것은 스승이 맡긴 ―냉혹한 아이러니다― 돈주머니뿐이다.

우리는 (다비드의 그림과 달리) 플라톤이 소크라테스의 임종을 지키지 않은 이유, 아니 더 정확히 말하면 그가 그 죽음을 이야기하는 책 『크리톤』에 자신을 빼놓은 이유를 모른다. 고통이 너무 컸기 때문일까?(소크라테스는 제자들에게 슬픔을 자제하라고 명령한다.) 타르소스의 바울은 예수를 본 일이 없다. 두 제자는 문어 文語의 힘으로, 죽은 스승을 세상에 거대하게 일으켰다. 구술성이 문서가 되어 영속성을 얻었다. 하지만 그 대가는 영혼과 문자의 상징적 대립에 반영되어 있다. 플라톤의 성숙한 가르침과 형이상학은 우리가 아는 소크라테스로부터 점점 멀어진다. 바울은 나사렛 예수를 그리스도로 변모시킨다. 이런 변형은 스승의 가르침에 반복적으로 등장할 뿐 아니라 그 핵심을 이룬다. 충성과 배신은 서로 밀접하다.

02

•

불의 비

* * *

　이제부터 두 줄기 높은 흐름이 서로 얽힌다. 그리스도교와 신플라톤주의다. 그리스도교 세계는 플라톤을 '자연스럽게 그리스도교적인 영혼anima naturaliter christiana'이라고 주장했다. 그리스도교의 상징과 초월적 추상 자체가 신플라톤주의를 극화한 것인 경우도 많다. 연결 고리는 플로티노스다.

　플로티노스는 로마에서 26년 동안 가르치며, 사회-정치적으로 불안하던 시기에 플라톤주의를 부활시켰다. 그는 스승 암모니오스와 마찬가지로 글을 쓰지 않았다. 하지만 아우구스티누스가 플로티노스 학파Plotini schola라고 부른 그의 제자들은 스승이 구술한 가르침을 받아 적었다. 그들은 카리스마적 경험을 증언하고, 플로티노스에게 간접적 영향을 받은 단테는 『천국편』에서 그것을 "사랑이 가득한 지성의 빛luce intellectual piena d'amore"이라고 썼다. 아멜리오스가 썼다는 900권의 주석서는 사라졌지만, 플로티노스의 원리와 교육은 남아 있다. 스승은 "육신 속 존재인 것을 부끄러워하는 것 같았다."(나중에 보겠지만, '사상의 스승maître à penser' 알랭에게 이것은 자명했다) 플로티노스는 피타고라스의 이상을 모델로 금욕, 채식, 과다 수면 금지, 독신 생활을 옹호했다. 플로티노스의 가르침은 역시 피타고라스적 방식, 그리고 몇몇의 주장에 따르면 플라톤적 방식에 따라서 두 개의 층위로 이루어졌다. 비전적 '독사'는 엘리트 집단에만 전수되고, 공개적 담론은 일반 대중에게 전해졌다. 청강생은 사방에서 모여들었다. 그중에는 원로원 의원 3인, 의사, 학식 깊은 시인, 고리대금업과 탐욕으로 유명한 웅변가도 있었다. 여자들도 환영받았다(남녀의 장벽을 세운 것은 바울의 그리스도교와 그 조상격인 랍비들이다). 철학자들도 약간 있었다. 우리는 스승의 형상을 따라 세상을 포기한 제자들의 이름을 안다.

플로티노스는 조화로운 화합을 말한다. 그는 존재론적 영지주의와 그 마니교적 우주론에 맞서서, 영혼의 귀향, 무한한 통일성을 향한 귀환을 촉구한다. "어쩌면 영혼에게 악이란 눈을 어지럽혀서 시야를 흐리는 장애물에 불과할지 모른다." 이 언명은 진지한 철학적 탐구만이 진정한 삶이고, 나머지는 '장난감'이라고 가르친 스피노자에게 영감을 주었다. 하지만 이런 조화의 이상, 그리고 스승의 존재가 뿜는 광채는 극도의 정신적 긴장을 동반했던 것으로 보인다. 한 명 이상의 학자가 플로티노스의 제자 집단에서 일어난 불안, 형이상학적 명상의 끝없는 스트레스가 일으킨 병리적 혼란에 대해 말한다. (이 현상은 비트겐슈타인의 제자 집단에서 다시 일어난다.)

우리가 플로티노스의 강의와 세미나에 대해 아는 것은 고전 저작 가운데 독보적인 한 문서 덕분이다. 그것은 포르피리가 『엔네아데스*Enneads*』 개정판 서문에 쓴 전기적, 자전적 약력이다. 그것은 피타고라스 학파, 소크라테스-플라톤 학파의 선례를 따라서 일반적 위인의 전기와 흡사하다. 그럼에도 불구하고 포르피리의 설명은 귀중하다. 세미나는 대화conversazione의 방식, "현학적 과시"가 없는 자유로운 의견 교환으로 진행되었다. 스승의 어떤 가르침은 너무 고매하고, 윤리적·이론적으로 까다로워서 청강생들이 감히 설명을 요구하지 못했다. 플로티노스는 때로 "자신에게 내재하는 정신, 신적 수준의 존재와" 대화하는 것처럼 보였다(소크라테스의 '다이모니온' 참고). 하지만 대개의 경우 그는 반대 의견을 환영하고, 그것들에 명료하고 강력하게 대응했다. 그는 소크라테스와 플라톤을 기리는 연회를 꾸렸다(이런 관행은 나중에 슈테판 게오르게가 흉내 낸다).『향연』을 회고하는 연설들이 이루어졌지만, 플로티노스는 알키비아데스의 육체적 굴복의 고백을 격렬하게 비난했다. 롱기노스의 증언에 따르면, 피타고라스와 플라톤의 원칙을 그보다 더 명석하게 해석해서 개인 행동의 지침으로, 또 (정확히 알 수는 없지만) 인간 본성의 불멸성에 대한 신뢰로 옮겨낸 사람은 없었다. 플로티노스는 스승직을 통해서 그가 말하는 신성한 "유출emanations" 원리를 실행했다. 플로티노스의 유산은 풍성하게 이어졌다. 라틴어로 옮겨진 그의 가르침은 성 아우구스티누스의 길을 준비했다. 보에티우스는 플로티노스가 조르다노 브루노, 피렌체의 신플라톤주의자 마르실로 피치노에게 권위를 발휘하게 했다. 플로티노스의 '일원론monism'은 버클리, 셸링, 헤겔에게 영감을 주었다. 생기론의 베르그송은 그의 먼 제자다. 스티븐 매케나의 광시狂詩적 번역과 플로티누스의 초자연주의는 예이츠에게서 모습을 보인다.

결말은 비극적이었다. 병(나병?)에 걸린 플로티노스는 한때 그 자신이 플라톤의 『법률』에 토대한 도시를 세우고 싶어 했던 이탈리아의 캄파니아로 물러났고, 거의 고립 상태에서 죽었다. 서기 268년에 그의 후원자 겸 친구였던 갈리아누스 황제가 암살되자 공포가 들이닥쳤다. 제자들은 흩어졌다(플라톤은 소크라테스 최후의 시간에 부재하고, 성 베드로는 예수를 부인한다). 로마에서 영혼과 지성의 영토는 사라졌다. 플로티노스는 프리아모스*의 파멸에 괴로워했던 것 같다. 몇몇 제자가 그를 시리아로 데려가려고 했다. 스승이 그들에게 "불운이 철학적 탐구를 자극한다"고 가르치지 않았는가? 델포이의 신탁은 소크라테스의 지혜를 선언했다. 하지만 포르피리에 따르면, 이제 아폴론이 "죽지 않는 노래"를 일으켜서 "온화한 친구 플로티노스"를 기억했다. "그대의 눈은 잠으로 덮인 적이 없다…… 그대는 지혜를 추구하는 자들에게 다 허락되지는 않는 많은 것을 보았다." 플로티노스의 "성스러운 영혼은 잔혹한 인생의 쓰라린 물결 위로 솟아올랐다."

이암블리코스는 그들과 갈라섰다. 그는 플로티노스의 플라톤 독법에 깔린 합리주의를 받아들일 수 없었다. 그의 성향은 밀교적이었다. 하지만 그의 『피타고라스 전기De vita Pythagorica liber』는 스승과 비슷한 교육법을 보여준다. 학생들은 이암블리코스와 함께 살거나 가깝게 살면서, 플라톤과 아리스토텔레스의 텍스트를 면밀하게 학습하고 토론했다. 마술적 요소나 800년 전 피타고라스적 신비주의를 곁들일 때에도 이암블리코스는 문헌학적 방법을 사용했다. 그는 그리스도교 교회의 교조주의에 반대해서 내재적 (영감을 받은 것이라고 해도)

---

* 트로이 전쟁 때 트로이의 왕.

숙고의 권리를 주장했다. 그렇게 해서 3~4세기의 혼돈 속에서 오늘날에도 유효한 철학적-학술적 기술들이 생겨났다.

아우구스티누스는 스승이라는 직분에 대해 계속 성찰했다. 무시무시한 밀라노의 암브로시우스가 그의 스승이 아니던가? 하지만 『교사론*De magistro*』에는 특별한 무게가 붙는다. 아우구스티누스가 이 풍성한 대화를 나누는 상대는 자신의 아들 아데오타투스다. 이 책을 쓴 것은 388~391년이다. 『고백록』에서 놀라운 재능을 지녔다고 회상하는 그 아들은 389년에 17세로 죽었다. 육에서 영으로의per corporalia ad incorporalia 이전을 강조하는 우리의 텍스트는 애도사이기도 하다. 아우구스티누스의 중심적 주제는 플라톤적이다. 영혼과 지성은 계시된 불멸의 진실을 이해하기 위해 깨어 있는 "훈련"을 받아야 한다. 그리고 그런 이해를 위한 필수적 예비 단계는 기호학이다. 기호 없이는 의미에 접근할 수 없다. 하지만 기호 자체는 "아무것도 가르치지 않는다." 이런 역설로 인해 "내적 스승"이라는 아우구스티누스적 개념이 도입된다. 그것은 유일한 "진실된 스승" 그리스도를 말한다.

책은 성서, 특히 바울 서신을 많이 인용한다. 하지만 의미론의 논거들은 주로 키케로와 로마 문법학자들의 것이다. 그것들은 또 철학적 변증법 및 표시와 의미의 설명이라는 더 큰 논제들에 둘러싸여 있다. 핵심에는 내적 빛을 그리스도교화한 플라톤주의가 있다. 아우구스티누스는 이 "특별한 비물질적 빛"을 가정한 채 『메논』을 수정하고 그 너머로 나아간다. 여기서 플라톤주의는 플로티노스를 매개로 한 간접적인 것일지 모른다. 하지만 오리게네스과 암브로시우스는 이미 마태복음 23장 10절 "너희의 지도자는 그리스도 한 분뿐이시다"를 논했다. 아우구스티누스는 이 원칙을 사고와 지식paideia의 소통 전체에 적용하려고 했다. 그래서 의미론적 수단의 한계와 어려움에 대해 전에 없던, 말하자면 기술적인 관심이 대두되었다. 가르치는 일이 어떻게 가능한가?

아우구스티누스는 『고백록』 9권에서 수사학과 변론술 교사로 지낸 과거를 회상한다. 그것은 그저 "가십의 시장"이고 궤변이었다. 가치 있는 스승직은 모두 삼각관계를 동반한다. 꼭지점뿐 아니라 밑변도 불변하는 신성한 진리의 것이다. 아우구스티누스가 『설교』에서 요약하듯이, "말은 우리가 하지만 가르치는 것은 신"이기 때문이다(제라드 맨리 홉킨스가 이 멋진 문장을 돌아본다). 그리스도의 성육신聖肉身에는 준엄한 교육적 기능이 있다. 그것은 "우리를 외면에서 내면으로 부르기 위해 스승이 스스로 외면화한 유일한 내면"이다. 플라톤의 초월성, 신화적 추상성이 구체성을 띤다. 기호의 경이, 표시하고 전달하는 그 능력은 바로 살아 있는 말씀—요한복음이 말하는 그리스도인 로고스—으로 이어진다. 우리는 문법과 그라마톨로지로

부터 철학적 신학으로 나아갔다. 아우구스티누의 언어는 '몸짓 언어sign language'라고 해도 무방하다. 비트겐슈타인은 나중에 아우구스티누스에게 근거해서 지시적 정의의 모델을 제시한다. 하지만 아우구스티누스는 '자기 지시self-reference', 해석의 무한 순환 속에서 오직 자신만을 가리키는 기호quae tamen cum etiam ipsa signum sit의 역설을 잘 알았다. 말을 통해서는 말밖에 배우지 못한다Verbis igitur nisi verba non discimus. 해체주의와 포스트모더니즘은 신앙 없는 아우구스티누스주의다.

오늘날 언어의 변형 생성 이론처럼, 아우구스티누스는 의미론적 능력이 생득적이라고 본다. 하지만 이 생득성이 생리학적인 것은 아니다. 신앙이 문법 및 이해 수단에 선행해야 한다. 그리스도 자체인 말씀은 문자 그대로 인간 정신에 "기거한다." 하지만 이 내재성은 은혜로 해방되어야 한다. 개인들이 가진 자원은 각기 다르고, 그것이 지적 통찰의 범위를 결정한다. 하지만 경청자는 "내밀하고 단순한 인식secreto ac simplici oculo"을 통해서 이해와 동의에 이를 수 있다. 그리고 이 과정에서 스승의 지도가 촉매로 작용한다. 하지만 『메논』에서 보이듯, 이해의 행동은 제자의 열정적 숙고에서 나와야 한다. 질문은 선험적으로a priori 존재한 지식과 모방을 일깨운다. 진정한 학생은 '진실의 학생discipuli veritatis'이다. 그렇다면 어떻게 오류와 오해가 가능한가? 거짓말과 기만은 어떻게 작동하는가? 문제

는 의미론의 오류 가능성, 그리고 담론의 은폐와 전환 성향에
있다. 아우구스티누스는 발화 행위에 내재된 이런 모호성에 사
로잡혀서 최고의 통찰력을 보이는 많은 분석을 수행했다.

제자는 스승의 말에 귀를 기울이면서, 내적 빛이 안겨주는
이해의 힘으로pro viribus intuentes 가르침의 내용을 생각한다.
제자들은 실제로 스스로를 칭찬해야 할 때 스승을 칭송하는
non se doctores potius laudare, quam doctos 경우가 너무 많다.
배우는 과정의 외관상의 직접성과 번득이는 자명함 때문에 그
현상의 기적적인 기원과 복잡성이 가려진다. 그것의 유효화 과
정은 처음부터 끝까지 초월성을 띤다. 진정한 스승은 오직 한
분이기 때문이다(quod unus omnium magister in caelis sit, 유
일한 스승은 하늘에 있다). (홉킨스는 그리스도를 "유일한 진정한 비
평가"라고 말했다.) 교육이란 그분에게 의지하는 능력과 자세일
뿐이다. 이런 것이 없는 곳에서는 원리도 교육도 궤변이다. 그
래서 플라톤이 말하는 소크라테스의 산파술은 우화적으로 그
리스도의 가르침을 예고한다. 성 바울이 아테네에서 만난 "미
지의 신"은 이미 작업하고 있었다.

그 모델 전체가 개인적 상황의 압력과 절망에 가까운 경험
에서 나왔다. 나중에 파스칼이 그랬듯이 아우구스티누스도 상
대주의, 모든 수사의 불확실성에 시달린다(거기서 '수사'와 유인
전략은 어떻게 해서인지, 최선의 의도를 가진 가르침과도 분리되지

않는다). 아우구스티누스는 카리스마의 이중성을 강력하게 경험했다. 유혹에 대한 그의 직감은 예리했다. "위대한 교사를 경계하라." 테뉴어를 덮어놓고 신뢰하면 안 된다.

* * *

셰익스피어가 펼쳐 보이는 경험의 목록은 능가할 자가 없다고 여겨진다. 어떤 기술, 어떤 직업—의사, 변호사, 대부업자, 군인, 항해사, 예언자, 매춘부, 성직자, 정치가, 목수, 음악가, 범죄자, 점쟁이, 경건한 자들, 농부, 행상, 군주—이 그의 시선을 벗어날 수 있었나? 셰익스피어가 정치, 외교, 전쟁술을 신기할 만큼 잘 알았다는 사실 때문에 어리석은 책도 많이 쓰여졌다. 그의 직관 바깥에 있는 인간관계가 있는가? 그는 세계를 요약한다. 하지만 우리가 아는 한, 셰익스피어는 우리가 여기서 논하는 주제인 사제 관계에 대해서는 무심했다.

『사랑의 헛수고』의 홀로퍼니스는 로마 희극의 진부한 인물로, 현학성을 계속 조롱당한다. 폴로니어스의 교훈적 가르침에는 (복잡한 심경이기는 하지만) 악의가 있다. 셰익스피어가 사제 관계를 그린 경우를 그나마 찾자면 프로스페로와 관련해서다. 캘리반은 가혹하게 교육받았다. 미란다의 교육은 엄격한 사랑으로 이루어진다. 하지만 그것은 작품의 핵심 주제가 아니다.

어쨌건 나는 셰익스피어가 왜 이 주제를 외면했는지 설명할 수 있다면, 그의 미궁 같은 감성의 핵심에 들어갈 수 있다고 생각한다. 그래서 "우리는 묻고 또 묻는다."(매슈 아널드)

셰익스피어에게서 전문적, 기술적인 내용도 확고하게 틀어쥐는 놀라운 능력을 확인하는 것은 새로운 일이 아니다. 지나가는 암시, 가벼운 언어 또는 몸짓이 날카롭고도 폭넓은 연상, 은유적 합치의 바다를 연다. 넓게 드리운 언어의 그물이 '무한한 다양함'을 끌어내서 융합시킨다. 셰익스피어라는 연극의 경전에 사제 관계의 드라마가 부재한 것은 (셰익스피어는 성서와 플루타르크를 통해 그 드라마에 익숙했을 테니) 독학으로 박식을 얻은 그가 어쩌면 무의식적으로 엘리트적 권위를 비난하는 것일까? 결은 다르지만, 이런 반응은 몽테뉴에게서도 보인다. 이것은 벤 존슨, 조지 채프먼, 그리고 우리가 뒤에 살펴볼 크리스토퍼 말로에게 활기를 불어넣는, 정식 배움 후의 허기와는 대조된다.

게다가 『소네트』는 독학의 기록—매우 강력하고, 정신적으로도 혁신적이고 영민해서 학교 교육의 변증법을 불필요하고 시시하게 만드는 불안한 심장의 훈련 기록이다. 누가 셰익스피어에게 인간 의식의 진실과 오류를 가르칠 수 있었겠는가?

이런 추측에 어떤 가치가 있다면, 셰익스피어의 불가지론, 그가 어떤 개인적 신조도 드러내지 않은 일(이 사실은 베르디와 비트겐슈타인 같은 이들을 답답하게 만들었다)에 대한 오랜 궁금증이 해명될지도 모른다. 사적 공간에 대한 탁월한 수호가 셰익스피어의 신념들을 잘 방어해주고 있다.

> 그리고 별들을 알고 햇빛을 알았던 그대,
>
> 스스로 배우고, 스스로 살피고, 명예도 안정도 스스로 얻은 그대가
>
> 아무도 짐작하지 못한 땅을 밟았다—더 훌륭하게!*

아널드가 맞을지 모른다. 하지만 단테와는 차이가 너무나 크다.

『신곡』에는 무수한 해석 방식이 있지만 모두 불충분하다. 그중 한 가지 독법은 작품을 배움의 서사시로 보는 것이다. 거듭되는 발전적 만남 —그 심리적 섬세함과 극적 구조에 필적할 자는 플라톤뿐이다— 덕분에, 순례자 단테의 영혼을 움직이는 지성은 캄캄한 절망으로부터 인간 이해의 극한까지 상승하고, 그것은 언어의 극한이기도 하다. 단테는 모든 면에서 '학자적'이었다. 그는 아주 학술적인 의미의 학식을 쌓았다. 그의 감성

---

* 매슈 아널드의 시 「셰익스피어」.

은 가장 열렬할 때에도 개념적이다. 천재적 신화와 서정적 표현을 논리, 기술적 수사학, 분석적 원칙이 뒷받침하고 있다. 그는 추상을 뜨겁게 만든다. 단테는 『새로운 인생*Vita Nuova*』 때부터 생각을 느끼고 느낌을 생각했다.

『신곡』의 원천, 영적 움직임moto spirituale은 교육이다. 작품은 교육을 통해 진행되고, 이런 전개는 추후의 수업과 마스터 클래스들에 담겨 있다. 사제 관계는 여행의 핵심 요소다. 궁극적 '스승님mio maestro'은 접근 불가능한 신이다. 하지만 탄젠트 기하학 ―단테 자신의 비유― 또는 미분법이 그렇듯이, 죽음의 공포는 중심을 압박한다. 연이어 나오는 "영혼의 노래하는 스승들"(예이츠)은 제자를 세우고 키우고 교정하고 훈육하고 칭찬한다. 단테가 탐색하지 않은 전달, 교육 방법, 공식적·예시적 교육의 분야는 거의 없다. "교육하는 것"은 지옥의 유치원을 지나더라도 "앞으로 이끄는 것"이다. (저주는 유치함이 쓰는 가면의 하나다.)

이것은 모두 앞에서 이미 언급한 것이지만, 그 경이는 다시 한 번 말할 가치가 있다.

단테 자신이 스타 학생이었다. 그는 시칠리아 학파, 프로방스 음유 시인, 귀니젤리, 카발칸티 같은 동시대 선배들의 직계였다. 그리고 아퀴나스와 스콜라 철학의 아리스토텔레스의 권위에 따랐다. 베르길리우스는 마술적 지위를 확립했다. 그의 네 번째 전원시에 담긴 은총의 직감은 그리스도의 탄생을 예견한 것이 아닌가? 또 앞날에 펼쳐질 로마 제국과 교황령 로마의 영광도 예고하지 않았는가?("우리의 위대한 무사 여신nostra maggior musa") 단테의 혁신적, 결정적 한 수는 『아이네아스』의 저자 베르길리우스를 순례의 인도자, 아버지 인물, 모범으로 만든 것이다. 서로 선택한 사제간의 협력이 여행의 축을 이룬다. 그 교류―명확한 표현 또는 무의식을 통한 공유―의 밀도가 매우 높아서, 그걸 제대로 다루려면 『지옥편』과 『연옥편』을 모두 한 줄 한 줄 다시 읽어야 한다. 제자라는 직분은 도입부에서 선언된다. "Tu sei lo mio maestro e 'l mio autore(당신은 나의 스승이고, 나를 지은 분입니다)." 몇 세기 후 플라톤적 절대주의자이자 열렬한 단테 학자인 피에르 부탕은 당시 감옥에 있던 국가적 수치 샤를 모라스에게 편지를 썼다. "Mon cher maître, mon maître, jamais ce beau mot n'a été plus complètement vrai que dans le rapoort que j'ai à vous(사랑하는 스승님, 이 아름다운 말이 저와 스승님의 관계에서처럼 진정성을 띠는 곳은 없을 것입니다)." 『신곡』은 그 관계의 해부다. 이후의 어떤 텍스트보다 더 강력한 '성장 소설Bildungsroman'이다. 그것은 모든 부자 관계에 내재한 슬픔을 알고, 환영과 충성의 빛이 집중된 곳에("명예와 빛onore e lume") 드리워지는 배신의 그림자를 안다.

만델슈탐이 『신곡』에 대한 참신한 주해에서 말하듯이, 단테는 수비학을 깊이 활용했다. 그의 감성은 숫자로 드러난다. 『지옥편』은 베르길리우스를 90번 언급하고, 『연옥편』은 34번, 『천국편』은 겨우 13번 언급한다. 이렇게 정밀하게 계산된 디미누엔도는 스승에 대한 제자의 의존, 『아이네아스』에 대한 『신곡』의 의존이 점점 사그라드는 것을 보여준다. (이 두 가지 감퇴는 상호 보충적이다.) 베르길리우스의 시를 직접 번역한 대목은 지옥에서는 7번, 연옥에서는 5번, 하지만 천국에서는 단 한 번 나타난다. 반대로 성서는 자신의 집인 천국에서는 12번, 연옥에서는 8번, 반대로 지옥에서는 딱 1번 나온다. 게다가 『천국편』 8곡과 9곡에서는 『아이네아스』에 대한 비판적 암시도 나온다. 이교도 스승은 더 이상 환영받지 못한다.

"『신곡 Commedia』의 비극은"(로버트 홀랜드의 표현) 『지옥편』 1곡에 이미 있다. 베르길리우스가 영원히 구원받지 못한다는 사실이 명백히 드러난다. 이 사실은 신뢰의 기쁨으로 흐려져도 번복되지는 않는다. "그는 내 손에 자신의 손을 얹고, 밝은 미소로 안도감을 안겨주면서 나를 이끌고 비밀스러운 것들 사이로 갔다." 두려움과 무지에 싸인 순례자는 아이처럼 악착같이 스승에게 의존한다—"나는 모든 지혜의 바다를 향해 돌아섰다 io mi volsi al mar di tutto 'l senno." 하지만 내재된 결함은 9곡의 종결부, 천사가 스승과 제자를 사탄으로부터 구하러 올

때 이미 드러난다. 단테는 루카누스의 『파르살리아 *Pharsalia*』에 담긴 주술과 기괴성을 환기하면서 베르길리우스의 영토를 예리하게 경계 짓는다. 그리스도는 역사와 시간을 "파열"시켰다. 아무리 특별한 일이라고 해도, 베르길리우스가 『아이네아스』에서 저승에 내려간 일도 또 신곡에서 단테를 인도한 일도 그리스도의 구원 행위는 아니다. 하지만 같은 12곡에서 테세우스와 헤라클레스는 그리스도의 전투성을 예고한다. 단테는 편안히 직진만을 하는 경우가 거의 없다.

최초의 위기는 13곡 46~51행에서 일어난다. 중대한 문제가 제기된다. 『아이네아스』에 나오는 선례들은 얼마나 믿을 만한가? 단테가 이 질문을 제기한 중세 고전주의 시절에는 임의로 뽑은 베르길리우스의 문장도 신탁 같은 권위가 있었다. 아주 복잡한 변증법을 단순하게 말해보겠다. 단테는 '허구'란 무엇인지 묻는다. 그것은 "거짓말처럼 보이는 진실"(16곡 124행)인가? 『신곡』에서 단테는 "진정한 허위"를 강조한다. 취약하지만 더없이 중요한 구별은 '진정한 허구'와 '거짓된 사실'을 분별하는 것이다. 『신곡』과 같은 허구적 진실은 그리스도가 올 때 상상력과 지성이 재탄생한다는 섭리적, 회고적 인식을 통해 인정받는다. 20곡은 신화의 체계와 우리가 림보에서 처음 만났던 라틴어 스승 넷의 거짓의 차이를 구별한다(단테보다 더 예리한 언어 비평가가 있던가?). 스타티우스, 오비디우스, 루카누스,

베르길리우스는 물론 영감을 받은 시인들이다. 하지만 그들은 "축복받지 못한 견자見者"들이고, 그래서 궁극적으로 틀렸다. 어떤 변신도 '실체 변화transubstantiation'에 필적하지 못한다.

거기에 문학사에서 가장 흥미로운 대목이 뒤따른다. 지옥에서 그리스도의 힘의 구체적 증거에 마주치자, 베르길리우스가 『아이네아스』에서 만토가 발설한 예언을 수정하는 것이다. 최고의 스승이 오류를 인정하고 자기 작품을 수정한다. 지드의 『위폐범들』에 나오는 창백한 게임 이전에 이런 사례가 또 있는가? 우리 모더니즘에 이만큼 해체적인 것이 무엇인가? 그 순간부터 사랑하는 스승에 대한 제자의 복종은 질문하기로 변화한다.

『연옥편』은 '명성fama' 개념, 죽음을 넘어서는 세속적 영광에 대한 비평을 심화시킨다. 스승은 『지옥편』 24곡에서 그런 영광을 인정한다. 고별의 극적인 긴장은 사실 64개의 곡에 전체에 걸쳐 펼쳐져 있다. 베리길리우스는 스타티우스를 그리스도교로 개종시켰지만(네 번째 전원시가 그 예고 역할이다), 구세주의 법칙에 저항한다("ribellante a la sua legge"). 그는 『지옥편』 9곡에서는 베아트리체의 신성한 임무와 보호를 의심한다. 순례자 겸 제자는 스승이 스스로의 통찰력에 따라 행동하지 못하는 정체불명의 '파탄faillimento' 상태임을 직감한다. 키르케고르의 경우처럼, 심미안이 한계를 규정한다. 신학적으로 이

해한 은총은 완벽한 형식미(『아이네아스』)도 떠나서 사랑의 성
례로 이동하게 만든다.『신곡』의 전개 과정에서 네 명의 이교
도가 구원을 허락받는다(스타티우스와 카토는 연옥편에서, 트라
이아노와 리페오는 천국편에서). 중세의 신화적 상상력은 단테가
충분히 베르길리우스를 '구원'하게 만들 수 있었을 것이다. 하
지만 제자는 "가장 인자한 아버지dolcissime patre"─작품 전체
의 유일한 최상급─를 "오래된 오류 속의 옛날 사람들le genti
antiche ne l'antico errore"에게 보낸다. 베르길리우스 자신은 그
런 "영원한 추방"에 슬퍼한다. 단테의 비타협성은 탁월한 많은
독자를 당혹시켰다. 이것은 어떤 감추어진 배신 행위인가? (정
신분석학이라면 어떤 "오이디푸스적 복수"인지 물을 것이다.)

동기가 무엇이건, 그들의 이별은『신곡』을 '문학적' 파토스
의 정점으로 끌고 간다. 어떤 작별도『연옥편』30곡의 형식적
기교와 감정적 진실성을 능가하지 못한다. 순례자 단테는 새로
운 스승 겸 애인인 베아트리체가 다가오는 데 몸을 떨면서『아
이네아스』를 떠올린다. 그는 자신 안에 "오래된 열정의 흔적"
이 있는 것을 인식하면서, 베르길리우스의 문장을 라틴어 원문
그대로 ─"옛 사랑의 흔적을 인식한다agnosco veteris vestigia
flammae"─ 인용한다. 디도는 시케오에 대한 옛사랑을 회상
한다. 단테가 '원문 그대로' 인용하는 유일한 다른 작가auctor
는 신이다. 인용을 사용하는 것은 문화를 정의하는 것과 비슷

하다. 『신곡』은 『아이네아스』 없이는 불가능했지만(성 바울은 에우리피데스를 인용한다), 그것을 수정해야 했다. 베아트리체는 그리스도교 기도의 효과를 증명하기 위해서 『아이네아스』 6권에 나오는 유명한 절망의 표현을 일부러 잘못 인용한다. 절망은 반그리스도교적이다. 베르길리우스는 "빛을 만들facere luce"줄 알았지만 베아트리체는 스스로 빛이다.

제자가 스승에게 작별을 고하는 장면에는 베르길리우스의 『농경시Georgics』의 영향이 강하게 보인다. 단테가 이 작품을 몰랐다는 것이 예전의 통설이었는데 학자들은 이제 단테가 이 작품을 알았다고 생각한다. 오르페우스와 에우리디케의 작별이 순례자와 안내자 사이에 일어난다. 순례자는 스승이 에우리디케처럼 어둠 속으로 돌아가야 한다는 것을 안다. 쓸쓸함은 당연하고 또 필요하다. 계시가 제작poiesis을 대체한다. 이제 제자는 더 높은 가르침, "우리 최고의 무사 여신nostra maggior musa"으로 옮겨가야 하고, 그것은 성서의 가르침이다.

오늘날 스타티우스를 아는 것은 고전학자와 중세학자뿐이다. 이 1세기의 서사 시인은 단테와 그 동시대인들에게는 베르길리우스와 오비디우스 바로 아래 급이자 루카누스에는 앞서는 경전적 서열이었다. 그의 『테바이스』와 『아킬레이스』는 서구에 테바이와 트로이의 일을 알렸다. 카토는 남들을 위해 스스로를 희생해서 구원을 얻었다. 트라야누스 황제는 훌륭한 통치로 인해 그레고리우스 교황이 "기도"를 해서 림보에서 나왔다. 로마를 세운 트로이인들 중에는 리페우스가 "가장 공명정대했다." 단테가 왜 세례의 대상으로 스타티우스를 선택했는지는 아직도 의견이 갈리고 불분명한 사안이다. 스타티우스 자신은 『연옥편』에서 『아이네아스』의 한 시 구절 덕에 참회와 내적 신생을 했다고 말한다. 베르길리우스의 네 번째 전원시가 그를 그리스도에게 이끌고 갔다. "당신 덕분에 나는 시인이자 그리스도교인이 되었습니다Per te poeta fui, per te cristiano." 시학과 신앙이 결합한다. "나는 내 시에서 그리스인들을 테바이의 강들로 이끌기 전에 세례를 받았다." 하지만 스타티우스는 도미니쿠스회 박해에 대한 공포 때문에 믿음을 숨겼고 그래서 연옥의 산을 힘겹게 오르게 된다.

『연옥편』 21곡의 도입부에서 스승과 제자의 모습은 엠마오 마을로 가는 두 제자를 닮았다. 그리고 스타티우스의 그림자는 그리스도의 인격을 상징한다. 그래서 그의 전례적 인사가 나온다. "나의 형제들이여, 하느님의 평화가 그대들에게 있기를 O frati miei, Dio vi dea pace." 약간 아이러니하기는 하지만, 귀스타브 쿠르베의 〈만남La Rencontre〉은 그 순간의 조심스러운 거대함을 재생한다. 베르길리우스는 서글픈 예의 속에 자신을 그 "이해를 초월하는 평화"에서 "추방된" 자로 본다. 스타티우스는 『아이네아스』에 대한 풍성한 회상으로 스승에게 존경을 바친다. 단테는 스타티우스에게 안내자의 정체를 밝힐 때 자부심을 느낀다. 단테는 문학적으로 스타티우스와 자신이 모두 베르길리우스의 성실한 문하생이라고 여긴다. 그래서 스타티우스의 입을 빌려서 베르길리우스의 예술을 요약한다. 여기에 "그림자를 확고한 것으로 취급하는trattando l'ombre come cosa salda" 시인이 있다. 이것은 분명 단테 자신의 비길 데 없는 기예다.

베르길리우스는 신학적으로 비극적 운명이 예정되어 있지만, 이별의 문턱에서 스타티우스와 만나면서 다시 한 번 시적-예언자적 명성이 드높아진다. 스승은 제자들이 자신에게는 금지된 그 빛을 향해 가게 해준다. 스타티우스는 『테바이스』 최종 3권을 쓸 때 이미 비밀 그리스도교인이었다는 전승이 있다. 허풍스러운 서사시 『테바이스』는 시적으로 『아이네아스』와 비교가 되지 않는다. 하지만 구원의 계획표, 인간 영혼에 대한 교육의 계획표에서는 그것을 앞선다. 계시로 가는 길에서 스타티우스의 존재를 앞서는 것은 베아트리체뿐이다.

이 책의 주제를 가장 잘 구현한 텍스트를 꼭 하나 골라야 한다면, 그것은 단테의 『지옥편』 15곡일 것이다. 단테와 브루네토 라티니의 만남은 그동안 많은 해부와 논의의 대상이었다. 하지만 핵심 질문은 아직도 해결되지 않았다. 단테는 어떤 의미에서 자신을 그 피렌체의 외교관 겸 문법학자 겸 수사학자의 제자로 여긴 것일까? 브루네토는 무슨 죄로 참혹한 "불의 비" 속에 들어가게 된 것일까? 한 저명한 프랑스 학자는 오래전부터 그것은 라티니가 저서 『보물의 책 *Li Livres dou Trésor*』을 토스카나어도 아니고 심지어 라틴어도 아닌 프랑스어로 출판한 죄 때문이라고 주장한다. 내가 볼 때 그 주장은 어둠에 잠긴 학술 정신의 표본 같다.

하지만 실마리들은 눈에 띈다. '교사, 즉 남색자 pedagogus ergo sodomiticus'라는 보카치오의 후기 주해는 투박한 방식으로 한 가지 끈질긴 모티프, 즉 스승과 제자, 교사와 학생 간의 호모에로틱한 유대라는 모티프에 빛을 비춘다. 브루네토가 최고로 활약하는 베로나의 경주 palio는 명백히 남성미 및 동성애적 과시와 연결되어 있고, 그 사실은 우승자가 휘두르는 녹색 휘장에서 잘 드러난다. 하지만 브루네토의 죄가 무엇이건, 단테는 열렬한 존경심을 품고 그에게 다가간다. 'Siete voi'와 'ser' *라는 표현은 분명한 경칭이다. 제자는 '스승님 lo mio maestro'에게 고개를 숙인다. 그에게서 핵심적인 가르침을 받았기 때문이다.

---

* 각각 영어의 'Are you'와 'Sir'에 해당한다.

ad ora ad ora

m'insegnavate come l'uom s'etterna

지고한 단순함은 번역 불가능하다. 단테는 이렇게 여덟 단어로 교육paideia을 요약한다. 그리고 그것으로 진정한 가르침의 목적, 예술·철학·숙고의 목표가 무엇인지를 말한다. 시대를 초월해서. 핵심은 '영원해지다s'etterna'다. 엘리엇 노턴의 번역은 이렇다. "당신은 내게 사람이 <u>스스로</u> 영원해지는 법을 가르쳐주었습니다." 이것은 표준적 번역이고, 원문의 핵심을 놓친다. 프랑스어에는 's'éterniser(영원히 지속되다)'라는 동사가 있다. 위대한 가르침, 인간 영혼이 미적·철학적·지성적 것을 추구하도록 교육하는 것은 개인뿐 아니라 인류를 '영원하게' 만든다. 유한한 인생에 의미를 준 스승의 제자는 행운이다. 하지만 오만은 어울리지 않는다. 브루네토의 그림자는 "성직자들과 명성 높은 문인들"의 무리에 둘러싸여 있다. 그 "성직자들의 배신"에 대해서는 뒤에서 다시 논할 것이다.

15곡의 종결부는 가히 환상적이다. 'Ser' 브루네토는 불의 저주 속으로 뛰어들면서도 "패배자가 아니라non colui che perde" 승리자 같다. 시적·학술적 담론의 "영원성"은 저주라는 다른 영원성 속에 타버린다. 이 둘은 어떤 깊이에서 연결되는가? 단테와 브루네토, 프로스페로와 에어리엘은(T. S. 엘리엇이 규정하듯, "제3의 것은 없다").

　　나의 에어리엘,

　　이것이 네 임무다. 이걸 마치면

　　자연 속으로 해방돼서 떠나라……

* * *

페르난두 페소아는 귀신들과 함께 살았다. 그들의 분주한
재량은 그의 유령 같은 리스본을 채웠다. 페소아도 단테처럼
그림자들에게 무게를 주었다. 거기서 그의 4중 자기 분할의 논
리가 나온다. 페소아가 출연시키는 네 시인은 각자의 목소리,
이념, 수사법이 완전히 다른 특징을 갖고 있고, 그들의 유령은
모두 상상한 일대기와 저서 목록이 있다. 그들은 서로 얽힌 상
호 주목, 의심, 또는 유사성 안에서 관계를 맺고, 그것을 관통
하는 페소아는 "스스로에게서 유배당한" "비밀 공유자"다.* 그
가 사용하는 이명heteronym은 익명적 장치를 뛰어넘는다. 알
바루 데 캄포스, 히카르두 헤이스, 알베르투 카에이로, 그리고

---

* 페소아는 다양한 필명으로 작품을 썼고, 필명마다 개성을 부여했다. 그리
　고 그 필명들은 단순한 필명이 아니라 '이명異名'이라고 했다.

"페소아"—페르난두 페소아이기도 하고 아니기도 한—에게서("보르헤스와 나"는 그의 가장 유명한 후계자다) 천재성이 끌려나와 사분할된다. 즐겁고도 우울한 마술이다. 가면은 피부에 밀착했다. 문학사에서 독보적인 이런 연금술에서 사제 관계가 도드라진다.

서로 앙숙지간인 헤이스와 캄포스는 모두 자신이 카에이로의 제자라고 한다. 페소아는 20년이 넘도록 카에이로의 시 전집을 히카르두 헤이스의 서문을 달아서 출간할 계획을 했다(히카르두는 주제 사라마구 최고 소설의 후기 주인공이며, 그 자체로 페소아의 허구를 3중으로 반영한다). 책은 캄포스가 쓴 『나의 스승 카에이로의 기억에 붙이는 주석』으로 끝난다. 번역가이자 에세이스트인 I. I. 크로스는 페소아를 유일한 창시자로 삼아 영어권 세계에 새로운 리스본 시학파를 만들려고 했다.

캄포스가 처음 카에이로를 만난 것은 순전한 우연으로, 독일어의 "운명의 시간Sternstunde"이라고 불리는 순간이 되었다. 작품은 내내 플라톤적 빛을 발한다. 카에이로는 "내면의 차분함이 주는 기이한 그리스적 분위기…… 그 푸른 눈은 계속 주시했다…… 그의 입의 표현을 사람들은 알아차리지 못했다. 마치 말하기는 이 남자에게 존재하지 않는다는 것처럼. 하지만 그의 미소는 우리가 시에서 아름다운 무생물을 묘사할 때 말하는 미소, 보기에 즐겁다는 이유만으로 지어지는 그런 미소였다. 꽃, 넓은 들판, 강물 위의 햇빛 ─우리에게 말을 걸어서가 아니라 존재 자체로 미소를 짓는 것들." 하지만 슬픔이 임박한 다. "너무 일찍 돌아가신 스승님! 저는 스승님을 저라는 미미한 그림자를 통해서, 제 죽은 자신이 보유한 기억을 통해서 봅니다." 스승의 첫 번째 언명 ─"모든 것이 우리와 다르고, 그것이 모든 것이 존재하는 이유다"─을 듣고, 제자는 "땅이 뒤흔들리는 충격"을 받는다. 그는 유혹당하지만, 이 유혹은 그의 감각에 "내가 가진 적 없던 처녀성"을 제공한다(신비와 아이러니의 혼성이 페소아의 특징이다).

카에이로는 침착한 이교 신앙을 호흡한다. 그의 제자는 때로 "다른 사람이 아니라 다른 우주와 논쟁하는" 듯한 신체 감각을 기록한다. 그에게 스승은 "내 감각 중 하나"일 뿐이다. 제자는 "그 문장이 내 영혼에 일으킨 충격"을 극복하지 못한다. 그럼에도 불구하고, 그것을 아무 의도 없이 세상을 밝히는 햇빛 줄기로 받아들인다. 자기 자신보다 개념들 속에 기거하는 페르난두 페소아는 '대화conversazione'에 참여한다. 그리고 카에이로의 불가지론적 객관주의를 개인적 칸트주의의 일종으로 분류하려는 헛된 시도를 한다. 그런 노력은 제자라는 직분의 심장부를 건드린다.

이 대화는 내 영혼에 계속 새겨져 있었고, 나는 그것을 내가 생각하는 속기술에 가까운 정확도로 (하지만 속기술 없이) 재현했다. 내게 날카롭고 생생한 기억이 있는데, 그것은 특정한 광기의 특징이다. 그리고 이 대화는 중요한 결과를 낳았다. 그것은 그 자체로는 모든 대화와 마찬가지로 비합리적이고, 엄격한 논리를 적용한다면 입을 다무는 사람들만이 자기 모순에 빠지지 않는다는 것을 쉽게 증명할 수 있다. 철학적 지성은 언제나 자극을 주는 카에이로의 긍정과 대답 속에서 갈등하는 사고 체계를 알아낼 수 있을 것이다. 하지만 그 점을 인정해도, 나는 갈등은 없다고 생각한다. 내 스승 카에이로는 분명히 옳다. 그가 틀린 대목에서도.

캄포스의 신앙 고백은 최고의 지성과 "동행하는 물리적 특권"은 모두에게 주어지지 않는다는 통찰에 따른 것이다. 특권을 받은 자들만이 그 일이 자신들을 변화시킬 것을 알고 로마까지 갈 수 있다. "열등한 자들은 스승을 가질 수 없다. 그들에게는 스승이 스승 역할을 해줄 무언가가 없기 때문이다." 최면에 걸리는 능력은 강한 성격의 특징이다. 이런 이들은 스승의 개입이라는 필터를 통과한 뒤에도 변화한 개성을 유지한다. 개별 사례가 다 특징적이다. 히카르두 헤이스는 카에이로를 통해서 "원래는 시인"이 된다. 이 변화로 그는 젠더 전환이 가능하게 된다! 안토니우 모라는 ―"강한 정신이 모두 그렇듯 우유부단한"― 영혼을 얻는다. 그는 카에이로의 숨겨진 자취를 따라 놀라운 독창성과 이론적 사고를 생산한다. 알바루 데 캄포스에게 그 만남은 중대한 결과를 낳았다. "그리고 그때부터 계속 좋든 싫든 나는 나였다."

가장 불안한 것은 "페소아"를 대하는 페소아다. 1914년 3월 8일에 카에이로를 만나고 그의 자작시 낭송을 들은 "페소아"는 집으로 달려가서 그 자리에서 여섯 편의 시를 쓴다. 그를 사로잡은 열기는 정확히 "그가 가지고 태어난 것"이다(그 말에는 창조의 해부 전체가 담겼다). 하지만 작품은 당연히 그가 스승을 만나고, 그의 말을 들은 직후에 겪은 정신적 충격의 결과다. 제자의 자율성이라는 수수께끼가, 카에이로가 만들지만 전적으로 "페소아의 것"인 탁월성을 낳는다. 그렇게 해서 "영혼의 이 진정한 사진"은 제자라는 직분에 대한 헤아릴 수 없이 깊은 모사模寫이기도 하다. "카에이로 스승님 만세!"

풍자는 조용하고 만연하다. 페소아는 20세기 초에 번성한 신비 종교—별 숭배, 접신론, 신이교Neo-paganism, 카발라, 장미십자회—에 빠져 있었다. 그도 예이츠, 슈테판 게오르게, 조르주 바타유, 초현실주의자들처럼 비밀 결사에 끌렸다. 하지만 그러면서도 그런 매혹에 대해 뒤틀린 불신을 유지했다. 유명한 슬픈 미소가 그를 괴롭혔다. 이 고독의 마법사를 고통스럽게 하는 것은 대화에 대한 갈증, 소크라테스 방식으로 감성과 지성의 위험을 공유하는 것에 대한 갈증이다. 그래서 날카로운 다정함, 사제 관계의 아이러니한 파토스가 생겨난다. 페르난두 페소아는 그의 기념비적인 작품 『파우스토*Fausto*』에서 이것들로 돌아간다.

* * *

화실, 공방, 마스터 클래스는 음악과 미술 역사 내내 중요한 역할을 했다. 그것들은 고대부터 존재했고, 그 자체로 여러 이차적 도상과 전설을 낳았다. 많은 회화와 에칭 작품이 ―풍자적인 경우도 많다― 아카데미와 음악 학교에서 모델을 그리거나 작곡을 하는 수업 장면을 담고 있다. 발자크, 졸라, 뒤 모리에, 토마스 만이 이 주제를 다루었다. 고전 미술은 우리가 생각하는 것보다 훨씬 더 집단적인 작업이었다. 많은 제자가 스승을 도왔다. 베를리오즈의 〈벤베누토 첼리니〉와 바그너의 〈뉘른베르크의 명가수〉에서는 수련 생활의 희극과 합창 연습 장면이 반짝인다. 우리가 살펴보는 모든 요소가 ―매혹된 충성, 상호 경쟁, 전복, 배신― 가까이 있다.

문학의 경우는 그렇게 뚜렷하지 않다. 수사학, 시적 구성과 표현에 대한 수업은 고대 세계 전역에 있었다. 웅변술 교육은 로마, 알렉산드리아, 세네카 시절의 스페인에서 번성했다. 비잔티움에서 문학은 학습 대상이었다. 하지만 그것을 화가의 화실이나 음악가의 작곡 교실과 비슷하게 보기는 어렵다. 문학 텍스트로 옮겨지는 상상력의 요소들과 감정의 훈련이 정식화된 일은 드물거나 아니면 문학사적으로 최근의 일이다. 교육적 지도, 예시적 조언의 과정은 카리스마와 다소간의 전문적인 환경—벤 존슨의 '종족', 친절한 군주 드라이든의 커피하우스, 존슨 박사가 지배하는 클럽, 말라르메의 차 모임—에서 부수적으로 발생한다. 실제 교수 과정은 문서화하기 어렵다. 이와 관련해서 확인 가능한 자료는 19세기 말에 시작한다. 문학에서 사제 관계가 강력하게 떠오른 것은 플로베르가 젊은 모파상을 정신적으로 입양했을 때부터다.

모파상의 수련 생활은 플로베르가 1871년의 사건 이후 고독과 우울증에 빠졌을 때 시작되었다. 모파상은 플로베르의 지도 아래서 산문으로 전향한다. 그는 자신이 1870년대 중반에 받은 훈련이 아주 강도 높았음을 증언했다. "스승님은 (내가 제출하는) 모든 것을 읽었다." 그리고 세밀하게 비판했다. 세밀한 디테일과 포괄적인 주제 의식이 번갈아 거론되었다. "아주 작은 것에도 우리에게 알려지지 않은 것이 있다. 그것을 찾아야 한다. 타오르는 불길이나 들판의 나무를 묘사하려면 그 불길이나 나무가 더 이상 다른 나무나 불길과 비슷해지지 않을 때까지 그 앞에 있어야 한다." 모래알도 한 알 한 알이 모두 다르다. "네가 하고 싶은 말이 무엇이건, 그것을 표현할 수 있는 단

어는 단 하나다. 그것의 움직임을 나타내는 동사도 하나고, 그
것의 특징을 설명하는 형용사도 하나다." 문체는 무한한 한정
성이라고 플로베르는 가르쳤다. 1876년 7월 23일에는 "예술
가가 되기로 마음먹은 사람은 더 이상 다른 사람들처럼 살 권
리가 없다"고 했다. '흠잡을 데 없는 스승irréprochable Maître'
플로베르의 강의 계획표는 프랜시스 스티그뮬러가 말하는 "천
재성의 온실"이었다. 반대로 플로베르도 『부바르와 페퀴셰
Bouvard et Pécuchet』의 아이러니한 상황을 구성할 때 제자의
도움을 받았다.

그들은 1867년 9월에 만났다. 축복은 플로베르의 갑작스러
운 죽음 직전에 왔다. 그 순간은 우리가 여기서 살펴보는 사례
들 중 특히 밝은 것에 속한다. 모파상은 「비계덩어리Boule de
suif」를 보냈고, 플로베르는 즉각 반응했다. "이 사람은 거장이
다Cela est d'un maître." 그리고 문장 중간에 분명히 무의식적
으로, 이전까지 한 번도 쓰지 않던 친밀한 표현 '튀tu'를 사용
한다.* 그리고 열렬하게 축성한다. "아니! 나는 정말로 만족해
Non! vraiment, je suis content!" 그리고 다가오는 자신의 죽음을
암시하듯 바통을 넘긴다. "네가 나를 사랑하는 건 옳은 일이야.

---

* 프랑스어의 2인칭 단수 대명사는 가깝고 편한 사이에 쓰는 '튀tu'와 경칭
인 '부vous'로 나뉜다.

네 선생이 너를 소중히 여기니까Tu as raison de m'aimer, car ton vieux te chérit." 모파상은 플로베르가 죽은 직후인 1880년 5월 25일, 투르게네프에게 편지를 써서 스승의 끊임없는 존재, 지울 수 없는 목소리에 대해 말한다.

플로베르의 강력한 스승 역할maîtrise은 에즈라 파운드—"그의 페넬로페는 플로베르였다"—가 T. S. 엘리엇에게 수행하고, 헤밍웨이가 거트루드 스타인에게서 잠시 경험한 개인 지도에서 확실한 인정을 받았다. 하지만 이런 개별적 교수 행위를 제도로 바꾼 것은 모두가 재능을 가질 수 있고 영감도 가르칠 수 있다는 미국적인 믿음이었다. 폴 잉글은 1930년대 말에 아이오와 대학에서 작가 워크숍을 시작했다. '문예 창작 Creative Writing' 수업, 세미나, 서머스쿨, 가정 학습 프로그램이 이제 국제적 산업이 되었다(영미권의 영향력이 여전히 압도적이지만). 이에 대해 제기되는 문제들은 대응하기 꽤 곤란하다. '비창작 글쓰기non-creative writing'란 무엇인가? 공동의 노력으로 가치 있는 시, 소설, 희곡을 생산하려는 시도가 학술계에 자연스럽게 자리할 수 있는가? 오든은 일찍부터 그것이 공식적·심리적으로 교수자의 독립성과 상황의 불가피한 기술적 장치들을 해칠 수 있다고 경고했다. 미술이나 음악 작품에 대한 측정 및 '검토' 가능한 기준은 글에는 맞지 않거나, 피상적인 수준에서만 맞는다. 정직한 경우라면 문예 창작 강의는 고독을 경감시켜 주고, 자기 생각을 다른 목소리로 들어보는 기회가 된다. 그리고 출판 가능성이나 시장 진입 전략도 배울 수 있을 것이다.

문예 창작 수업들은 불가피하게 독자적인 기생 장르를 낳았다. 때로는 혼란스러운 '정치적 올바름'이 우중충하거나 히스테리컬한 배경을 이룬다. 캠퍼스 시인과 그를 따르는 무리만큼 에로틱한 가능성이 높은 교육은 없다. 개인의 내밀한 상상을 비평가의 관음적 시선 앞에 제출하는 일은 적나라한 노출을 피할 길이 없다. 거기서 지금 '성희롱'이라는 정치적 패러디로 폄하된 섹슈얼리티를 어떻게 배제할 수 있을까? 소크라테스와 알키비아데스, 아벨라르와 엘로이즈, 카발리에리와 미켈란젤로, 하이데거와 한나 아렌트의 관계를 보라. 필립 로스의 『죽어가는 짐승 *The Dying Animal*』(2001)이 파헤치는 미국에는 특징적인 신랄함이 있다. 마지막으로, 어쩌면 교육적 성격은 모든 작가의 운명이다. E. M. 포스터가 말하는 "오직 연결하라"* 의 호모에로티시즘은 신중하고 함축적이다. 조이스 캐럴 오츠의 『교습자 *The Instructor*』(2001)에서는 그 유대가 흉악무도해진다.

---

* 'Only Connect'. 소설 『하워즈 엔드』의 제사題辭.

브루네토 '선생Ser'의 친절courtesia을 떠올리면, 우리는 얼마나 멀리 떨어진 것일까.

03

•

마그니피쿠스

* * *

　크리스토퍼 말로의 약강격 운율은 추상에 생기를 불어넣는다. 포스터스의 신학적, 형이상학적 명제들은 탬벌레인 제국의 야망이나 유대인 바라바의 복수심만큼이나 불안하게 돌격한다. 말로의 빛나는 지성은 동시대인들을 사로잡았다. 마이클 드레이턴은 그에게 "눈부신 천상의 것들"이 있다고 말했다. 한참 후대의 시인 콜리지는 그가 엘리자베스 시대 극작가 중 "가장 '사려 깊고' 철학적인 지성"이라고 판정했다. 말로는 지금까지도 밀턴, 조지 엘리엇과 함께 우리의 위대한 작가 중 가장 학구적이고 또 학문의 난해함을 가장 잘 다룬 사람이다. 그는 신학적, 인식론적 논쟁이 격렬하던 시기에 케임브리지 대학에서 6년 반을 보냈다. 그의 예술에 인용은 제2의 본성이었다. 『포스터스 박사_Dr. Faustus_』* 도입부의 독백은 아리스토텔레스, 유스티니아누스, 성 히에로니무스를 인용한다. 그 뒤를 베이컨 신부와 알베르투스 마그누스가 따른다. 흐르는 시간에 대한 포스터스의 공포는 (강렬한 아이러니가 담겼지만) 오비디우스의 「사랑_Amores_」의 한 구절로 표현된다. 포스터스의 묘비명―"곧게 자랄 수 있던 가지는 꺾였다"―은 토머스 처치야드의 시 「쇼어의 아내_Shore's Wife_」에 나오는 것이다. 말로는 셸리에 맞먹는 섬세한 헬레니스트지만, 아우구스투스 황제 시대와 교부 시대 특유의 라틴어의 울림에 셸리보다 정통하다. 그의 천문학적 모호함은 ―프톨레마이오스와 코페르니쿠스 사이의 간격처럼― 극히 미묘하다. 교묘한 암유, 수사학과 아포리즘의 지적 번득임은 전설이다. 사색적, 전문적 담론 안의 현실성의 무게는 아직도 그의 독보적 영역이다. 존 단이 비교할 만하지만 그는 더 급하게 불이 붙는다.

그때는 특권적 시대였다. 르네상스가 근대의 문을 열기 시작한 중세 후기 세계는 역동적 고요의 세계였다. "대립물의 동

---

* 원제는 『The Tragical History of the Life and Death of Doctor Faustus』. 파우스트 신화를 다룬 희곡으로, 파우스트는 '포스터스'로 바그너는 '와그너'로 이름이 영어화되었다.

시 발생"이라는 변증법적 긴장에서 16세기 말과 17세기 초를 능가하는 시대는 없다. 신앙과 개혁이 비밀스러운 무신론(말로는 "무신론에 물든 학파schola frequns de atheismo"인 롤리의 심야파에 속한다)과 접촉했다. 점성술에 천문학이, 흙점에 광물학이 끼어들고, 연금술에서 화학이 태어났다. 거울과 자석 연구는 강령술과 불가분의 관계였다. 백마술과 흑마술 사이의 회색 지대에서 무수한 시험이 이루어졌다. 헤르메스교와 카발라는 수학 연구를 촉진했다. 존 디에게서, 그리고 롤리 집단의 스승으로 알려진 토마스 해리엇에게서 비전적인 것과 체계적·과학적인 것을 어떻게 분리할 수 있을까?

이런 긴장은 대학들에 불을 붙였다. 강연장과 볼로냐 중세미술 박물관 세미나 장면을 담은 그림들을 생각해보라. 그 작품들은 연극성과 '희극성commedia'이 생생하고, 수업 시간에 잠자는 학생들의 묘사에서도 그렇다. 조르다노 브루노, 셰익스피어의 햄릿, 말로의 포스터스는 모두 비텐베르크 대학에 다녔다(루터도 그랬다). 코페르니쿠스와 포스터스는 크라쿠프 소재 야기엘론스키 대학의 (아직도 있는) 안뜰을 공유했다. 대학원 수업은 죽음 뒤에도 이어진다. "내 혼백이 옛 철학자들과 함께 있기를!"

신들에 대한 거대한 도전, 바람이나 불 같은 자연의 비밀을 훔치려는 격렬한 시도는 고전 시대부터 전해진 모티프다. 포스터스는 프로메테우스와 이카루스라는 관습적 아이콘을 소환한다. 그에 못지않게 유력하고, 칼뱅주의가 특히 강조하는 것은 리비도 스키엔디libido sciendi, 즉 지식을 향한 끝없는 욕망('욕정'이라고 해도 될까?)이 아담의 추방을 가져왔다는 개념이다. 지식의 나무에는 독이 든 열매가 맺혔다. 이 작품의 심오한 참신성은 가장 뛰어나고 도덕적으로 온당한 지식의 취득에도 퇴치 불가능한 슬픔이 달라붙는다는 통찰이다. 흔히 그렇듯이, 핵심적 움직임은 조르다노 브루노의 것이다. 비텐베르크의「고별 연설Oratio valedictoria」에서 브루노는 전도서 1장 18절을 스스로의 좌우명으로 선택한다(전도서가 새로운 시대의 독본으로 수행한 역할은 아직 제대로 연구되지 않았다). 그것은 "지혜가 많으면 괴로움도 많다"는 것이다. 이런 반플라톤적, 반인문주의적 '슬픔tristitia'은 척결 대상이었다. 조지 채프먼의 수수께끼 같은「밤의 찬가Hymnus in Noctem」는 (어쩌면 플로티노스의 영향으로) 열망하는 자신의 영혼에게 "고통 속에서도 노래하라"고 명령한다. 하지만 이론적, 사색적 탐구가 비극의 정조를 띤다는 발견은 —이것은 이후 파스칼에게서 정점에 이른다— 불가역적이다. 그것은 두 개의 무한이 부딪히는 데서 나온다. "의지의 작용은 무한하다"고 조르다노 브루노는「영웅적 열광Heroic Frenzies」(1585)에서 가르쳤다. 하지만 지식의 영토도 마찬가지다. 인간 의지도 체계적 탐구도 자연 현상의 최종 비밀을 알아낼 수도, 완전히 이해할 수도 없다. 좌절은 이성에 새겨져 있다. 그래서 M. C. 브래드브룩의 말처럼, 포스터스는 냉혹한 패러독스로 오직 스스로의 저주 속에서만 확실성을 얻는다.

1507년에서 1540년대 사이에 엄청난 속도로 퍼진 전설의 핵심에는 요한네스 푸스트라는 한 개인이 자리하고 있을지도 모른다. 그는 인쇄술이라는 이름의 새로운 요괴짓과 연결된 사람이다. 그 전설은 인형극 버전으로 독일과 중부 유럽 전역에서 증식했다. 『D. 요한 파우스텐의 이야기 *Historia von D. Johann Fausten*』는 1587년에 프랑크푸르트에서 팔렸다. 슈피스의 『원조 파우스트 책 *Urfaustbuch*』은 온갖 설명을 달아 영어로 옮겨졌다. 진행에 간격은 있지만, 거기에 즉각 주목한 것은 말로의 민감한 감각을 보여준다. 그의 희곡—우리에게는 텍스트적으로 문제가 있는 두 가지 버전이 있다—은 1589년 초에는 이미 존재한 게 거의 확실하다. 학자들은 익살극적 하위 플롯과 산문의 저자를 두고 논쟁한다. 토머스 내시인가? 새뮤얼 롤리인가? 괴테가 칭송하듯, 주제의 거대함과 그것의 심리적-극적 잠재력을 인식한 것은 말로였다. 이것은 인간 정신의 비극, 지성의 드라마, 심지어 멜로드라마였다. 현학과 지식인의 허식에 대한 풍자는 아리스토파네스로부터 루키아누스와 라블레에 이르기까지 많았다. 그런 풍자가 브루노 안에서 날을 세웠다. 마술과 오컬트가 희곡, 담시譚詩, 싸구려 책에 등장했다. 말로는 정신의 수난극, 도스토예프스키에 맞먹을 정도의 긴장된 형이상학적 스릴러를 창조했다. 그의 작품은 셰익스피어와 얼마나 다른가. 그리고 포스터스에 견주면 프로스페로는 얼마나 뻣뻣한 인물인가.

소크라테스는 수련생들이 있었다. 스승은 제자들이 있고, 정교수Ordinarius는 조교들이 있다. 이런 결합은 (패러디와 대조에도 자주 등장하지만) 학술계의 위계에도, 연금술사의 실험실에도 내재한다. '스승Magister'의 곁에는 '조수famulus'가 맴돈다 ("친숙하다familiar"는 말은 친밀함과 악마적 봉사를 모두 함축한다). 파우스트의 고뇌는 바그너의 역할—그것이 슬랩스틱인 경우에도—과 떼어놓을 수 없다. 말로의 와그너는 프롤로그와 코러스의 역할인지도 모른다.

학계의 여러 장치가 다 모습을 보인다. 포스터스가 "저주받은 기술"에 손을 댄다는 소문이 퍼지자 그의 "학생들Schollers"은 대학 총장을 찾아간다. 스승은 메피스토펠레스를 부르고, 와그너는 그것을 흉내 낸 익살스러운 막간극에서 작은 악마들을 부를 거라고 협박한다. 그도 "스승Maister"의 지위를 열망하고, 초자연적 힘의 도움을 원하기 때문이다. 포스터스는 제자들에게 아낌없이 주는 스승이다. 그는 그들이 트로이의 헬렌이 "파리스와 함께 바다를 건너는" 모습을 보게 해준다. 포스터스가 스스로의 암흑에 직면하는 것은 학생들과 함께 있을 때다.

포스터스의 "아 자네들!" 하는 대사가 셰익스피어의 『안토니와 클레오파트라*Antony and Cleopatra*』에서 샤미안이 "아, 병사여!" 하는 장면의 영감이 되었을까? 말로는 애정 관계를 암시한다. "아, 나의 다정한 친구! 내가 자네와 함께 살았다면……" 그의 관용구에서는 흔히 호모에로틱한 에로스와 지성이 결합한다. 스승은 성령에 반하는 죄를 저지르며, 자신의 절망적인 신학을 설명한다. 선악과를 따먹으라고 한 뱀은 용서받을 수도 있지만 포스터스는 용서받을 수 없다. 행간에서는 오만의 저주와 공정을 요구하는 감각이 강하게 울린다. 포스터스가 저버린 신이 그를 용서한다면 그 신은 공정한 신인가? 그런 용서는 신의 힘을 넘어서는 것인가? (어떤 성직자와 학자들은 성부聖父에게는 유다를 '용서할 힘'이 없다고 생각했다.) 신학적-형이상학적 함축의 밀도—죄악은 영혼의 암흑이라는, 아우구스티누스적 강조—는 영국 연극사에서 경쟁 상대가 없다.

포스터스가 학생들에게 하는 고별사도 마찬가지다. "내 이야기는 하지 말고, 자네들을 보전하고 떠나게." 이 명령에는 인간적 염려가 있지만 당혹감도 있다. 막대한 공포에 직면한 상태에서도 말로는 수치의 변칙적 힘을 예리하게 드러낸다. 스승은 자신이 참혹한 종말을 맞고, 그가 한때 지녔던 권위가 몰락하는 것을 제자들이 목격하는 것을 원하지 않는다. 지옥의 입구에는 허영이 있다. 학생들은 교사를 위해 기도할 힘이 있지만, "그대가 듣는 어떤 소리도 나에게 오지 않는다. 아무것도 나를 구원할 수 없기 때문이다."(엠페도클레스는 분화구 앞에서 애제자에게 떠날 것을 명령한다.) 당당한 공포가 이 이별의 특징을 이룬다. "제군들 안녕, 내가 아침까지 살아 있으면 자네들을 찾아가지. 그러지 않으면 포스터스는 지옥에 간 거야." 엘리자베스 시대 사람들은 죽음을 다루는 데 선수들이다.

포스터스에게 남는 것은 자신의 학식뿐이다. 그는 오비디우스를 회상하고, 피타고라스의 윤회 원리에서 위안을 찾는다. 현학은 최후의 자원이고, 이제 그것도 조롱으로 변한다. "내 책들을 불태우리라"(포스터스와 불의 관계는 프로스페로와 물의 관계와 같다). 하지만 비극을 압축하는 것은 분서焚書도 학생의 자살도 아니다. "한때 이 박식한 자의 내면에서 자라던 / 아폴론의 월계수 가지는 불타버렸다." 말로의 간결함은 폭이 넓다. 음악과 시의 신이 배움과 철학적 열정에 월계관을 씌웠다. 탐구적 박식의 스승은 처음부터 무사 여신들Muses과 가깝다. 나중에 비트겐슈타인은 철학은 시로 가장 잘 표현될 수 있다고 주장한다.

파우스트 계열의 수많은 오페라 가운데, 페루치오 부조니의 〈파우스트 박사Doktor Faust〉— 미완성이었고, 초연은 1925년—가 말로의 악마적 통찰에 가장 가깝다(유일한 경쟁자는 반세기 후 슈니트케의 〈요한 파우스텐 박사의 이야기Historia von

Dr. Johann Fausten〉일 것이다). 부조니는 뛰어난 교사였고, 그가 베를린에서 열었던 마스터 클래스는 전설적이다. 그의 파우스트는 이제 비텐베르크 대학의 '위대한 총장Rektor Magnificus'으로 불린다. 크라쿠프 출신의 세 학생이 불길한 합창 속에 그에게 흑마술 책을 건넨다. 바그너는 스승을 숭배하는 조수고, 공인된 독일식의 알랑거리는 태도를 취한다. 피날레는 섬뜩한 아이러니가 장식한다. 바그너가 눈 덮인 밤거리를 퍼레이드한다. 이제는 그가 '총장'이고, 학생들이 '총장님Magnifizenz'이라고 환호하는 자도 그다. 그의 취임 강연은 완벽했다cum perfectione! 파우스트의 옛 '조수'는 이제 학술적 힘과 지혜를 지닌 크리스토포루스 바그네루스가 되었다. "축하합니다, 축하합니다, 축하합니다Gratulor, gratulor, gratulor!" 학생들이 독일 학술 송가를 패러디해서 영창한다. '총장'은 우쭐한다. 어쨌건 그의 전임자는 불온한 지식에 감싸인 어리석은 '몽상가ein Phantast'가 아니었는가? 그 인생은 당연히 스캔들로 끝났다. 음악에서는 만족과 배신이 넘쳐난다. 학생들은 '총장님'에게 저녁 인사를 하면서 물러간다.

죽음을 앞둔 파우스트가 입장한다. 그는 집을 알아본다! "학자여, 저기 의자가 있다. 편히 앉아서 당신의 자리가 파우스트보다 높다고 생각하라." 메피스토펠레스가 야경꾼의 모습으로 나타난다. 눈이 내리는 가운데 그는 랜턴으로 파우스트의 거지꼴 송장을 비추고 말한다. "이 남자한테 무슨 사고가 닥쳤는가?" 그의 종신 재직권tenure은 지옥에 있을 것이다. 부조니가 바그너의 승진을 집어넣은 것은 우리 이야기 전체에서 손꼽힐 만큼 긴장된 대목이다.

괴테가 학계를 경멸한 것은 유명하다. "행동할 수 있는 자는 행동한다. 그럴 수 없는 자는 가르친다." 현대의 익살꾼들은 이런 말을 덧붙였다. "가르칠 수 없는 자는 학교에서 가르친다." 괴테는 거의 모든 학문 분야—식물학, 동물학, 광물학, 비교해부학, 철학적 미학, 빛의 이론, 고화폐학, 국가 경영까지—에 큰 기여를 하지 않았는가? 괴테에 비한다면, 칸트의 가치 있지만 무미건조한 문장이 무엇이겠는가? 괴테는 피히테가 예나 대학 교수가 되었다가 그만두는 과정에 휘말리면서 대학 분쟁의 적개심과 치졸한 폭력을 직접 경험했다. 좀생이 교수들이 실러의 눈부신 강연과 역사 연구에 마주쳤을 때 얼마나 졸렬해졌는지도 알았다.

그래서 『파우스트』 2부 전체에 학술계를 비난하는 풍자와 교육 과정에 대한 조롱이 넘쳐난다. 괴테 특유의 형태적 직관도 그것을 뒷받침한다. 그는 파우스트와 바그너의 결합에서 돈키호테/산초 판사, 돈 후안/레포렐로, 셜록 홈즈/왓슨 박사의 이분법dédoublement을 감지했다. 그것은 대조되는 홀쭉이와 뚱뚱이의 결합이다. (프랑스에는 「뚱보 나라 키다리 나라Patapoufs et filifers」라는 동화도 있다.) 그래서 사제시간, 총장과 조수의 변증법에는 체격의 이미지가 있다.

플라톤주의를 부인할 때 주어지는 선택지는 '삶' 아니면 순수한 사고의 관조적(칸트적) 추구다. 브라우닝의 「문법학자의 장례식」은 이것을 잘 표현한다.

유명하신 스승님이 고요한 죽음 속에
우리 어깨에 누워 계신다……

이 분은 산봉우리다. 아래쪽의 대중은
거기서 살아간다. 그럴 수 있기 때문에.
이 사람은 삶 대신 앎을 선택했다.

파우스트는 주요 커리큘럼―철학, 법률, 의학, 신학―을 살펴보고 그것이 모두 무미건조하다고 본다. 강령술은 황홀한 생기의 문을 열어주고, 죽은 문법학자가 아니라 차라투스투라의 것인 산봉우리들을 환히 비출 것이다. 괴테는 바그너의 비굴한 근시안을 기막히게 표현했다. 그 2행은 속담처럼 유명해졌다. "박사님, 당신과 산책하는 일은 / 영광이고 돈도 됩니다." 스승의 유명세, 그가 받는 존경은 제자를 사로잡는다. 하지만 바그너는 파우스트의 매와 같은 시야는 포착하지 못한다. 그가 열망하는 도약은 "책에서 책으로, 페이지에서 페이지로" 가는 것뿐이다. 그의 낙원은 겨울밤에 종신 재직권tenure으로 온기를 띤 교육자의 방이다. 이 지점에서 악마 같은 검은 푸들이 장난스럽게 입장한다.

메피스토펠레스는 칸트의 「학부들 간의 논쟁」을 읽은 것 같다. 그는 파우스트의 교수 가운을 입고서, 덜덜 떠는 신입생을 받는다. 파르나소스*로 가는 길은 무엇인가요? 가장 먼저 '대학 논리학Collegium Logicum', 그 거미줄에서 모든 학문이 기원한다. 스승 사칭자가 이토록 난해한 표현을 쓰자, 학생의 머리가 무겁게 돌아간다. 법학교가 더 좋을까요? 그러자 악마가 조언한다. 저명하지만 상충되는 목소리들 중 한 스승, 한 권위에만 매달리는 경우에만. 보상은 의학이 가장 확실하다. 그리고 형이상학은 신학자들이 성령처럼 자신의 강의를 받아쓰게 할 것이다. 그리고 괴테 자신의 신조가 울린다. "모든 이론은 회색이고 / 생명의 황금 나무는 푸르다." 학생이 떠나자 메피스토펠레스는 자신의 쾌적한 생활로 돌아간다. 고등 교육의 거미줄은 더 이상 필요 없다.

1부에서 떨던 신입생은 『파우스트』 2부에서 오만하고 바항

---

* 그리스 중부에 있는 산으로 학문과 예술의 신인 무사 여신들의 거처로 여겨졌고 그리스 신화의 수많은 에피소드들과 연관이 있는 곳이다.

적인 '학사Baccalaureus'가 되어 나타난다. 지난날의 현자는 이제 그에게 곰팡이 슨 늙다리다. 학업은 낭비였다. 세상 모든 권리는 젊음에, 그 이카루스적 비행과 새로운 창조에 있다. 무질서보다 불의를 선호했던 괴테의 말이 어떻게 1968년 히피족과 '뉴에이지' 무정부주의자들의 슬로건이 되었을까? 서른이 넘은 사람은 모두 자신을 없애기 위해 최선을 다한다고 학사는 말한다. 제자로서의 존경은 먼지로 사라진다.

하지만 우리가 진정한 교육을 찾을 곳은 비텐베르크가 아니다. 『파우스트』 2부의 케이론 에피소드는 아주 수수께끼 같다. 켄타우로스 케이론의 날아다니는 발굽은 고전적인 '발푸르기스의 밤Walpurgisnacht'에 열리는 마녀들의 잔치 위로 천둥처럼 울린다. 반인반수 케이론은 에너지인 지혜를, 그것이 위험할 만큼 아름답게 인간으로 변모한 자연 질서를 상징한다. 파우스트는 이런 영적·육체적 힘의 공생, 케이론에게 유기적 물질을 활용한 치유 능력을 주는 공생을 채택한다. 그는 탁월하게 "고결한 교육자"다. 그의 생도들이 이룬 성운星雲은 차원이 다르다. 케이론은 오르페우스, 이아손, 아르고나우타이, 헤라클레스, 그리고 의학의 아버지 아스클레피오스를 가르쳤다. 어린 아킬레우스는 등에 업어 키웠다. 괴테 이후 오랜 시간이 지난 뒤에도, 파우스트의 인사는 불안한 반향을 잃지 않는다. 케이론은 "영웅들의 민족Heldenvolk의 영광을 위해" 교육했다. 어떤 학문적 '뛰어남Magnificence'을 켄타우로스에게 견줄 수 있겠는가?

괴테의 경력에는 흥미로운 각주가 있다. 그는 자신의 '색채 이론Farbenlehre'이 악의적으로 무시당하고 있다고 분개했다. 그것은 뉴턴 광학에 대한 비판으로, 매혹적이지만 잘못된 이론이다. 어떤 젊은 철학자가 그를 돕겠다고 했다. 괴테의 이론을 옹호하고 보급하겠다는 것이었다. 괴테는 제자의 총명함과 헌신 의지에 감동했다. 그래서 그에게 열두 차례의 개인 교습―독일 학계의 용어로는 privatissime―을 해주었다. 하지만 제자는 차츰 의심이 들었다. 그는 프리즘에 대한 괴테의 설명을 재검토하다가 오류를 발견했고, 결국 그 이론을 반박했다. 괴테는 아르투어 쇼펜하우어의 배신을 용서하지 않았다.

페소아의 『파우스트』는 상당한 분량에도 불구하고 우리의 주제와 관련된 내용이 단 한 번만 나오지만 그것은 아주 통렬하다. "오 스승님." 파우스트가 죽음에 대한 공포를 털어놓자 제자가 말한다. 파우스트는 경솔함을 후회한다. 그리고 빈센트에게 자신의 말을 잊으라고 한다. "나는 내 영혼 속에 혼자 있었고, / 나한테 말을 하다가 자네에게 대답을 한 걸세." 빈센트는 파우스트의 불안한 태도에 놀란다. 그는 파우스트의 말, 세상은 몽중몽夢中夢에 불과하고 그 꿈을 꾸는 사람도 꿈속에 있다는 말을 이해하지 못한다. 그가 희미하게나마 이해하는 것은 파우스트가 천재의 위태로워진 특권을 요구한다는 것뿐이다. 파우스트는 제자에게 다시 만날 것을 약속하지만, 우리 텍스트에서 그런 일은 일어나지 않는다.

그의 공포는 폴 발레리의 최후의 작품인 『나의 파우스트 *Mon Faust*』(1946)의 정교한 아이러니에 영향을 미치지 않는다. 이 작품의 조수는 뤼스트Lust라는 이름의 똑똑하고 젊은 여자로, 그 이름은 욕망과 즐거움을 모두 암시한다. 스승은 '여조수 famula'에게 명령한다. 그의 불안한 허영은 그녀에게서 헌신적인 재촉을 일으킨다. 메피스토펠레스가 어떤 제자 지망생에게 나타나서 말한다. "나는 존재의 교수다." 입문자는 "파우스트처럼 유명"해지고 싶지만, 어둠의 왕자는 그에게 지식의 비합리성, "읽을 수 없는 것들의 거대함"을 보여준다. "죽은 뒤 살해된 이 모든 이들." 학생이 한탄한다. 메피스토펠레스는 그들은 이미 먼지와 같다고 위로한다. 그 자신은 강인한 문맹자다. "내 시절에 사람들은 글을 몰랐다. 그저 짐작했다. 그것으로 모든 것을 알았다."

충격을 받은 제자가 뤼스트에게 털어놓는다. "나는 파우스트에게 그의 천재성이 한 젊은이에게 창조한 아름다운 것들을 보여주려고 믿음, 희망, 열정적 욕망을 가지고 왔어요…… 어쨌거나 나는 그의 작품 아닌가요?" 뤼스트는 스승의 "불가사의한 예민함"을 이해시키려고 하지만 제자는 반발한다. 끝없는 장서는 그의 기를 꺾는다. "파우스트는 내게 실망을 안겨주고 상처를 입히고, 나를 무가치하게 만들었어요."

하지만 모든 제자가 좌절하는 것은 아니다.

* * *

어떤 소설가가 그를 창조할 수 있었을까? 덴마크 대공의 혈통을 받은 자, 고전어와 현대어(히브리어도 약간)에 뛰어난 학자, 연금술사이자 점성술사, 건축가이자 아주 복잡한 천문 도구들의 발명가, 최고의 천체 운동 관측자, 신성nova을 처음 발견하고 이름을 지은(1572) 자, 프톨레마이오스와 코페르니쿠스를 매개하는 태양계 모델을 만든 자, 급한 성미를 증언하듯 결투로 코가 망가진 자리에 황금코를 붙인 자. 티코 브라헤는 자기 세계를 거인처럼 지배하며, 유럽의 많은 궁정과 대학을 ─비텐베르크를 포함해─ 누볐다. 루돌프 황제의 점성술사이자 오컬트 인도자이던 티코가 그라츠 출신의 무명의 수학 교사 ─가난에 찌들고 시력도 온전치 않던─ 요한네스 케플러를 보헤미아에 있는 자신의 성에 들인 것은 1600년 2월이었다. 케플러는 자신을 "작은 개"에 비유했다. 그는 언제나 "다른 사람을 따라다니며, 그 사람의 생각과 행동을 모방한다…… 그는 심술궂고, 사방에 독설을 퍼붓지만…… 스승들은 그를 좋아

한다."(포스터스 박사의 푸들?)

브라헤의 호화로운 집에 들어가면서 케플러는 "기가 죽지 않고 가르침을 받기를" 소망했다. 그리고 무엇보다 티코 브라헤의 천체 관측 자료를 보기를 열망했다. 그는 이미 C장조 화음의 음정들이 다면체적, 나아가 피타고라스적인 천체 모델에서 행성들의 공간적 간격과 비슷하다는 것을 알아내지 않았는가? 케플러는 일찌감치 브라헤의 "짜깁기식 체계"에 의구심을 품었다. 어쩌면 티코 자신도 겉으로 표현하지 않았아도 1584년 화성의 일주 시차 연구 이후 그런 의문을 품었을지 모른다. 조짐은 불길했다.

케플러는 동료가 되려고 왔지만 티코의 귀중한 관측 자료는 볼 수 없는 '하인domesticus'이었다. 케플러의 수학적 능력을 잘 알았던 티코는 그가 신중하지만 확고한 코페르니쿠스주의자임을 감지했다. K. 퍼거슨이 통찰한 대로 그는 "막대한 지적 능력의 업둥이"를 들인 것이다. 케플러는 자신의 성향과 반대로 행성 운행의 물리적, 기하학적 설명에 전념했다. 두 사람 다 편집증의 경계로 내몰렸다. 그리고 1601년 가을, 지성사에 손꼽히는 팽팽한 어느 순간에 티코는 자신의 운명을 케플러의 갈망하는 손에 맡겼다. 스승은 조수에게 그동안 열심히 감추어 온 천문학 표들을 공개했다. 케플러 말고 누가 티코의 모델에 결실을 안겨줄 수 있을까? 곧 티코에게 죽음이 다가왔다. 38년 동안의 치열한 계산이 이제 자신의 손을 벗어나는 것을 느끼며, 티코 브라헤는 고통 속에 간청했다. "내가 헛되이 살았다고 보이게 하지 말아다오."

요한네스 케플러는 이제 황실 수학자였다. 그는 자신이 쓸 용도로 티코의 화성 관측 자료를 몰래 보관했다. 1609년에 기념비적 저서 『신新 천문학Astronomia nova』이 나왔다. 그 서문에서 티코의 충실한 비서 텡그나젤은 여전히 티코의 체계를 옹호하지만, 케플러는 이미 그것을 치워버렸다. 미래는 코페르니쿠스, 케플러, 갈릴레오에게 있었다. 하지만 그의 많은 작업, 특히 『천체력Ephemeris』은 그 뒤에도 계속 티코의 항성 목록에 토대했다. 스승도 '제자'도 모두 케플러가 스스로 지은 묘비명―"나는 하늘을 측정했다"―의 자격이 있었다.

프라하를 중심으로 펼쳐진 이런 드라마는 막스 브로트의 눈길을 끌었다. 그가 1916년에 출간한 『티코 브라헤의 신을 향해가는 길Tycho Brahes Weg zu Gott』은 장황하지만 감동적인 소설이다. 그런데 "엑스레이로 들여다보면", 그것은 여타의 것들과전혀 다른 기록이 된다. 공식적 견해는 브로트의 소설이 그와프란츠 베르펠의 관계를 말한다고 하지만, 그것은 명백한 것을간과한 견해라고 나는 생각한다.

브로트와 카프카의 우정은 1903년에 시작됐다. 1960년에나온 그의 자서전―이 책은 조심스럽게 읽어야 한다―에 따르면, 브로트는 1924년 6월 카프카가 죽기 직전까지 "매일" 만났다. "우리는 서로 크게 달랐다. 영혼의 충돌도 그에 상응해서 격렬했다." 브로트와 카프카는 함께 철학(플라톤)과 문학(플로베르)을 읽었다. 그리고 무엇보다 서로의 글을 읽고, 때로는 공개 독회도 열었다. 브로트는 『티코 브라헤의 신을 향해 가는 길』을 카프카에게 헌정했다. 그의 마지막 소설 『미라_Mira_』는 그가 집착하는 주제로 돌아간다. 그것은 대리자의 승리, 비밀 공유자가 자신의 쌍둥이를 파괴한다는 것이다. 브로트의 회상록은 양가성이 넘친다. "카프카는 가는 곳마다 지배력을 발휘한다. 그의 약점과 강점이 공히 그렇게 만든다." 그의 존재는 독특하게도 "사물들조차 부당하게 평가하지 못한다." 하지만 지적·문학적 차원에서, 그들의 친밀함은 상호 혜택을 주는 동등한 관계였다. "우리는 서로를 가르쳤다."

죽음을 앞둔 카프카가 브로트에게 한 지시의 심층적 의도, 정확한 표현은 아직도 논쟁 대상이다. 전설의 안개는 짙다. 그것을 확실하게 알 길은 없을 것이다. 하지만 브로트에게 카프카의 미출간, 미완성 소설들을 폐기할 권한이 있었던 것만은 (직접 그렇게 명령을 받지 않았다 해도) 분명해 보인다. 카프카의 생전에는 아주 소수만이 출간됐다. 우리에게 카프카가 있는 것은 ─그가 없다면 우리 시대와 현대가 어땠을지 생각해보라─ 브로트가 그의 작품과 일기를 정리, 편집하고, 열심히 출판사를 찾아다닌 덕분이다. 사후의 구조 활동이 이토록 큰 역할을 한 적이 또 있었나? 그것은 숭고한 도덕 행위인 동시에 자기 파괴 행위였다. 막스 브로트는 카프카의 작품이 알려지면, 자기 작품이 어떻게 될지 잘 알았을 것이다.

잔인한 일화가 전해진다. 어느 비 오는 밤, 눈물에 젖은 브로트가 프라하 성 아래 있는 금세공사와 연금술사의 거리에 있었다. 그가 유명한 서적상을 만났다. "막스, 왜 울고 있나요?" "지금 프란츠 카프카가 죽었다는 소식이 왔습니다." "아, 안타깝군요. 당신이 그 젊은이를 얼마나 높이 평가하는지 잘 압니다." "당신은 모를 거예요. 프란츠는 나한테 자기 원고를 태워 없애라고 했어요." "그러면 그렇게 해야겠네요." "당신은 모릅니다. 프란츠는 독일어권 최고의 작가 중 한 명이에요." 잠시 침묵. "막스, 방법이 하나 있어요. 대신 당신의 책을 태우는 건 어떻습니까?"

계관 시인 로버트 브리지스가 제라드 맨리 홉킨스의 특이한 시를 출간시켰을 때, 그는 자신이 가벼운 은혜를 베푼다고 생각했다. 브로트-카프카의 경우는 완전히 다르다. 죽기 전에 브로트는 자신이 카프카의 부속물로 존경받지만 읽히지는 않는 작가가 되었다는 것을 알았다. 하지만 그는 끝까지 카프카의 세계가 영광을 얻고 유산을 드높이도록 노력했다. "글자 K는 나를 가리킨다." 카프카Kafka가 음울한 유머를 섞어서 말했다.

프라하에서 K는 케플러Keplaer도 가리킨다. 브라헤Brahe와 브로트Brod도 소리가 비슷하지 않은가?

* * *

주제의 핵심 영역으로 다가가니, 나 자신의 역량 부족이 절감된다. 내 지적, 정신적 능력으로는 등장인물들의 높은 수준을 감당하기가 어렵다. 관련 저술은 이미 개괄하기 힘들 만큼 많아졌지만, 핵심적, 어쩌면 결정적인 증거는 여전히 오리무중이다. 오늘날 우리는 사건과 그 주변의 복잡한 정황들에 너무 가깝고 또 너무 멀다. 초연한 척할 수도 없다. 에드문트 후설-마르틴 하이데거의 관계에서 역사적, 정치적 요소를 피할 수는 없다. 우리가 가진 자료들은 비극적인 만큼 혐오스럽기도 하다. 관련 텍스트의 단어 하나하나, 아니 어쩌면 음절 하나하나가 다 ─하이데거의 「총장 취임사Rektorastrde」가 그 예다─ 지독하도록 해석되고 과잉 해석되었다. 로버트 커밍은 『현상학과 해체*Phenomenology and Deconstruction*』라는 특이하고 극도로 세밀한 탐구서 네 권을 그 주해에 바쳤다.

하지만 문제는 주해의, 또는 주해의 주해 ─이제는 3차 자료도 아주 많다─의 분량이나 논쟁적 성격만이 아니라, 현대철학의 탄생에 이런 주해와 논쟁이 갖는 중대한 기능이다. 야스퍼스와 사르트르에서 레비나스, 하버마스, 데리다, 실존주의, 현상학(메를로-퐁티 또는 그라네 참고), 후기구조주의와 해체까지 모두—물론 그 각각이 다 엄청난 수준이지만—를 후설-하이데거 충돌의 방주傍註로 읽을 수 있다. 서양 철학의 역사—'역사'의 의미는 무엇인가? 하이데거는 묻는다—에서 개인적, 심지어 사적 맥락이 사상의 모델 형성에 이토록 강력한 영향을 미친 경우가 또 있을까? 후설과 하이데거 모두 전기적傳記的, 심리학적 태도를 반대하고, 연구의 객관성, 어떻게 보면 익명성을 강조했는데도 그렇다. 아주 가볍고 초보적인 개관도(하이데거는 이런 일을 경멸했다) 오해를 부를 것이다. 하지만 상식을 완전히 무시할 수는 없다(프랑스 해석학의 불투명한 은어와 거의 전례적인 숨막힘은 그 방향으로 갔지만).

하이데거의 발전에 대한 해석은 가내 수공업이 되었다. 그가 1919년에서 1927년까지 중요 학기들에 행한 강의와 세미나 녹취록은 아주 천천히 공개되었다. 현재도 출판 목록은 포괄적이지 않다. 하이데거 자신이 추후에 『존재와 시간Sein und Zeit』으로 이어진 길—'빈터'로 이어진 숲길—에 대해 설명한 것은 신중하게 읽어야 한다. 단순해 보이는 것도 쉽게 단정하지 않는 편이 좋다. 하이데거가 젊은 시절 스콜라 신학과 토미즘에 몰두한 일이 그의 철학 형성에 중대한 영향을 미쳤다는 것은 이제 분명해졌다. 그가 루터와 성 바울에게 전향한 것은 루터의 급진적인 서브텍스트만큼이나 많은 부분 미해명 상태다. 방향 전환, 신학을 포기하고 철학을 선택한 일, 프로테스탄티즘을 채택한 일은 중대한 일인데도 어쩐 일인지 가려져 있다. 초기 스콜라 철학은 하이데거의 존재론에 가득한 '메타 신학적' 요소와 방식을 남겼다. 신학의 고전들, 성 아우구스티누스의 시간론, 키르케고르의 "두려움과 떨림"이 하이데거의 가르침에서 핵심적인 움직임을 만들었다. 이것들은 하이데거가 평생의 철학적 초점의 근원이라고 말한 책 속에도 얽혀 있다. 그것은 브렌타노의 "존재to be"의 여러 의미에 대한 논문이다. 하이데거는 브렌타노를 통해 아리스토텔레스에 대한 결정적 재평가를 하게 되었지만, 스콜라 철학의 기저基底에 있던 아리스토텔레스주의도 마찬가지로 하이데거 사상의 방향을 정했다.

　T. 키실, 장 보프레, 커밍 같은 이들이 초기 하이데거를 정밀하게 단어 하나씩 검토해도 핵심을 해명하지는 못한다. 그것은 마르틴 하이데거의 언어의 발생과 발전이다. 거의 처음부터 ―이 '거의' 부분에 정밀한 판정이 필요하다― 하이데거의 관용구, 구문, 신조어, 그리스어 '번역', 반복적인 수사―그것은 하나의 수사학이다―는 하나를 노린다. 그것은 독일 표현주의, 그리고 1918년 패전 후 10년간의 묵시론적 목소리들과 관계가 있을지 모른다. 카를 바르트의 『로마서 강해』 첫 번째

버전과 비교해보라. 슈펭글러가 여백에 보일 수도 있다(하이데거는 1920년 4월에 슈펭글러에 대해 강의했다). 하지만 그런 연관은 사실과 맞지 않는다. 하이데거의 '언어 창조Sprachschöp-fung'의 "엄청남", 그리고 독창성과 차원의 엄청남은 선례가 단 하나(하이데거도 잘 알았다), 마르틴 루터뿐이다. 앞으로 언젠가 우리는 의식의 어떤 구조적 변화, '의미의 의미'의 어떤 위기가 비슷한 시기에 『존재와 시간』, 『피네건의 경야Finnegans Wake』, 그리고 거트루드 스타인의 활동을 이끌어냈는지 이해하게 될지도 모른다.

하이데거는 1919년 겨울에 자신보다 서른 살 많은 에드문트 후설 교수의 조수로 프라이부르크에 왔다. 그들은 1917년 말에 처음 만났다. 후설은 그때 이미 그에게 깊은 인상을 받았다. 당시 하이데거가 후설에게 보여준 것은 개성적인 언어였을 거라고 나는 추측한다. 데카르트의 『성찰Méditations』,* 아우구스티누스와 신플라톤주의, 아리스토텔레스의 『영혼론De anima』에 대한 그의 세미나와 강의는 하이데거의 구술 담론의 매혹적인, 때로는 '최면적인' 효과를 언급한다. 그는 또 이 초기 시절에 이미 독일 대학에 전면적 개혁 및 민족과 '정신

---

* 원제는 '제일 철학에 관한 성찰Meditationes de Prima Philosophia'.

Geist'의 새로운 계약에 대해 반항적 신념을 내변화했을지도 모른다. 그는 1919년 여름 학기에 대학의 본질, 학술 연구의 본질에 대해 강의를 했다.

그와 함께, 그는 당시 독일 철학에 유행하던 신칸트주의적 원리에 반대하고 후설 현상학에 두드러진 헌신을 보였다. 하이데거는 1920년대 초반에 계속 현상학, 종교 현상학, 아리스토텔레스의 『니코마코스 윤리학』의 현상학적 이해 등의 개론적 강의를 했다. 젊은 조수는 거듭 반복해서 스승의 사상 관련 저술과 논리적 탐구를 해석했다. 그리고 1924~25년 겨울에도 계속 후설의 『논리 연구Logische Untersuchungen』에 대한 연구를 이끌었다.

1차 대전에서 아들을 잃은 스승은 이 총명한 제자가 자신의 영적 후계자이자 미래의 챔피언이 될 거라고 충분히 믿을 수 있었다. 하이데거처럼 금욕적으로 과묵하고 헌신적인 사람은 독일 학계의 유서 깊은 전통과 권위적 방식에는 맞지 않았지만, 후설은 만족을 감추지 않았다. 그는 자신의 노고가 아무리 방대하고 치열해도 결코 충분하지 않다는 것을 이미 감지했다. 현상학의 주요 측면들, 철학을 엄밀한 과학으로 만들려는 그의 야심은 아직 실현되지 않았다. 후설의 믿음은 거의 절대적이었다. 그의 현상학적 방법은 어떤 어려움이 있어도 인간의 세계 지각과 이해에 난공불락의 토대를 확립해줄 것이다. 그것은 칸트조차 피하지 못한 신학–형이상학적 전제의 안개를 걷어낼 것이다. 또 정신, 인지 작용을 의식이라는 불투명한 상태와 동일시해서 철학을 무력하게 만드는 '심리학주의psychologism'를 일소할 것이다. 그 횃불을 하이데거보다 더 잘 이어받을 사람이 누가 있겠는가?

후설에 대한 하이데거의 반론은 요약하기가 거의 불가능하다. 과학적–메타수학적 관념은 그에게 낯선 것이었다("과학은 '생각'하지 않는다"). 진실은 논리적 범주가 아니라 은폐 내부의 폭로aletheia라는 동적 수수께끼다. 무조건적, 중립적 지각 행위를 주장했지만, 후설의 현상학은 닳고닳은 형이상학적 관례와 무한 회귀의 가능성에 제압당했다. 그것은 하이데거가 가치 있게 여기는 유일한 질문―"존재Sein/Seyn란 무엇인가?"―을 다루지 않는다. 그것은 소크라테스 전대의 짧은 여명 이후 서구 사고를 침식하고 니체에게마저 형이상학의 저주를 내린 "존재의 망각"에 대한 의식을 보이지 않는다. 후설은 실존existence, 현존extant, 존재Being의 구별(데리다가 말하는 '차연différance')에 달라붙는 역사적 운명과 인간의 사명Geschick을 통찰하지 못했다. 그는 "무"(das Nicht, 그리고 사르트르의 néant)의 존재론적 축을 보지 못했다.

후설은 하이데거와 표면적 친밀성을 나누는 동안 이런 반론을 전혀 몰랐다. 그는 하이데거가 1923년에 카를 야스퍼스에게 보낸 편지에서 이미 자신과 자신의 연구를 고약하게 조롱했다는 것을 전혀 짐작하지 못했을 것이다. 스승이 1919년 이후 하이데거의 강의를 유심히 관찰했다면 기미를 알아챘을 수도 있었다. 실제로 후설은 하이데거라는 개인의 카리스마적 매력에 약간의 슬픔을 느끼기는 했다. 그의 학생들이 조수의 수업을 들으러 빠져나갔기 때문이다. 또 독일 철학계에 퍼지는 소문—마르틴 하이데거라는 사람이 아직 저서가 없는데도 "숨겨진 사상의 왕"(한나 아렌트의 표현)으로 떠오르고 있다는—을 들었을지도 모른다. 어쩌면 사진이 모든 걸 말해줄지도 모른다. 스승과 제자가 1921년에 시골길을 산책하는 사진이다. 챙 넓은 모자를 쓰고 지팡이를 짚은 후설은 '교수님Herr Ordinarius'의 전형이고, 유대인 노인의 특징을 뚜렷이 보인다. 검은 숲 등반가처럼 옷을 입고 팔짱을 낀 젊은 '조수Assistent'는 당당한 독백에 빠져 있는 것 같다. 후설이 그를 향해 살짝 몸을 굽히고 있지만, 하이데거는 그를 바라보지 않는다.

표면적으로 두 사람의 관계는 아주 좋아 보였다. 후설의 아낌없는 지원 덕분에 하이데거는 1923년에 마르부르크에서 첫 교수직을 얻었다. 후설은 그 자리가 현상학의 빛나는 전초 기지라고 생각했다. 『존재와 시간』은 1926년 4월에 이미 태동되어 있었다. 후설은 상당한 분량의 연구를 1927년에 〈철학 연보Jahrbuch für Philosophie〉에 발표했다. 그 책은 "존경과 우정을 담아" 하이데거에게 헌정된다. 그리고 후설은 반대를 무릅쓰고 열렬한 소망 하나를 이룬다. 1928년에 은퇴하면서 프라이부르크 대학 교수직을 하이데거에게 물려준 것이다. 그것은 그들의 협력의 정점이 될 거라 여겼다. 스스로의 천재성을 뺀 제자의 모든 것이 스승의 덕분이었다. 하지만 그 후 그림자가 드리워졌다. 하이데거는 후설이 〈브리태니카 백과사전〉을 위해 쓴 현상학 초고를 신랄하게 비판한다. 후설은 이제 그 글을 자세히 살펴보았다. 그래도 그는 그것이 "후설에 반대하는 글"—하이데거가 야스퍼스에게 털어놓은 말—이라고 생각하지 못한다. 하지만 후설의 메모와 주석을 따라가면, 깊어지는 충격이 뚜렷이 보인다. 처음에 후설은 오해가 있었기를 바랐다. 하지만 곧 하이데거가 초월적 자아나 엄밀한 '학문Wissen-schaft'으로서의 현상학 같은 핵심적 개념을 체계적으로 부정 또는 무시한다는 것을 깨달았다. 그들의 신뢰와 친밀함은 식어갔다.

자신도 유대인이고 아내도 유대인인 명예 교수 후설은 1933년에 활동 제한 명령을 받았다. 하지만 해외 강의는 계속 허락되었고, 이 덕분에 우리는 그가 프라하부터 시작해서 유럽 지성의 위기에 대해 논한 단편적이지만 뛰어난 강연을 갖게 되었다. 나치 통치 시기에 초기부터 나치 운동을 지지했던 하이데거가 대학 총장직에 올랐다. 학생들은 새 지도자에 열광했다. 하이데거는 플라톤이 시칠리아에서 추구했던 '지도자의 지도자Führer's Führer'라는 꿈을 감추지 않았다. 하이데거의 위상은 다르지만, 시나리오는 부조니 작품의 에필로그와 똑같다. 새 '총장님'은 어색한 단추 구멍에 나치 배지를 달고, 곤경에 처한 스승 겸 후원자에게 권력을 휘둘렀다. 악명 높은 「총장 취임사」는 물론 이솝 우화 스타일로 고등 교육의 유사-플라톤적, 고급 과정을 말하는 다층적인 텍스트고, 매혹적인 힘이 있다. 하지만 데리다주의자들이 어떻게 묘기를 부려도, 거기서는 새 정권에, '인민Volk'과 그 독재자에게 봉사해야 한다는 신념도 떠들썩하게 울린다. 그래도 하이데거는 인종 차별과 우생학 원칙에 대한 반대로 인해, 정부 당국에 의해 금세 정부에 쓸모가 없는 "개인 나치"로 분류되었다. 새 총장이 비非아리아인 동료들과 이념적 회의주의자들에게 보인 행동은 추했지만, 그것은 산발적이고 약소한 방식이었다. 그가 받아들이지 않은 것도 많았다.

후설은 지독한 고립을 견뎠다. 하이데거가 그의 대학 도서관 접근권을 박탈했다는 끈질긴 소문이 아직도 있지만, 그에 대한 증거는 없다. 분명한 것은 하이데거가 스승의 어려움을 덜어주려는 노력을 하지 않았다는 것이다. 『존재와 시간』의 헌정이 삭제된 것은, 나중에 하이데거가 항변하듯이, 그러지 않고는 재출간이 불가능했기 때문이다. 38쪽 각주 속 후설에 대한 감사의 말은 취소되지 않았다. 1938년 4월 에드문트 후설이 죽을 때 하이데거 자신도 "앓아누웠다". 그리고 1945년의 나치 청산 작업 때는 역겹게도 후설의 아내에게 조문 편지를 보내지 않은 것을 후회한다고 말했다.

애제자와 나눈 '영혼의 우정Seelenfreundschaft'이 종언을 고하고, 하이데거가 자신을 철학적, 인간적으로 배신한 데 대한 후설의 실망은 심대했다. 그는 1928년에 이미 심연의 깊이를 파악했다. "나는 그의 인격에 대해서는 말하지 않는다. 나는 그것을 전혀 이해할 수 없게 되었다. 10년 가까운 세월 동안, 그는 나의 가장 가까운 친구였다. 하지만 이해하지 못하면 친구가 될 수 없다. 그에 대한 내 지적 평가와 개인적 관계가 이렇게 반전된 일은 내 인생의 가장 지독한 운명의 장난 중 하나였다." 하이데거의 배신은 "내 존재의 깊은 뿌리를 흔들었다." 이것은 지성사의 최대 비극 가운데 하나이다. 포스트모더니스트들의 하이데거 옹호가 그것을 더 슬프게 만든다.

* * *

헬레니즘의 교사들은 강의와 심포지엄에 여자들을 환영했다. 유대교에 뿌리를 둔 그리스도교는 금지했다. 그럼에도 불구하고, 노스승과 젊은 여제자의 이야기는 끊이지 않았다. 에로틱한 저류는 늘 가깝게 흘렀다. 몰리에르는 『아내 학교L'Ecole des femmes』에서 아르놀프의 아내 교육을 풍자한다. 아네스는 "정직하고 순결한 무지" 속에 성장한 뒤, 아르놀프가 만든 입센식 인형의 집에 들어가 그의 온순한 수련생이 된다. 그는 가부장적 손으로 주무를 밀랍을 원한다. 하지만 그의 교육은 예상대로 잘못된다. 아네스는 오라스의 구애를 받고 세상에 눈을 뜨면서 아주 영리해진다. 아르놀프는 자신의 "병든 영혼"을 깨닫고 사람들의 웃음거리가 된다. 몰리에르의 작품이 흔히 그렇듯 웃음 뒤에 사디즘의 기미가 흐른다.

『미들마치Middlemarch』에는 시력을 잃어가는 에드워드 카소번 목사가 나온다. "밤에 나에게 책을 읽어줄 사람이 필요해."(『미들마치』의 서정성은 자주 간과된다.) 카소번은 실제로 자신의 무력함을 뼈저리게 의식하는 "쉰이 다 된 메마른 책벌레"일지도 모른다. 하지만 도로시아―"언니는 포기를 잘 해요." 동생 실리아가 말한다―는 카소번의 학식과 교육적 권위에 반한다. 그녀에게 그는 "현대의 아우구스티누스"다. 그와 결혼하는 것은 "파스칼과 결혼하는 것"과 같다. 스승은 그녀에게 먼저 고대 그리스어부터 가르치는데, "어린 남학생들의 교사 같기도 하고, 사랑하는 여자를 가르치며 여자의 초보적 무지와 어려움도 감동적으로 느끼는 애인 같기도 했다." 드러난 과거의 "인도하는 환상"이 소멸되어도, 이제 "지식의 램프"가 있다.

　2권의 20장에는 소설사에 빛나는 통찰이 담겨 있다. 로마로 떠난 신혼여행에서 도로시아는 "신혼 생활의 꿈같은 어색함"을 깨닫는다. 그림과 조각 작품의 "젊은 나신에 담긴 영혼들"은 도로시아의 허기진 감성을 교육한다. 그녀는 이제 자신의 관계가 얼마나 "뒤틀려 있는지" 알아차린다. 메마른 "박식의 영웅"은 유식한 주해를 늘어놓는다. 그녀는 "정신적 몸서리"를 치고 선언한다. "나는 당신의 구술을 받아 적거나 당신이 내게 하는 말을 베끼고 발췌하겠어요. 내게 다른 쓰임은 없으니까요." 그들이 돌아오자, 실리아는 정신분석학의 시대적 오만을 조롱하는 이미지로, 카소번에게서 "금세 옆 사람을 흠뻑 적실 것 같은 일종의 습기"가 나오는 걸 감지한다. 하지만 4권은 비길 데 없는 인간애 속에 끝난다. 도로시아는 자신의 내적 반란이 비록 억제된 상태에서도 "다리를 저는 생명체에게 상처를 입힐 뻔했다"는 것을 안다. 다리를 저는 일은 프로이트 훨씬 이전부터 거세를 상징했다. 분위기는 밀턴적이다. 카소번은 눈을 잃은 삼손처럼 "쳇바퀴처럼 보람 없는 일"에 힘을 쏟았다. 도로시아는 "손을 남편의 어깨에 얹고 함께 넓은 복도를 걸어갔다." 조지 엘리엇은 온정을 통해서도 천국을 잃어버릴 수 있다는 것을 보여준다.

　스승과 젊은 여자의 관계는 철학사와 문학사에서 두 차례 큰 반향을 일으켰다.

피에르 수도원장은 엘로이즈의 학식과 지적 총명함은 아벨라르와 공부하기 이전부터 유명했다고 증언한다. 아벨라르는 그녀의 '박식함이 최고per abundantiam litterarum suprema'였다고 평한다. 하지만 그의 교육은 그것이 열정으로 변할 때에도 가혹함을 동반했다. 『내 고통의 역사*Historia calamitatum*』는 체벌이 있었음을 분명히 암시하고, 그것은 당연히 성적인 성격을 띠었을 것이다. 루 안드레아스-살로메는 수레에 묶인 니체와 레에게 채찍을 든 유명한 사진에서 이 주제를 패러디한다. 엘로이즈는 "나는 맹목적으로 그의 모든 명령을 실행했다"고 말한다. 오비디우스를 상호 텍스트로 삼고서, 욕망은 사랑으로 불타올랐다. 스콜라 철학의 세 과목trivium*은 모든 수업이 강렬한 황홀감을 품고 있다. 둘이 비밀 결혼을 할 때 아벨라르는 40대고 엘로이즈는 18세였다. 그들의 결합은 열정뿐 아니라 지적 수준과 신학적-철학적 야심에서도 비범했다. 교부들 가운데는 드물게 성 히에로니무스는 여자를 제자로 두었다. 그가 마르셀라에게 보낸 편지가 아벨라르와 엘로이즈 모두에게 영감이 되었다.

---

* 문법, 논리학, 수사학.

둘의 관계가 파국을 맞은 뒤 사랑하는 스승보다 더 강인하고 굳건했던 것은 엘로이즈였다. 그들의 인생은 갈라졌지만, 그녀는 그에게 다시 자신의 영혼과 그녀가 세운 수녀 공동체를 지도해 달라고 요청했다. 그 결과로 그들이 주고받은 편지는 (위서가 아닌 게 분명하다면) 비길 데 없는 대화를 이룬다. 편지가 다루는 원리적-윤리적 분석과 논점들에는 저주받은 사랑의 고통이 담겨 있다. 그 이야기에 착목한 수많은 작가와 예술가 중 가장 깊은 통찰을 보인 것은 놀랍게도 알렉산더 포프다. 그의 시 「엘로이자가 아벨라르에게」(1717)는 『미들마치』 못지않게 밀턴적이다. 아무리 맹세를 했어도 엘로이자는 "아직 목석이 되지 못했다." 그녀는 제자 시절의 에로스를 회상한다. "그런 입술에서 어떤 가르침이 감동을 주지 않았을까?" 지성의 상실과 열정의 상실이 결합한다. "오래도록 사랑한 사상들, 모두 안녕!"

앞서 보았듯, 하이데거는 중세 신학과 논리학을 깊이 공부했다. 그가 1925년에 젊은 학생 하나 아렌트와 불륜 관계를 시작했을 때, 아벨라르와 엘로이즈의 선례를 생각하지 않았을 리 없을 것이다. 중간에 한참 중단되기는 했지만 1975년까지 이어진 그들의 서신 교환도 역시 그 선례와 비교될 수 있다. "네가 나의 학생이 되고, 내가 네 선생이 된 것은 우리에게 일어난 상황일 뿐이다." 하이데거는 1925년 2월 27일에 한

나에게 "나는 마력에 사로잡혔다"고 썼다. 두 사람은 함께 "변모Verklärung"의 밤을 경험했다. 아렌트가 성 아우구스티누스의 사랑 개념에 대해 쓴 논문은 하이데거의 아우구스티누스의 『자유의지론De gratta et libero arbitrio』에 대한 해석의 주석인 동시에 은밀한 자서전이다. 교수는 아벨라르처럼 자신의 사회적, 학술적 지위가 위험해지는 것을 느꼈다. 모든 것을 비밀로 해야 했다. 만남이 가능할 때 창문에 켜놓는 램프, 하이데거가 혼자 왔다가 떠날 수 있는 철로변의 허름한 호텔 등. "내 애를 태우는 요정 같으니." 스승이 속삭였다. 젊은 학생은 학문적 진지함Ernst보다 기쁨의 에너지를 원하는 눈부신 편지로 답한다. 열락이 가득했던 1925년 가을에 하이데거는 바울 신학과 종말론을 중심으로 아렌트의 학업을 지도했다. 이 개인 교습의 시간들이 어땠을지! "불트만하고는 열심히 공부했나?"(불트만은 마르부르크 시절 하이데거의 동료였다) 그녀는 하이데거의 세미나를 위해 칸트를 읽고 또 읽었을 것이다. 스승은 제자의 "dienende Freude"를 기뻐한다. 번역하기 어려운 이 말은 '섬기는 기쁨'이라는 뜻이다. 바로 엘로이즈의 것이다.

아렌트는 1926년 1월에 그와 성적인 관계를 끝낸 것으로 보인다. 그녀는 스캔들을 피하기 위해 마르부르크를 떠나 야스퍼스가 이끄는 박사 과정에 들어간다. 하이데거가 1926년 1월 10일에 쓴 단념의 편지는 고통스럽다. 그녀가 떠난 제자 집단은 한심하고, "외롭고 추운 날이 돌아올 것이다." "첫날처럼 너를 사랑한다"고 하이데거는 1928년 4월에 썼다. "네가 내게 보여준 모습은 생각보다 더 오래, 더 끈질기게 남아 있다. 평생을 갈 것 같다." 그리고 스승은 엘리자베스 배럿 브라우닝의 시를 인용한다. "신이 허락한다면 / 나는 죽음 이후에 그대를 더 사랑하리라." 한나 아렌트는 전쟁 이후 불명예에 빠진 하이데거를 도와주었다. 그를 영미권에 알리고, 그의 저작 번역을 주도해서 논쟁적 명성을 안겨주었다. 그녀는 어떤 면에서 그의 거짓됨, 그녀의 글과 국제적 지위를 인정하지 못하는 냉랭한 허영심을 알았다. 그래도 하이데거의 가르침이 준 압도적인 영향력과 "필적할 자 없는 그의 읽기" 능력은 남아 있었다. 1950년에 하이데거는 사랑하는 하인에게 시를 썼다. 아벨라르는 시적 재능도 뛰어났지만, 하이데거는 릴케의 서툰 모방자일 뿐이다.

Dein —aus Schmerz erblitzter

Nähe —großgestöhntes,

im Vertrautesten Versöhntes

"Ja!"

bleibt da.

Und bringt als tiefgeschützter

Schrei gestillter Wonnen

mir zu Nacht den Schein

der unerlöschten Sonnen

aus dem fernsten Schrein

darin das Eine Selbe —

—das ins Maass entflammte Feuer —

sich verdremdet in das Selbe,

im Geheuren ungeheuer.

여기에 남아 있는

너의 "예!" 하는 말

섬광 같은 가까움에서,

친밀한 화해에서 태어난.

그것은 나에게

만족한 기쁨의

조심스러운 외침을 일으킨다.

그것은 밤에 나에게

먼 성소에 있는 태양들의

꺼지지 않은 빛을 비춘다.

거기서 똑같은 하나의 불길이

똑같으면서도 낯설어진다,

익숙한 모습으로 거대해진다.

그의 기억 속 섹스의 맥박이 울린다. 더욱이 어휘들이 하이데거 존재론의 어휘이고, 그와 소포클레스("낯선 친숙함 속im Geheuren ungeheuer") 및 횔덜린과의 친밀성을 보여주는 어휘다. 하이데거는 이런 일치를 자랑한다.

Wenn Denken sich der Liebe Lichtet,

hat Huld ihm Leuchten zugedichtet.

생각이 사랑의 빛을 받을 때,

그 빛에는 헌신과 은총이 더해져 있다.

"스승들의 스승"이라고 불린 아벨라르는 유럽 전역에서 학생이 찾아왔다. 그 제자들 중에는 솔즈버리의 존 같은 유명 인물도 있었다. 전승에 따르면 그는 "제자가 5천 명도 넘었는데, 그중 50명이 대주교, 추기경, 수도원장이 되고, 세 명이 교황이 되었다." 하이데거의 가르침은 한나 아렌트뿐 아니라 카를 뢰비트와 헤르베르트 마르쿠제도 일깨웠다. 그리고 레비나스, 보프레, 실존주의, 해체주의를 경유해서 그의 철학은 전후 서유럽 철학계를 지배했다. 그의 영향은 곧 미국에도 뻗었다. 그뿐이 아니다. 중국과 일본에도 하이데거 연구 센터가 있다. 2차 문헌은 개괄이 불가능할 정도다. 스승의 모호한 카리스마는 수많은 오독과 좌절을 낳는 그의 저작들만큼이나 강력하다. 균형을 찾으려는 데리다의 시도는 기억할 만하다. "찬탄, 존경, 감사와 동시에 깊은 반감과 비아냥, 그래서 그는 항상 존재감을 발휘한다…… 그는 영원한 목격자로서 유령처럼 늘 내 곁에 동행한다. 그는 나에게는 일종의 파수꾼, 나를 늘 감시하는 사상, 나를 늘 감시하는 보호자다. 그의 사상은 내게 감시받는다는 느낌을 준다. 그는 모범이고, 나는 당연히 거기 반항도 하고, 자문도, 반문도 한다." 스승의 유산 하나가 데리다의 말의 밑받침을 이룬다. 진실로 "프랑스에서는 이런 일들을 어떻게 처리"하는 것인가?

04

·

사상의 스승들

* * *

"사상의 스승Maître à penser"이라는 말은 우리를 헨리 제임스가 말한 "번역 불가능성의 황금 새장"에 가둔다. 의미론적 어려움 때문이 아니라 조롱 때문이다. 영어로 'Master of thought'라는 말은 허풍스럽고 공허하게 들린다. 영미권 사람들은 거기서 프랑스적인 거만과 과장을 느낀다. "사상가thinker"라는 말조차 의심스럽다. 헨리 제임스는 거기에 해당한다. 영미 문학계에서는 오직 그만이 그 칭호를 받았다. "스승Master"은 처음에는 제임스의 귀족적 태도와 입법적 언명을 조롱하는 말이었는데, 나중에는 어느 정도 진정한 존경을 담은 칭호가 되었다. 그것은 그에게 누구보다 잘 맞아 보였다.

독일어에서 '마이스터Meister'라는 말은 징호를 존숭하는 문화에 걸맞게 파우스트, 괴테, 바그너, 헤르만 헤세 등에 붙여진 것에서 알 수 있듯이 다양한 예술가, 현자, 학자에게 적용되었다. "독일의 마이스터를 업신여겨서는 안 된다." 바그너의 오페라에서 한스 작스가 큰 소리로 말한다. 반대로 『한여름 밤의 꿈Midsummer Night's Dream』의 보텀은 동료 직공들을 "Masters"라고 부른다. '마이스터'는 중세 길드와 대학에서 비롯되었다. 하지만 오늘날은 그 말이 거의 쇠퇴했고, '사상의 스승Denkmeister'이라는 칭호는 뿌리내리지 못했다. 이탈리아어 '마에스트로Maestro'는 작곡과 공연 분야를 빼면 간헐적이고 또 아이러니에 취약하다. '사상Pensiero'이라는 말에는 추상성 이상의 밀도가 있다. 그것은 극적 울림이고, '마스터'와는 잘 결합하지 않는다.

반면 프랑스 철학, 문학, 과학, 정치의 역사에서는 지칭과 이미지가 아주 중요하다. 고대 후기에서 오늘날까지(비록 광채는 흐려지고 있지만), '메트르maître'라는 호칭은 모든 분야에 퍼져 있다. 법조계에서도 두루 쓰인다. 프랑스인과 대화나 편지를 할 때면 나는 (실제 자격과 무관하게) "친애하는 선생님Cher Maître"이라는 호칭을 듣고, 나도 마찬가지로 응답한다. 이 용어의 다양한 통용 사례는 '신앙의 박사doctor of faith'*와 여제자들의 관계로도 확장되었다. 프랑수아 드 살과 잔 드 샹탈,

장-자크 올리에와 아네스 드 랑주아크, 보쉬에와 마담 코르뉘오, 페늘롱과 정적주의자靜寂主義者 마담 기용이 그들이다. 이들은 우리가 엘로이즈와 아벨라르에게서 본 숭고한 사제지간의 뒤를 잇는다. 우리는 이것을 알랭과 그 제자 시몬 베유에게서 다시 볼 것이다. 서구의 다른 어떤 전통도 "사상의 스승, 생각하는 스승"을 그 비슷하게 기리지 않는다. 프랑스에서는 왜 이런 우점優點 현상이 생긴 걸까? (일부러 이런 말투를 사용해본다.)

여기에 설득력 있는 대답을 하려면 결국 프랑스어의 특징을 해부해야 할 것이다. 그리고 프랑스어와 그 감성 구조를 추동하는 라틴어적 ―고전 라틴어, 교회 라틴어 모두― 특징도 함께 살펴봐야 한다. 로마 제국이 갈리아 지방을 정복한 뒤로, 이 라틴어적 특징은 스승의 권위에 대한 광범한 묵종을 수반한다. 그것은 법정에서뿐 아니라 아카데미 프랑세즈가 어휘와 문법에 대해 갖는 (효과 없는) 규범적 권위에도 규정력을 발휘한다. 로마의 후광은 구체제ancien régime의 영광gloire뿐 아니라 나폴레옹 시대의 모험에서도 빛난다. 놀랍게도 자코뱅당 같은 절대주의 왕정의 반대파들도 똑같이 고대 로마의 관용

---

* 신학에 기여한 성인.

표현과 상징에 둘러싸여 있다. 그들은 카이사르에 대항하는 브루투스다. 프랑스가 자랑하는 '문명개화civilitas'는 유럽에서 약간 특이하게, 르네상스 이후 합리주의와 과학이 출현하고 오랜 시간이 지날 때까지 수사학과 웅변술을 중시했다. 알랭은 "담화 도취ivresse du discours", 즉 구어口語, 소크라테스 시대의 아테네에 대한 도취를 지적한다. 그런 열중은 프랑스 생활 전역에 넘친다. 그것은 중등 교육 시절에 시작하고 정치에 의해 조직된다(프랑스는 군사 문헌에조차 독특한 '장려체gloriosus' 문체가 사용되는 나라이다). 수사학은 프랑스 시에서 알렉산드로스 시행과 간결하고 장중한 비명체碑銘體 '2행 연구couplet'가 저문 뒤에도 살아남았다. 루이 아라공, 르네 샤르는 각기 다른 방식의 수사학자다. 프랑스의 자기 표현은 기념비적인 것, 위계적인 것, '메트르'의 위신과 역할을 정당화하는 규범적인 것을 선호하는 경향이 있다. 그래서 격렬하고 극단적인 해체적, 포스트모더니즘적 반란이 (특히 페미니즘 계열에서) 생겨났다.

1944년 12월에 철학자, 시인, 정치 평론가이자 극우파의 돌격대장condottiere이었던 피에르 부탕은 비시 정부에 부역한 죄로 복역 중이던 스승 샤를 모라에게 눈부신 편지를 썼다.

Mon cher maître, mon maître, jamais ce beau mot n'a été plus complètement vrai que dans le rapport que j'ai à vous…… la fidélité et la reconnaissance que je vous ai ne sont pas choses mortelles, pas plus que les idées et la lumière qui sont à leur origine. A bientôt, cependant, et à toujours.

친애하는 스승님, 저와 스승님의 관계에서 이 아름다운 말이 이토록 진실했던 적은 없습니다…… 제가 스승님께 품은 충성과 사의는 그 근원에 있는 사상과 깨우침만큼이나 불멸할 것입니다. 스승님을 다시 만날 때까지, 그리고 어쨌건 영원히.

내가 떠올리고픈 장면은 1870년 이후의 것이다. 그 전에는 18세기 '철학자들philosophes' — 명성 높은 볼테르, 디드로로 대표되는 '백과전서파Encyclopéde' — 이 있었다. 프랑스 혁명은 정치·사회적 사상 운동에서, 즉 분석적 담론을 정치 행동과 연결시키는 이념적 논쟁에서 비롯되었다는 견해가 널리 퍼져 있다. 이런 연결은 러시아의 상황과 '지식인 계급intelligentsia' 의 탄생에도 영향을 미친다. 역설적이지만 나폴레옹 정권은 지식의 자유와 토론을 몹시 경계해서, 지식의 공식적 과정과 교육의 위계를 공고히 했다. 제국은 인문 교육과 과학 훈련을 체계화하고, '그랑제콜grandes écoles'과 몇 개의 아카데미를 거느린 학술원Institut을 세웠다. 이것들은 교육 권력과 복종의 앙상블로, 그 영향력은 스콜라 철학의 수도원 및 성당 학교들에 못지않았다. 학술원 회원들이 입은 제복은 나폴레옹의 소망을 반영한 것이었다. 하지만 이른바 '교수들의 공화국la république des professeurs'인 프랑스에서 스승의 가르침의 근본을 형성한 것은 두 가지 역사적 상황이었다.

1870~71년의 보불전쟁의 굴욕 이후, 프랑스는 '진지함'을 열망하게 되었다. 프로이센이 우세했던 것은 독일의 병기가 아니라 과학과 인문 양 분야에서 모두 우월했던 프로이센의 교육 제도와 사상이었다. 독일식 '김나지움Gymnasium', 훔볼트가 개혁한 대학, 연구 수준과 학술 출판으로 육성한 지식의 틀이 프랑스 제2제정기의 지적, 학술적 관행의 천박함과 아마추어적 비체계성을 폭로했다. 군사적 우위는 헤겔이 구체화한 엄밀한 분석 습관의 논리적 결과였다(프랑스 철학은 1940년 독일의 점령 이후 후설과 하이데거에 비슷하게 굴복하고픈 유혹을 받는다). 1873년에 알렉상드르 뒤마는 말했다. "더 이상 재치, 가벼움, 자유 사상, 조롱, 회의주의, 바보짓folâtre은 의미가 없다." 프랑스는 이제 "아주 진지한 것"을 마주해야 했다. 거기에 실패하면 쇠퇴가 기다렸다.

베를린과 괴팅겐 모델을 의식적으로 모방한 프랑스 교육의 이상은 헤겔의 제자 빅토르 쿠쟁이 체계화했다. 클로드 베르나르의 실험 심리학, 마르슬랭 베르틀로의 화학 및 그 산업적 응용이 '라인강 건너편'의 이론적, 실천적 성과를 따라잡고 뛰어넘고자 했다. 졸라의 소설은 붕괴와 새로운 사회학적, '생리학적' 방법이 주는 충격과 문학에도 어울리는 무게를 모두 전달한다. 에르네스트 르낭과 이폴리트 텐이 부활의 양대 스승이된다. 독일에서 번성했던 비교 언어학과 성서 해석학을 공부하고, 비합리성, 특히 로마 가톨릭 교회가 프랑스 관습을 침식하는 일에 격렬히 반대한 에르네스트 르낭은 "진지해지자"라는 말을 중등 및 고등 교육의 표어로 만든다. 그 자신이 박식한 성서 해석학자이자 종교 역사가로서, 르낭은 순수 과학과 응용 과학이 미래에 차지할 결정적 역할을 예리하게 인지한다. 『템페스트』에 대한 그의 우화적 변주*가 보여주듯, 르낭은 스스로를 국민을 교육하는 프로스페로로 여겼다. 이폴리트 텐은 방법학과 사회 비평을 활용했다. 학교 교육에 대한, 역사적·경제적 자료의 체계적 연구에 대한 그의 유물론적 방법론은 학교 교육에, 그리고 역사적·경제적 자료의 체계적 연구에 큰 영향을 미쳤다. 그 자신의 연구의 출발점은 로마 공화정이었다.

---

* 『철학극 칼리반*Caliban, suite de "La tempête" : drame philosophique*』 (1878)을 가리킨다.

프랑스의 '사상의 지배maître à penser'의 두 번째 토대는 드레퓌스 사건이다. 이 내전적 드라마는 '지식인'이라는 명사와 그 부속물인 '학자clerc'—평신도 중의 성직자cleric—에 현대적 의미를 부여하고 그것을 확산시켰다. 양 진영의 교수, 학자, 정치 평론가, 정치가가 애국적 보수지 〈두 세계 평론Revue des deux mondes〉, 샤를 페기의 친드레퓌스적 〈격주 회보Cahiers de la quinzaine〉, 젊은 프루스트의 〈백색 평론Revue blanche〉까지 다양한 정기 간행물을 홍수처럼 쏟아냈다. 양 진영 모두에서 권위 있는 대변자가 나왔다. 장 조레스와 그의 고등사범학교 제자들, 에밀 졸라, 레옹 블룸, 샤를 모라스가 그들이다. 소르본 대학을 비롯해서 라탱 구역 전역에서 소요가 일었다. 아카데미 프랑세즈, 콜레주 드 프랑스에서 지방 고등학교와 신학교까지 모든 교육 기관이 둘로 갈라졌다. 이렇게 격렬했던 시절의 유산은 비시 정부의 신조와 전후의 맹렬한 '숙청'에서도 유독성을 발휘했다. "이것은 드레퓌스의 복수다." 모라스는 나치 부역자 재판에서 유죄를 선고받고 소리쳤다. 프랑스는 인종차별과 보편적 휴머니즘, 국가주의와 자유주의, 신앙과 볼테르적 회의로 양분되었다. 논쟁은 플라톤과 몽테스키외까지 거슬러 올라갔다. 뒬름 가의 고등사범학교는 이념 대립의 축이 되었고, 레몽 아롱, 사르트르, 루이 알튀세르가 그 직계가 된다. 바리케이드 앞의 구루Guru—푸코 같은—는 드레퓌스 때와 흡사하다. 알퐁스 도데, 쥘 로맹, 앙드레 모루아, 루이 기유의 소설은 지식인들의 이런 과열된 각축을 전달하고자 했다. 지성의 인생에서 영불해협 사이는 거리가 까마득히 멀어 보였다.

폴 부르제는 『제자*Le Disciple*』(1889)의 서문에서 진지함에 대한 뒤마의 말을 인용한다. 창백한 책략, "우리에 대한 뻔히 보이는 음모"―이것은 우리 주제의 핵심이다― 때문에 이 소설은 유물이 되었고, 이로 인해 작품의 동시대적 영향뿐 아니라 유산 또한 자주 간과된다. 『제자』 없이는 발레리의 『테스트 씨*Monsieur Teste*』도 없었을 것이다. 앙드레 지드는 일기에서 부르제를 경멸했지만, 그의 『배덕자*Immoraliste*』, 『바티칸의 지하실*Les Caves du Vatican*』, 그리고 특히 『위폐범들*Les Faux-Monnayerus*』에서 보이는 사제 관계에 대한 냉소적 탐구는 부르제에게서 배운 것이다. 나는 아이리스 머독이 현자/제자, 교사/학생 관계에 대해 거듭해서 쓴 소설들―『매혹자로부터의 탈출*The Flight from the Enchanter*』, 『종*The Bell*』, 그리고 가장 명백하게는 『철학자의 제자*The Philosopher's Pupil*』―에는 부르제의 영향이 컸다고 생각한다.

아드리앵 식스트―'식스트'는 '여섯 번째'라는 뜻으로 이 명명은 적어도 천재적이다―는 칸트가 선언한 순수 이성의 이상을 소중히 여긴다. 그리고 스피노자의 은둔적 금욕주의를 토대로 일과를 꾸린다. 그는 다윈의 과학적 유물론을 선호해서 15년 동안 미사에 가지 않았다. 식스트의 정신적 멘토는 '생리학적 심리학'으로 그의 사상을 이끄는 이폴리트 텐이다. "그의 인생 공식은 '생각한다'는 그 한마디 말에 집약되어 있다." 식스트는 화제의 책 『신의 심리학*Psychologie de Dieu*』을 출간했다. 그런 뒤 다윈과 허버트 스펜서에 토대한 『의지의 해부*Anatomy of the Will*』가 이어졌다. 식스트는 선과 악은 유기체의 구성에서 생겨나고, 결국 화학 작용의 문제라는 텐의 악명 높은 명제를 표어로 삼는다.

로베르 그레슬루가 그의 열성 제자가 된다. 그는 귀족 가에서 가정교사로 일하다가 자신의 학생인 열아홉 살 샤를로트와 사랑에 빠진다. 그녀는 음독으로 사망한다. 그것은 자살이지만, 그레슬루는 살인 혐의를 받고도 반박하지 않는다. 재판 때 검사는 그레슬루의 "흉악한 범죄"가 스승의 부도덕한 가르침 때문이라고 말한다. 식스트는 그 주장을 부조리하고 천박하게 여기고 대응하지 않는다. 절박해진 제자의 어머니가 식스트를 찾아가서, 그레슬루의 비밀 고백서를 전한다. 그것은 그의 무죄를 드러내고, 그가 비참한 운명 속에서도 제자로서의 열정을 잃지 않았다는 것을 보여준다. "제게 편지를 해주세요, 스승님, 저를 인도해 주세요. 내 것이었고, 아직도 내 것인 원리가 내 안에서 더 강해지게 해주세요." 이 끔찍한 일도 "거대한 우주의 법칙의 한 과정이라고 (제게 다시 말해주세요)…… 스승님은 위대한 의사, 영혼의 위대한 치유자입니다."

이 문서를 읽으며 식스트는 존재가 송두리째 흔들린다. 30년 동안의 지적 분투가 가져온 것은 "죽음의 원칙", "세상 구석구석을 파고드는" 독이었다. 식스트는 자문한다. "신비로운 유대를 통해서" 스승이 제자의 행동에 책임을 지는 일이 가능할까? 자신에게 책임이 없다는 주장은 폰티우스 필라투스와 같은 것인가? 우화는 선전으로 끝난다. 부르제는 식스트가 신앙으로 돌아갈 가능성을 암시한다. 프랑스를 천박하게 만든 무신론적 유물론은 패배할 것이라고.

* * *

결함은 있지만 『제자』는 도덕 철학과 사회 이론에 끈질기고 버거운 질문 하나를 제기한다. 스승은 제자의 행동에 책임을 져야 하는가? 그렇다면 어느 정도, (윤리적, 심리적, 법적으로) 어떤 방식인가? 미덕을 가르칠 수 있다면, 추정컨대 악덕도 그럴 것이다. 아시시의 프란체스코는 물고기에게도 복음을 전한다. 『올리버 트위스트*Oliver Twist*』에서 페이긴은 모범을 보여 교육한다. 예이츠는 약간 과장되게, 자신의 시 구절 때문에 "몇몇 사람이 영국의 총탄을 맞고" 죽었는지 자문한다. 그 질문은

소크라테스의 재판에서도, 클레멘스 외경 〈발언Recognitions〉
이 마법사 시몬을 교부적 시각으로 비난하는 데서도 핵심적이
다. 그것은 현실을 떠난 적이 없다. 구루들이 레비-스트로스의
구조주의와 프랑스 공산당의 마르크스주의 중 하나를 선택하
라고 강요하자, 몇몇 학생은 자살했다. 안토니오 네그리의 문
제는 1977년부터 지금까지 해결되지 않고 있다. 스피노자와
마르크스 양자에 모두 정통했던 철학 교사 겸 사회 비평가 네
그리는 극좌파에게 지적 지도권을 주었다. 그는 '붉은 여단'과
'최전선Prima Linea'의 제자들에게 막강한 힘을 발휘했다. 뒤이
은 폭력 사태에서 이 제자들은 테러 행위를 수행했다(정확한 범
죄 행위는 논란 대상이기는 하다), '나쁜 스승cattivo Maestro', "사
악하고" 악마적인 스승은 공모로 기소되고, 살인 관련으로 형
을 받았다. 그로부터 25년이 지난 지금, 네그리는 아직도 감옥
에 있다(조건은 완화되었다).* 살인 교사죄는 벗겨지지 않았다.

여기에는 상호 작용하는 요소가 너무도 많다. 스승의 직분
에는 카리스마가 두드러진다. 우리는 에로스, 공개/은폐된 섹
슈얼리티가 사제 간의 권력 관계를 물들일 수 있다는 것을 보
았고 또 볼 것이다. 스승을 기쁘게 하려는, "그의 사랑의 눈

---

* 2003년에 출소했다.

을 사로잡으려는"욕망은『향연』과 최후의 만찬 못지않게 모든 세미나와 개인 교습에서도 뚜렷하다. 뛰어난 코칭에는 모두 사랑/협박, 모방/분리가 복잡하게 섞여 있다. 발레도 축구도 파피루스 연구도 마찬가지다. 스승의 소망을 충족하고 스승의 이상대로 행동하려는 제자의 열망이 실천과 실행으로 이어질 수 있다는 걸 어떻게 부인할까? "가서 행하라." 스승이 말하면 "필요한 살인"이 실행된다. 가르침의 책임은 내용이 곡해된 경우에도 사라지지 않는다고 루카치는 주장한다. 그의 결과주의적 엄격함은 니체에 대한 끝없는 논쟁에서 비롯되었다(그 자신이 부르제의 면밀한 독자였다). 강인함과 초인간적 미래 종족을 찬양하고, "선악을 넘어선" 진리를 찬양한 니체의 철학이 나치주의의 발흥과 보급에 어느 정도 역할을 했을까? 나치가 니체를 스승으로 떠받드는 일은 얼마나 타당한가? 종교적 광신은 이맘을 향한 개종자의 충성, 순교자의 자발적인 복종에서 비롯되는 경우가 많지 않은가?

성 아우구스티누스가 말했듯이, 교육 이론은 자유 의지라는 수수께끼와 관련된다. 그것은 신의 명령, 심지어 신의 사전 지식도 인간의 선택을 배제하지 않는다는 명제와 씨름해야 한다. 제자는 스승의 가르침을 버리고, 재평가하고, 하나의 가설로만 생각할 자유가 있다. 수많은 플라톤주의자는『국가론』과 그 전투적인 우생학을 자조 섞인 유토피아로 읽었다. 말로의『포스터스 박사』에는 미안하지만, 모든 마키아벨리주의자가 체사레 보르자처럼 행동하지는 않는다. 아무리 영향을 받아도 책임은 결국 개인의 영혼에 있다. 사고하는 인간은 파블로프의 개가 아니다.

더욱이 곡해는 어떤가? 제자들이 의식적/무의식적으로 스승을 잘못 해석하고 오해한 수많은 사례는? 너무도 자주 맥락에서 분리되는 니체의 텍스트를 인종주의, 국수주의적으로 적용하는 것은 패러디가 아니고 무엇인가? 마르크스, 프로이트, 비트겐슈타인이 자신들에 대한 전문가를 자처하는 사람들을 거부한 데 핵심적 진실이 있지 않은가? 도스토예프스키 작품의 대심문관이 예수의 올바른 제자인가? 역사에 비밀 전승, 스승이 가르침을 소수에게만 전하는 일이 반복되는 것도 이런 딜레마 때문이다. 헤라클레이토스에서 비트겐슈타인까지, 또 카발라, 유교, 선불교에서도 스승들은 자신의 가르침이 오독되고 오용될 것을 예견하고 그를 방지하려고 애썼다. 미친 제자가 신전을 방화하면 스승이 종범從犯이 될 수 있는가?

거기에 대한 나의 대답은 "그렇기고 하고 아니기도 하다"는 것이다. 니체가 (어쩌면 냉소적으로) 말한 "금발의 야수"가 '무장친위대Waffen SS'의 청사진은 아니다. 하지만 그것은 거기에 철학적 아우라를 준다. 진정한 공적 폭력은 부르주아 자본주의이며, 새로운 사회 정의를 위한 투쟁 중에는 테러가 불가피하다는 네그리의 가르침에 경찰을 쏘라는 명령은 필요 없다. 하지만 그것은 이론적으로 허락된 불가피성 아래 우발적 가능성의 문을 열어준다. 예수조차 자신은 칼을 가지고 왔다고 말했다.

진정한 가르침은 위험한 사업이 될 수 있다. 살아 있는 스승은 학생의 가장 깊은 내면, 그들의 가능성이라는 연약하고 인화성 높은 재료를 손에 넣는다. 그는 우리가 영혼과 존재의 뿌리라고 생각하는 것에 손을 댄다. 그것에 비하면 에로틱한 유혹은 오히려 (비유적인 표현이지만) 사소한 것이다. 무거운 두려움 없이, 거기 따르는 위험에 대한 긴장된 존중 없이 가르치는 것은 경솔한 일이다. 개인적, 사회적 결과에 대한 고려 없이 가르치는 일은 무분별 행위다. 위대한 가르침은 학생의 의구심을 깨우고, 반론을 훈련시키는 것, 제자에게 떠남을 준비시키는 것이다("이제 나를 떠나라"고 차라투스투라는 명령한다). 올바른 스승은 결국 혼자다.

* * *

프랑스는 스스로를 '교사들의 공화국république des institu-teurs'으로 만들었다. 거기에는 '정교 분리laïque'의 원칙, 그리고 지난날 교회와 교회 교사들에 못지않은 시민적-교육적 소명이 근본적 역할을 했다. 철학, 문학, 정치계의 많은 스타가 상당 기간을 리세 교사로 일했다. 장 조레스도 교사였고, 말라르메는 평생 영어를 가르쳤다, 앙리 베르그송은 아제르와 클레르몽-페랑에서 가르쳤다. 시몬 베유는 지방 학생들을 놀라게 한 '여교사institutrice'였다. 장-폴 사르트르는 르아브르의 리세 교사였다. 교육에 대한 열광은 어이없는 결과들도 낳았다. 젊은 여자들은 직업학교에서 "살림의 수사학과 시학"을 배운다. 프랑스는 365일 언제라도 그 절반이 나머지 절반에게 시험과 '콩쿠르'를 준비시키는 것 같다.

하지만 그 토대를 이루는 프로그램과 이상은 최상의 종류였다. 쥘 라뇨가 방브의 리세에서 선언했듯이, "우리는 밝은 대낮에 개인적, 사회적 의무에 헌신하는 전투적 세속 교단을 만든다. 여기에는 어떤 숨겨진 동기도 신비도 없다." 명시적이건 암시적이건, 그 모델은 피히테가 제시한 것이다. 문화는 자유와 도덕적·정치적 해방에서 뻗어나간 가지라는 것이다. 이런 유기적 연계는 중등 교육에 가장 크게 의존한다. 교실에서 제대로 실현되는 수업은 그 내용이 추상적이건 실용적이건 상관없이 모두 자유로운 수업이다. 그런 수업에서는 플라톤의 말대로 "스승의 목소리가 어떤 책보다 훨씬 더 결정적이다."

'교사들의 공화국'에서 에밀-오귀스트 샤르티에는 지존이었다. 그는 스스로를 '알랭'이라고 불렀다. 그는 유럽 도덕사,

지성사에서 의심할 바 없이 우뚝한 존재였다. 그의 영향력은 프랑스 교육에, 그리고 1906년 ―드레퓌스가 복권된 해― 이후 1940년대 말까지 프랑스 정치의 중대한 요소들에 스며들었다. 알랭의 산문은 비길 데 없이 간결하고 명료하다. 그의 금욕적 성실성은 수 세대의 학생과 제자들을 매료시켰다. 소크라테스와 비교되는 일도 흔했다. 알랭은 "도시의 현인," '스승들의 스승Maître des maîtres'이었다. 그는 철학적·정치적 글, 예술과 시에 대한 평론―발레리의 『젊은 파르크La Jeune Parque』에 대한 해설 등―뿐 아니라 자전적 책들도 발표했다. 1936년의 『내 생각의 역사L'Histoire de mes pensées』와 전쟁론을 담은 『마르스Mars』는 모두 보석 같은 책이다.

하지만 알랭의 이름은 영미권에는 거의 알려지지 않았다. 그의 저작은 번역된 예가 드물다. 왜 이렇게 되었는지 나는 잘 모르겠다. 물론 맥락의 문제는 있을 것이다. 알랭의 『발언Propos』―그가 1906년~1936년에 (1914년~1921년까지는 빼고) 5천 단어 내외의 분량으로 일간지와 주간지에 발표한 간결하되 정교한 글들의 모음―은 '보편적인 것'을 말한다. 하지만 그러면서도 그 글들은 직접적인 것, 그 시대의 정치적, 사회적, 이념적, 또는 예술적 사안에 대한 예리한 언급을 동반한다. 알랭의 간결성은 공유된 지식을 전제한다. 외부인에게, 2차 대전 이후의 프랑스 독자와 오늘날의 젊은이에게는 낯선 맥락이다.

게다가 알랭의 텍스트에는 교육자로서의 목소리가 가득하다. 발언자가 떠나면서, 그 발언에 생명을 주는 힘이 책에서 빠져 나갔는지도 모른다. 하지만 아직도 많은 지혜와 따뜻한 감각이 남아 있다. 그러면 다시 묻는다. 왜 미국와 영국에는 그가 알려지지 않았을까?

알랭에게, 사는 것은 생각하는 것이다. 삶은 존재를 끝없는 생각의 흐름으로 기록하는 것이다. 이것은 데카르트와 스피노자에게 가장 중요한 공식이고, 둘 다 알랭의 가르침에 큰 영향을 미쳤다. 하지만 두 사람은 생각의 '육체성carnality', 그것이 인체뿐 아니라 우주의 모든 물질성과 동조한다는 것은 전달은 고사하고 제대로 인지하지도 못했다. 알랭은 마르크스의 영향을 받았지만, 이런 '의식의 유물론'은 알랭 자신의 것이었다. 알랭 말고 누구도 플라톤에게는 무엇보다 "지상의 것들에 대한 천상의 사랑"이 있다고 단언하지 않았을 것이다. 알랭은 소크라테스처럼 일상을, 솜씨와 기능을 탐구하고 누렸고, 목수의 기술과 렘브란트/바흐의 기술을 연결하는 제작을 향한 내적 추동에 대해서도 마찬가지였다. 알랭은 소크라테스처럼 전쟁이 육체와 정신에 중대한 영향을 미치는 가운데 ―그는 임관을 거부하고 1914~18년에 사병으로 군복무를 했다― 기술적 발명과 지적 분석이 합쳐지는 것에 주목했다. 하지만 모든 실체는 생각이다, 인간의 존재는 "형성되는 과정 중의 생각"이다. 알랭의 방법과 '플라톤적 유물론'의 어떤 요소는 뉴먼 추기경의 『변명*Apologia*』, R. G. 콜링우드의 『자서전』과도 비교된다. 『헨리 애덤스의 교육*Education*』을 쓴 헨리 애덤스는 알랭을 이해했을 것이다. 하지만 영미권에서 이 책들은 여백만을 장식한다. '지식인'이라는 말 자체가 멸칭에 가까운 곳에서 어떻게 알랭 같은 거인이 인정을 받을 수 있을까?

알랭은 자신의 멘토 쥘 라뇨에 대해서 『쥘 라뇨의 기억 *Souvenirs concernant Jules Lagneau*』을 썼다. 1887~1889년, 라뇨가 대입 예비 학년première supérieure에서 가르친 철학 수업이 핵심적 역할을 했다. 현학적 과시 없이 표현된 라뇨의 신조─라뇨와 알랭은 그것을 베르그송에게 물려주었다─는 명료하다. "성과를 낼 수 있는 것은 오직 삶을 통한 가르침─영혼 전체로 영혼 전체를, 인격 전체를, 인생을 가르치는 것뿐이다." 라뇨는 책을 내지 않았지만 ─역시 소크라테스적이다─ 교육적-철학적 일파에게 영감이 되었다. 그는 어린 학생들에게 무신론은 신앙의 부패를 막는 소금이고, 생각이 있다는 사실은 오직 생각 속에만 있다고 가르쳤다. 이런 리세 수업때 ─그 영향을 그는 베토벤의 그것과 비교한다─ 알랭은 그의 데카르트적 암호인 '관용'을 채택해서, 도덕적·합리적으로 사용하는 의지의 자유에 절대적 충성을 바치기로 했다. 에피쿠로스, 흄, 존 스튜어트 밀 같은 경험주의자들이 알랭의 존경을 받는다. 하지만 알랭은 라뇨에게서 확고한 '초월주의,' (우리가 보았듯) 물질의 위엄에 토대한 플라톤적 ―"신성하다는 표현이 적절한 저자"― 이상주의를 물려받는다. 라뇨의 스피노자 독법을 통해서 알랭은 인간의 최고선에 대한 나름의 정의를 내린다. 그것은 "생각의 기쁨을 경험하고 신을 용서하는 것"이다. 라뇨는 항상 텍스트로 시작했고, 예외는 오직 즉흥적, 개인적, 반체계적이면서도 정연한 주해를 거칠 때뿐이었다. 이것이 알랭의 스타일이 되었다.

덕분에 그는 퐁티비와 로리앙이라는 오지에서 루앙으로 옮기게 되었고, 1903년에는 결국 파리로 갔다. 처음에는 프루스트가 졸업한 콩도르세 리세에서, 이어 1909년부터는 앙리카트르 리세('무리 중의 최고primus inter pares')에서 죽 가르쳤다. 『발언』이 모습을 보이기 시작한 것은 그 3년 전부터다. 알랭의 가르침은 이미 전설이 되고 있었다. "우리가 듣는 것은 플라톤과 데카르트 사상에 대한 설명이 아니었다. 우리는 중개자 없이 그들과 직접 만났다." 한 학생은 그의 수업을 그렇게 기억했다. 알랭은 중등 교육이 가장 중요하다는 확신으로 소르본 대학(특강은 했지만)의 자리와 아카데미 프랑세즈의 회원 자격을 모두 거절했다. 하지만 이런 절제로 "노르망디 농부"의 명성은 더 높아졌다. 프랑스 최고의 출판업자는 이렇게 말했다. "이 위대한 이교도, 견유주의자, 금욕주의자, 미식가는 우리에게 아침 기도의 주제를 준다." 젊은 앙드레 모루아에게는 자신의 교사가 한 마디로 부패하고 혼란한 사회의 "정의로운 사람 le Juste"이었다.

알랭이 그런 영향력을 발휘하고, '국민 교사preceptor galliae'라는 막강한 지위를 누린 것은 영미권에는 없는 한 가지 상황 덕분이기도 하다. 그것은 리세 고학년 수업, '사범학교', '그랑제콜', 대학의 구별이 유동적이었다는 것이다. 인근 소르본 대학이나 고등사범학교 학생들이 앙리카트르 리세에 와서 알랭의 수업을 들었다. 그는 세브르의 엘리트 여자 사범학교에서도, 노동자를 위한 야간 강좌에서도 수업을 했다. 그의 리세 강의실은 미어터졌다. 1928년에 90명의 학생과 청강생이 침묵을 지키는 가운데 스승은 강의실에 들어와서 칠판에 "행복은 의무다"라고 썼다. 또는 "찬양받지 않는 것은 잊혀진다는 것, 그것은 인간 종의 가장 아름다운 법칙이다"라고도. 알랭이 학생들과 접촉할 때는 약간의 엄격함과 사적 영역에 대한 확고한 선 긋기가 특징이었다. 하지만 때로는 애정이 폭발했다. 시몬 베유가 실업자를 위한 직접 행동에 돌입했을 때 스승은 기쁨을 느꼈다. 그녀는 그에게 "염려한 아이"였다. 그의 고별 수업은 1933년 7월 1일로 예정되었다. 그런데 그날 강의실에 고위 공직자가 너무 많이 와서 알랭은 이틀 후에 다시 가서 "제대로" 가르쳐야 했다. 그리고 그때 지난번 수업의 당혹스러운 허식을 암시하면서, "정의와 자선에 대한 우리 수업의 상황이 한심했다"고 말했다. 작별의 말은 없었다. 위엄은 과묵하다(나는 F. R. 리비스가 똑같은 방식으로 고별 강의 후 퇴장하는 것을 보았다). 알랭은 언젠가 드물게 자부심을 보이며 말하기도 했다. 인간은 단순히 살아가는 자가 아니라 "생존하는 자"라고.

알랭의 관심 범위는 다채로웠지만, 그의 강력한 목소리에는 일관성이 있었다. 더욱이 그의 교육 원칙은 흔들리지 않았다. 그것은 국가의 건강을 결정하는 것은 젊은이, 특히 어린이의 교육이라는 것이었다. 가르치는 일은 학생의 이해력 바로 위쪽에 초점을 맞추고, 학생의 노력과 의지를 깨워내야 한다. "나는 원한다, 그러므로 나는 존재한다I want, therefore I am." 데카르트의 명제를 변형한 것인데, 영어의 '원한다to want'는 욕망한다는 뜻과 부족하다는 뜻이 다 있어서 프랑스어 'je veux'보다 알랭의 뜻을 더 잘 전달한다. 최고의 도덕은 "성공하지 않는 것ne pas réussir", '성공'이 불가피하게 타협과 자기 성취의 과장을 동반하는 세상에서 성공을 멀리하는 것이다. 이런 엄격하면서도 완곡한 원칙이 해마다 알랭의 모든 학생들에게 전달되었고, 어떤 학생의 표현에 따르면 "알랭의 소크라테스적 미소"도 곁들여졌다. 글의 진지함은 영혼의 건강이자 예의다. 학생의 작문이건, 아카데미 회원의 발언이건, 정치인의 웅변이건 스승은 과시를 예리하게 알아챘다. 하지만 생각 행위가 힘들게 얻은 힘인 곳에서는 뒤틀린 관용어도 모든 것을 이길 수 있다. 거기서 헤겔의 '시정詩情'에 대한 알랭의 기억할 만한 찬사가 나온다.

우리는 스승들을 읽고 또 읽어야 한다. 플라톤("플라톤의 모든 것이 진실이다. 그것은 그가 한 말을 전부 믿어야 한다는 뜻이 아니다"), 아리스토텔레스, 몽테뉴, 데카르트, 스피노자, 라이프니츠, 헤겔, 콩트, 마르크스. 그들을 서로의 동시대인으로도 읽고, 또 우리 자신의 동시대인으로 읽고 또 읽어야 한다. 첫 반응은 "존경, 저자에 대한 완전한 신뢰"일 것이다. 그런 뒤 의심, 때로는 반박도 온다. 하지만 그것은 위대한 텍스트에 대한 우리의 이해는 언제나 부족하고, 우리는 그 텍스트들의 동적 의미, 텍스트와 맥락이 상호 관계하면서 변동하는 의미의 풍성함을 다 끌어안지 못한다는 (기쁜) 신념 위에 토대한다. '데카르트 이후'의 플라톤이 있고, 콩트의 실증주의 및 마르크스의 사회학과 대화하는 아리스토텔레스가 있다. 그래서 알랭에게 독서는 수동적인 행위가 아니다. 그것은 권위 있는 가르침의 구술성을 높여준다. 문학도 철학 못지않게 형성력이 있다 시는 아마도 인간 가능성의 최상부를 표시할 것이다(플라톤은 지고의 시인이다). 알랭은 발자크, 스탕달, 디킨스, 발레리에 대해 주해를 쓴다. 부르제는 새로운 '과학주의'가 드러내는 문학의 불가결성을 감지한 데까지만 옳았다.

이 철학적, 교육적, 미적 참여는 모두 공통의 목적을 열망한다. 그것은 '자유로운 사회société libre'의 확립과 유지다. 알랭에게 그런 자유로운 사회는 칸트적 의미로 인간 가치에 대한 비판과 자기 비판이 되어야 한다. 이것은 알랭의 가장 흥미로운 믿음 중 하나다. 유효한 공화국은 학교고, 시민의 의지는 그 시험을 통과해야 한다. 알랭은 플라톤 및 오귀스트 콩트와 함께, 국가는 "윤리의 학교une scolarité morale"이거나 그렇게 되어야 한다고 믿는다. 그것은 플라톤이 『법률』에서 말하는 폴리스다. 프랑스 공화국이 영광된 것은 드레퓌스에 대한 정당한 평가를 위해 내전과 국가 안보의 위기까지 각오하는 데서 온다. 이런 기본 신조에 (때로는 불안정하지만) 문화적 엘리티즘, 플라톤적 '후견인 제도', 본능적 포퓰리즘, 공예와 농업에 대한 존경이 섞여 있다. '노르망디 농부'의 기질은 '프랑스 제일의 교수premier professeur de France' 안에도 끈질기게 남아 있었다.

알랭은 많은 회상록에 나오고 소설에도 등장한다(예. 로제 베쉬스의 『스승Le Maître』). 하지만 스승 직분에는 부르제가 주장하듯 비극성이 있고, 그것은 교실에서 더욱 그렇다.

신체 기형, 만성 질병, 성적 박탈감에 시달린 조르주 팔랑트는 생-브리외 리세를 비롯한 브르타뉴의 여러 리세에서 철학을 가르쳤다. 소르본은 그의 논문을 인정하지 않았다. 팔랑트는 수업 시간에 규율을 잘 유지하지 못했다. 학생들은 프랑스어로 '샤위chahut'라는 것─고함과 야유로 팔랑트의 수업을 묻어버리는 것─을 퍼부었다(『안녕, 칩스 선생님Goodbye Mr. Chips』과는 반대다). 팔랑트는 어이없는 결투에 휘말렸는데, 자신의 입회인들마저 자신을 동정한다고 생각하고 1925년 8월 5일에 권총 자살했다. 하지만 그의 가르침이 최고라고 생각하는 사람이 많았다. 팔랑트는 프랑스에서 선구적으로 니체 철학의 좌파적 해석을 시작했고, 프로이트에게도 누구보다 먼저 관심을 가졌다. 팔랑트 철학에 대한 세미나는 1990년에 열렸고, 11년 뒤에는 그의 저작 전집이 나왔다.

루이 기유는 1917년에 팔랑트에게 배웠다. 그리고 팔랑트가 강박적이긴 해도 대단히 독창적인 정신이.있다고 생각했다. 이 통찰 덕분에 이 세상에 현대 프랑스 걸작 소설 중 하나인『검은 피Le Sang noir』(1935)가 나왔다. 팔랑트를 괴롭히는 학생들은 칸트의『순수이성 비판』에 대한 열정을 조롱해서 그를 '크리퓌르 선생'이라 불렀다.* 그의 가르침의 엄격한 통찰을 받아들이는 것은 소수뿐이었다. 기유가 주인공의 이름을 메를랭

---

* 순수이성 비판Critique de la raison pure의 첫 단어와 마지막 단어의 음절을 따서 만든 말.

Merlin이라 지은 것은 조용히 마법을 암시한다.* 피타고라스와 엠페도클레스는 이미 학생들이 잔혹해질 수 있다는 것을 알았다.

메트르 팔랑트의 신비는 프랑스 지성 생활의 약간 신파적인 시나리오에도 이어진다. 제자들 ―데리다도 그중 한 명이다― 중에, 보르도와 툴루즈에서 철학을 가르친 제라르 그라넬은 전설이 되었다. 그의 강의, 칸트, 마르크스, 후설, 하이데거에 대한 모호한 해설, 대학 제도의 혁명적 변화를 위한 프로그램이 계시 문서처럼 전문가들 사이에 회람되었다. 그라넬의 학생이었다는 사실은 명예 학위honoris causa가 되었다. 자크 라캉은 연극적 행동과 난해한 글에도 불구하고, 히스테리칼한 수준의 찬사와 제자 집단을 거느렸다. 루이 알튀세르는 오늘날 거의 읽히지 않는다. 마르크스에 대한 그의 해설은 교조적 기행으로 여겨진다. 하지만 그의 구루로서의 인격과 섬뜩한 운명은 아직도 매력을 발휘한다. 그라넬이 말하듯, "'철학'이 역사 속에 텍스트들만 펼친다고 해도, '철학 속 생각'은 '구술' 전승에 속한다." 이런 전승은 학파에서 학파로, 다시 말해 스승으로부터 스승에게 전달될 수밖에 없다.

---

* 아서왕 전설의 마법사 멀린과 철자가 같다.

* * *

조르주 팔랑트를 비롯해서, 니체에게 압도된 이들은 많았다. 축약, 오독, 허위 편집된 텍스트가 산사태처럼 쏟아졌다. 니체의 존재감과 다의성은 너무도 강력해서, 이제 마르크스-니체-프로이트 3인에게서 서구의 현대성을 끌어내는 일은 클리셰가 되었다. 하지만 니체에게서 어쩌면 가장 중요했던 역할인 교사이자 교육자의 역할은 자주 간과된다. 그는 탁월한 반학술적 학자였다. 니체의 초기 저작들이 최근에 출간되면서 이제야 비로소 니체가 본과 라이프치히의 학창 시절과 바젤 대학 교수 시절에 축적한 방대한 문헌학적, 텍스트 비평적 연구에 접근할 수 있게 되었다. 그의 박식은 엄청났다. 니체 박사는 믿을 수 없을 만큼 어린 나이에 디오게네스 라에르티오스 전문가가 되었다. 그는 호메로스, 헤시오도스, 테오그니스, 투퀴디데스, 아이스퀼로스, 아리스토파네스, 크세노폰, 플라톤, 이소크라테스에 대해 강의했다. 대학에서도 가르치고 기숙학교Paedagogium에서도 가르쳤다. 그는 가장 엄격한 의미의 텍스트 비평가였다. 니체는 23세에 그 세대의 가장 유망한 고전학자라는 평을 받았다.

하지만 완전히 전통적인 방식의 문헌학 연구에서도 의심의 불꽃이 번득이고, 반항적 혁신이 암시된다. 텍스트 교정과 어휘-문법의 수정이 정말로 고대의 텍스트를 밝혀줄까? 엘리트 지식인들이 라틴어로 쓴 주해가 폭넓은 문화적, 학습적 용도가 있을까? 이런 이단적 불안은 니체가 1867~68년에 쓴『데모크리토스에 대하여*Democritea*』에 이미 조금씩 드러나고 있었다. 1868년의 한 편지에서 니체는 격렬한 암시가 담긴 "미래의 문헌학Philologie der Zukunft"이라는 표현을 사용한다. 이후 빌라모비츠와 고전학 학계가 니체에게 되돌려주는 이 말은 철학의 영향을 받고 괴테, 실러, 칸트의 미학 이론을 사용하는 문헌학을 가리킨다. '그리스 비극 시대의 철학'에 대한 1873년의 글에서 니체는 그리스 비극을 음악 및 '총체적 예술 형식Gesamt-kunstwerk'의 이상—바그너가 바이로이트에서 실현한—과 같은 선상에 놓는다.

이런 논점은 니체의 첫 책『비극의 탄생』(1872)의 영감이 되었다. 이 혼란스러운 걸작이 영구적인 매력을 발휘하는 것은 학술적 기준과 미적 기준 사이의 내적 모순 때문이다. 그것은 어떤 확고한 또는 단일한 목적의 독서도 거부한다. 의식적이건 아니건, 니체 교수는 자신의 길드 내에서 불가능한 길을 선택했다. 니체는 동시에 커지는 고립 속에서 미래의 휴머니티를 위한 교육법과 강의 계획을 고안하려고 했다. 이때 휴머니티는 제한된 의미(고전문학)와 넓은 의미(인류)를 모두 포함한다. 우리는 어떻게 해야 진정한 스승을 잘 정의할 수 있을까?

그는 "교육자 쇼펜하우어"(1873)에서 이 질문을 다룬다. "한 명의 교사와 추흐트마이스터Zuchtmeister"를 발견하는 사람은 행운이다. 추흐트마이스터는 '품행의 스승'을 의미하는데, 지식도 중시하지만 행동거지도 가혹하게 가르친다. 위대한 교사는 "사람을 재형성해서 그가 행성계가 되도록 한다." 학술 기관은 "인간이 인간이 되게 교육하는 일"에 실패하고 있다(단테가 'Ser' 브루네토에게 한 말을 상기시킨다). 쇼펜하우어와의 만남은 심호흡을 하고 원기를 되찾을 수 있는 높은 숲에 들어가는 일이다. 몽테뉴와 쇼펜하우어 계열의 교사들에게는 독보적인 '즐거움'이 있고, 그 '즐거운 지식fröhliche Wissenschaft'은 니체의 것이 된다. 쇼펜하우어의 제자 탐색은 좌절스러웠다. 그의 철학적 걸작은 말년까지도 거의 읽히지 않았다. 『의지와 표상으로서의 세계』의 저자는 엠페도클레스 못지않게 고통스러운 고립을 겪었다. 그런데 니체가 쇼펜하우어의 소수의 독자를 "아들과 학생들"로 만듦으로서 비로소 그의 제자들이 생겨났다.

　그런 스승은 어떻게 교육하는가? 그것은 우리에게 상승하는 동시에 침범하는 움직임을 강제하는 것이다. 스승의 얼굴에 보이는 "부드러운 저녁의 피로Abendmüdigkeit"가 그런 수행적 수여다. 하지만 쇼펜하우어 같은 사람조차 "사랑을 가르치는 것은 불가능하다는 것"을 깨닫는다. 니체의 글은 상투적으로 수행되는 학교 교육과 고등 교육을 신랄하게 비판한다. 강단의 철학자들은 자신들의 공허를 강요한다. 또 어떤 영감에 사로잡히면, 친밀한 사이에만 드러내야 할 것을 널리 공표한다. 그래서 거세, 대학 철학의 완전 거세Entmannung가 생겨난다. 그래서 니체는 또한 키르케고르 이후 최초로 강단과 저널리즘, 사상과 고급 가십의 결연을 통찰한 인물이 된다. 여기서 많은 것이 비트겐슈타인을 예견한다. 쇼펜하우어는 자신의 제자가 될 자격을 갖춘 이들에게 "진실에 대한 사랑은 무섭고 섬뜩한 것"임을 밝힌다. 니체는 이 말을 지지하는 의미로, 자신에게 영향을 준 소수의 인물 중 하나인 에머슨을 인용한다. 그는 또한 논점 변형의 위험도 알았다.

사랑을 가르칠 수 없다면 미움은 어떤가? 니체는 이 "시의 적절하지 않은" 책에서 답을 주지 않는다. 하지만 질문은 명심할 가치가 있다.

니체는 그 후로 평생 동안 대학에 대한 경멸을 분명히 했다. 짧았던 바젤 시절 그는 건강을 해쳤다. 완전한 독립과 고독만이 일급 사상을 생성할 수 있다. 하지만 동시에 니체는 고독이 자신을 미치게 한다고 소리친다. 1883~85년에 『차라투스트라는 그렇게 말했다』가 실패한 뒤 고통은 견딜 수 없는 지경이된다. 니체의 편지는 막대한 고립감을 토로한다. 그의 책에는 아무런 반향이 없었다. 누군가 한두 차례 가벼운 찬사와 관심을 표현하면(브라네스, 스트린드베리), 니체는 거의 히스테리컬한 감사를 표현했다. 이폴리트 텐이 그에게서 책을 받고 짧고 예의 바른 편지를 한 통 보내자, 니체는 격렬한 인정과 결연을 선언한다. 그에게는 실제로 한 명의 제자가 있었다. 이류 작곡가였던 페터 가스트는 스승에게 인생을 바쳤다. 가스트는 고통받는 우상의 필경사, 출판 대리인, 전령, 보호자로, 니체를 거듭 절망에서 구해냈다. 이런 배경에서 니체는 바젤 시절의 동료 C.J. 부르크하르트와 관계를 맺게 되었다. 처음에 둘은 서로를 존경했고, 얼마간 친하기까지 했다. 하지만 가부장적 문화역사학자이자 내적 규율가인 부르크하르트는 곧 발을 뺐다. 그는 니체에게서 혼돈과 과대망상을 감지했다. 그리고 니체의 몰락에 연민을 느꼈지만 놀라지는 않았다. 반면 편력 예언자 니체는 부르크하르트라는 존경하는 영혼에게서 공감과 계몽된 반응을 얻고자 애썼다. 그의 긍지에 찬 외침은 응답을 받지 못했다.

14세의 남학생은 이미 상징적인 프로그램에 이르러 있었다. 스승의 원형은 높은 곳에 올랐다가 내려오는 현자다. 그의 가르침은 제자를 모으지만, 결국은 제자들이 스승을 버리고 떠나게 만든다. 그는 우화로 비전적 祕傳的 지혜를 전한다. 니체가 청소년 시절 시도한 교육적 서사시에서 모범적 인물은 엠페도클레스, 예수, 부처, 조로아스터다. 모세는 환상적 분노에 싸여 시나이 산에서 내려온다.

Auf nackter Felsenklippe steh ich

Und mich umhüllt der Nacht Gewand,

Von dieser kahlen Höhe seh ich

Hienieder auf en blühend Land.

Ein Adler seh ich schweben

Und mit jugendlichen Muth

Nach den goldnen Strahlen streben

Steigen in die ewge Gluth.

나는 벌거벗은 절벽 위에 서 있다.

그리고 밤의 장막에 감싸인 채

이 황량한 높이에서

꽃피는 땅을 내려다본다.

비상하는 독수리가 보인다.

독수리는 젊은 열정을 품고

금빛 햇살과 겨루며

영원한 불길 속으로 솟아오른다.[*]

여기에 바그너의 〈파르지팔Parsifal〉에 나오는 클링조르 같은 인물과 니체가 엥가딘에서 겪은 깨달음을 더해보라. 그러면 차라투스투라의 요소들이 나온다.

이런 "제5복음서"의 아이디어가 라팔로에서 대낮의 고독에 잠긴 니체를 압도했다. 그는 1883년 1월부터 1885년 2월까지 거기에 몰두했다(최초의 통일된 판본은 니체가 광기Umnachtung의 "밤 시간"을 살던 1892년에야 나타났다). 1권은 약속과 계시로 타오른다. 그 계시는 소수의 제자들과 이어 전 세계에 "초인"의 도래를 알리는 계시다. 스승은 산속 동굴에서 세 번 내려와서 인류의 세 계급을 가르친다. (플라톤적인) 그 세 계급은 평민, 전사, 철학자-시인인데, 니체는 이 철학자-시인들을 위한 수도원 성채castello를 꿈꾸었다. 2권에는 실망이 가득하다. 스승은 거절, 심지어 조롱당한다. 차라투스투라는 제자들에게 "영원 회귀", 순환적 시간, 수용한 운명의 비밀을 드러내려고 하지만 실패한다. 그의 목소리는 헛되었다. 그가 가르칠 이들은 "사람들"이 아니라 "사람의 편린들"일 뿐이었다.

3권은 공식적으로 소포클레스와 횔덜린에게서 영감을 받은 극으로 볼 수 있다. 도시에 역병이 돌고 제자들은 흩어진다. 그들은 "영원 회귀"의 메시지에 겁을 먹는다. 차라투스투라는 비

---

* 니체가 열네 살 때 쓴 제목 없는 시.

극적 폭력 속에 스러진다. 하지만 니체는 이 시나리오를 버렸다. 대신 현자의 방대한 독백, "밤의 노래"와 평범한 인간 세계로의 귀환이 나타났다. 40부를 찍은 4권—니체는 반응을 열망하며 그중 7권을 발송한다—은 단편적 수수께끼들의 조합이다. 차라투스투라는 자신이 "인간의 어부"라고 말하는데, 이것은 예수가 아니라 오르피즘-피타고라스 모델, 특히 루키아노스의 『낚시꾼*Piscator*』을 가리키는 말이다. 그는 바젤의 동료 프란츠 오베르베크에게 편지를 썼다. "나는 생전의 제자가 필요합니다. 내 책들이 제자를 유인하지 못하면, 그걸 쓴 의도는 실패한 것입니다. 최고의 것, 핵심적인 것은 오직 '사람으로부터 사람에게로만' 전해질 수 있습니다. 그것은 '공적인 것'이 될 수도 없고 그래서도 안 됩니다." 차라투스트라의 좌절을 지켜보고, 그와 대화하는 동물들이 그에게 말을 포기하라고 한다. 죽음을 앞둔 소크라테스처럼 노래하는 법을 배우라고. 이상적으로 말하자면, 차라투스트라는 "춤으로 의미를 전달해야" 한다.

하이데거가 강조하듯이, 차라투스트라 자신이 '생성 중인 사람Werdender'이다. 그의 가르침은 불안정하고, 때로는 모순된다. 그래서 제자 집단에 어려움을 일으킨다. 혁신적인 미술, 음악, 문학도 청중을 만들어야 하듯이, 차라투스트라의 원리도 그런 전에 없던 목소리를 들을 귀를 만들어내야 한다. 신의 죽음 이후에는 초인만이 진정한 대화에 참여할 수 있을 것이다. 고독 없이 통찰은 없고, 아무리 한정되었다 해도 청중 없이는 진실을 보일 수 없다. 하지만 스승은 그의 계시를 감당할 수 없는 자들, 불가피하게 그것을 오염시키고 왜곡할 사람들과 소통할 권리가 있는가?(마치 니체가 자신의 작품이 나치의 손에서 어떤 운명이 될지를 예견한 것 같다.) 차라투스트라는 모든 사제 관계에 내재된 이 문제를 해결하지 않는다. 특히 2권에서는 '제자들Jüngern'에게 비전적 깨달음을 전달할 능력이 없다고 스스로를 나무란다. 비트겐슈타인과 마찬가지로 그는 진정한 제자의 직분은 거절로 끝난다는 것을 안다. 진정한 제자는 "스스로를 따를 줄 알게 되는" 사람뿐이다. 스승의 뛰어난 미덕('선물을 주는 미덕die Schenkende Tugend')은 퇴짜 맞을 선물을 주는 것이다. 제자들은 차라투스트라를 떠날 뿐 아니라 그를 가혹하게 비난하고 부정해야 한다. 그런 운명을 피한다면, 스승은 "위대한 정오"로 돌아간다. 그런 뒤에야 차라투스트라와 제자들은 함께 기뻐하는 사람, "같은 희망의 아이들"이 될 것이다.

너희는 아직 너희를 찾지 못했다. 그러자 너희는 나를 찾았다. 믿는 자들은 모두 그렇게 한다. 그래서 모든 믿음은 보잘것없다.
이제 내가 너희에게 명령하니, 나를 버리고 너희를 찾아라. 너희 모두가 나를 부정할 때 내가 너희에게 돌아갈 것이다⋯⋯

그 위대한 정오에 인간은 동물과 초인의 중간 지점에 서서, 저녁으로 가는 길을 최고의 희망으로 여기며 기뻐한다. 그것은 새로운 아침으로 가는 길이기 때문이다.

단테는 길 중간에 서 있다. 단테가 브루네토에게 인사한 이래, 가르침에 대해 "같은 희망의 아이들"이 된다는 것 이상의 간결한 정의가 있었나?

* * *

'성장 소설Bildungsroman', 성숙의 서사, 교육과 경험을 통한 내적 성년 도달의 서사는 독일 문학의 유구한 전통이다. 그것은 『파르치발Parzival』, 『바보 이야기Simplicissimus』, 괴테의 『빌헬름 마이스터Wilhelm Meister』, 뫼리케의 『말러 놀텐Maler Nolten』, 고트프리트 켈러의 『녹색의 하인리히Grüne Heinrich』, 그리고 토마스 만의 비극적인 『파우스투스 박사Doktor Faustus』 같은 고전을 두루 포괄한다. 교육에 대한 매혹은 옛 동독에서도 이어졌다. 실러의 미적 교육 프로그램에는 "교육적 에로스"라는 개념이 나온다. 도덕적, 미적 교육은 모차르트의 『마술 피리』에도 뚜렷이 드러난다. 훈육과 기쁜 복종의 이런 이상 또는 환상을 로베르트 무질의 『젊은 퇴를레스Young

Törless』는 강력하게 거절하고, 하인리히 만의『푸른 천사』는 희극적으로 풍자한다. 이런 전통에 니체의『차라투스트라』는 불안한 매력을 더했다.

단테의『신곡』에는 못 미치지만, 사제 관계를 폭넓은 우화에 담은 작품으로 헤르만 헤세의『유리알 유희*Glasperlenspiel* 또는 *Magister Ludi*』(1943)가 있다. 유럽의 야만이 맹위를 떨치던 시기에 발표된 이 소설은 전후 세대에게 기도서 같은 역할을 했다. 작품은 '명인Meister'이라는 이름 — 세계 통치자Weltmeister, 음악 명인Musikmeister, 교사Lehrmeister — 에 전에 없고 다소 신파적이기까지 한 위엄을 주었다.* 그 울림은 아직도 남아 있다. 헤세가 소환해서 엮어넣은 신학적·형이상학적·음악학적·정치적 요소, 게임 이론과 컴퓨터에 대한 예언적 암시는 존경뿐 아니라 당혹스러운 매혹까지 일으킨다.

헤세가 말하는 "교육주教育州"와 '교육paideia'은 뿌리가 고대로 거슬러 올라간다. 오르피즘과 플라톤의 국가론, 도교와 유교, 중세 수도원 제도와 르네상스 시대 피렌체의 신플라톤주의 아카데미들, 프리메이슨 의례와 신지학神智學 등이 그것이다. 유리알 유희 자체는 카발라의 언어 유희, 수비학, 그리고

---

* 마이스터는 스승, 명인, 주인, 지배자 등의 뜻이 있다.

18세기 말 E. F. 클라드니의 발견—음파가 방출될 때 금속판 위에 뿌려진 모래에 형체가 생겨난다는—을 결합한 것이다. 카스탈리엔에서 가르치고 "연주하는" 우주론은 우주가 음악으로 가득 차 있다는 피타고라스의 상상에서 나온 것이다. 그런 상상은 케플러와 쇼펜하우어에게도 이어졌다. 그것의 특정 선례는 라몬 유이와 라이프니츠가 약속한, 모든 지식과 기억의 조합적 결합에서도 볼 수 있다. 이 정교한 몽상가들은 자신들의 보편적이고 무한 조합적인 기호 프로그램에 한자漢字를 사용했다. 헤세의 유토피아에서는 2030년 무렵 이그노투스 바실리엔시스라는 사람이 그런 기호를 사용한다(놀라운 추측이다). 유희의 "마술 극장"에서는 지성이 현실을 정식화하고 해석한다. "대유희"는 바둑의 고수전master play처럼 여러 날 심지어 여러 주가 걸리는 드높은 축제다. 지식의 그물이 생각지 못한 패턴을 이루며 무제한적으로 펼쳐진다는 것은 우주를 엮고 인간 정신을 조화로운 천체들로 인도하는 합리적인 은유다. 유희 속 형상들이 축자적, 장식적 수준으로 떨어지는 것을 막기 위해서, 유희는 엄격한 명상 수행과 금욕적 집중 기술—서양의 은수자隱修者 제도와 동양의 선불교가 가르치는—으로 틀이 짜인다. 카스탈리엔 사람들은 여자도 돈도 모른다. 그런 영혼의 금욕주의에서 바흐의 푸가들이 태어났다.

하지만 유희는 신학도 철학도 아니다. 그것은 그저 유희일 뿐이다. 그리고 주역周易 또는 하이데거적 '내맡김Gelassenheit'의 방식으로 현명한 수동성과 우연의 신비를 보여준다. 젊은 크네히트―이 이름은 봉사와 복종을 의미한다―가 확실함을 원하자, 음악 명인Musikmeister이 훈계한다. "네가 바라는 원리, 절대적이고 완전한 진리의 보증은 존재하지 않아…… 신성함은 개념이나 책이 아니라 '네 안에' 있어. 진실은 가르침이 아니라 삶으로 얻는 거야"(여기서 '가르침dozient'은 추상적이고 학술적인 것을 가리킨다). 순수하게 스피노자적이다. 그리고 차라투스트라가 말하듯, 우리 각자는 "그저 하나의 시도, '진행 중'인 존재"일 뿐이다. 카스탈리엔 위계의 정상에 다가가자, 요제프 크네히트는 그것이 세속성을 그토록 절제할 수 있는 책략과 타협을 자각하게 된다. 토마스 폰 데어 트라베―애정 어린 아이러니 속에 토마스 만의 실루엣이 보인다―의 뒤를 이어 유희 명인으로 축성될 자가 일상으로 내려가서, 재능 있는 소년의 가정교사가 된다. 크네히트의 죽음에는 깨달음과 희생이 섞여 있다. 헤세의 고급 우화는 사제 관계의 경이를 기뻐하는 인도 우화로 끝난다.

호모에로티시즘은 헤세의 소설에 부드럽게 깔려 있다. 그것은 '게오르게 클럽George Kreis'에서는 연극적인 양상을 띠었다. 슈테판 게오르게는 명성 높은 시인이자 시인-번역가로, '신비의 스승magisterium mysticum'이었다. 그는 말라르메의 영향을 깊이 받아서 비전적, 심지어 오컬트적이면서 동시에 강력하게 정치적인 생활 형식과 실천을 구상했다. 그들은 스승이 선택한 (비밀이면서 또 공개된) "영혼의 엘리트"가 타락한 민족의 문화적, 도덕적 가치를 회복할 것이라고 보았다. 엠페도클레스-플라톤적인 꿈이 다시 한 번 작동했다. 클럽은 1892년에 창립되었고, 〈예술 회보Blätter für die Kunst〉도 그때 창간되었다. 사자처럼 멋진 용모의 게오르게는 태양빛을 나타내는 힌두교의 스와스티카를 자기 작품의 상징으로 사용했다. 그의『삶의 융단Teppich des Lebens』은 난해한 방식이긴 하지만 자신의 임무를 선언한다. 그것은 독일 영혼의 교사이자 노래하는 스승이 되는 것이다. 이 음유 시인은 1903년에 뮌헨에서 완벽한 아름다움을 구현하는 것 같은 15세의 제자 막시민을 만난다. 그가 1년 뒤에 죽자, 게오르게와 제자 집단은 그를 이상화한다.『일곱 번째 반지The Seventh Ring』(1907)는 "늙어버린" 문명을 재생할 젊음과 결단력을 가진 새로운 엘리트를 찬송한다. 횔덜린을 가질 자격이 있는, 앞으로의 독일은『동맹의 별Der Stern des Bundes』(1911)과『새로운 제국Das Neue Reich』(1928)에서 소환된다. 두 작품은 곧 무시무시한 현실성을 띠게 된다. 나치가 게오르게의 과두정적 신비주의를 채택하려고 했기 때문이다. 그는 히틀러주의가 자신의 사도적 지도력을 조악하게 베꼈다는 것을 알았다. 그 자신이야말로 진정한 '총통'이 될 수 있었을 것이다. 슈테판 게오르게는 망명했고, 1933년 말에 스위스에서 죽었다.

　그의 제자들 중에는 시인, 역사가, 학자뿐 아니라 전투적, 외교적인 야심을 가진 젊은 엘리트들도 있었다. 하이데거의 경우처럼, 그리고 그와 비슷한 모호성을 띠고 클럽에는 유대인들도 있었다. 클럽의 연출적 모델은 『향연』으로, 실제로 그들은 고대 의복을 입고 의례를 수행했다. 그곳에는 선거, 열렬한 신뢰, 간헐적 배신의 유형이 있었다. 게오르게는 제자들의 사생활에 예언자적 권위를 요구했다. 클럽을 떠나는 일은 용납되지 않았다. 추방은 "사형 선고"였다. 후고 폰 호프만슈탈 같은 이들은 스스로 떠났다. 그 자신 꽤 유명한 시인 겸 학자였던 루돌프 보르카르트는 격렬한 적이 되었다. 스승과의 만남은 여러 인생을 바꾸었다.

　'게오르게 클럽'은 강도가 강한 경우였지만, 어쨌건 19세기 말과 20세기 초에 널리 퍼졌던 현상을 대표한다. 케임브리지 사도회, 마담 블라바츠키에 대한 유사-장미십자회적 숭배(예이츠도 참여한), 영국 미술의 라파엘 전파前派, 구르지예프 숭배(캐서린 맨스필드가 연관됨), 블룸즈버리만 떠올려도 된다. 이런 클럽이 급증한 이유는 무엇일까? 유미주의는 산업적, 대량 소비적 사회의 '평범한 군중vulgus profanum'으로부터의 도피를 유발했다. 이런 다양한 '세포들'은 혁신은 오컬트적으로 시작한 계시와 사제 관계만이 수행할 수 있다는, 흔히 니체에서 기원한 믿음을 공유했다. 버나드 쇼의 독특한 사회주의에도 이런 직감의 자취가 도드라진다. 미적 구루들은 아마도 독재 정치의 이념과 레닌주의, 파시즘, 나치주의의 '지도자Duce' 인물들에 잠재의식적 반격을 실행한 것 같다. 나치는 아리아 인종 선민주의라는 '키치' 신화를 내세웠고, 나치 친위대는 '기사단의 성Ordensburgen'에서 횃불 아래 입회식을 하며 죽는 날까지 충성을 맹세한다.

게오르게의 스승 개념은 오늘날 매우 공허하게 들리지만, 비극적 에필로그가 거기 생명을 불어넣었다. 1944년 여름 게오르게의 여러 제자가 히틀러 암살 음모를 꾸미다가 살해되었다.

제자로 선택되고 활동하고, 이후 배신하는 일은 과학 탐구, 이성적 진단, 보편성의 이상을 추구하는 운동의 특징을 이룬다. 프로이트와 제자들 관계의 비희극은 이 짧은 연구의 한계를 넘어간다. 그것은 세부적으로 보면 거의 코미디 같은 많은 2차 문헌을 낳았다. 프로이트는 스핑크스의 모티프를 새긴 반지를 여섯 명의 황태자에게 주었다. 스승과 함께 그들은 게오르게가 말한 '일곱 번째 반지Der siebente Ring'를 이룬다. 선택된 자들은 정신분석학의 정설을 지키고, 스승이 죽은 뒤에도 그것을 이어나가야 한다. '황태자' 문제, 그러니까 프로이트의 신뢰와 유산 상속을 둘러싸고 사방에서 질투가 폭발했다. 정신분석학이 억압된 호모에로티시즘이라고 말하는 '전이'가 만연했다. 융, 랑크, 아들러는 각자 스승에게 다소간 격렬하게 반대하며 나가서 독자적 학파를 세웠다. 빌헬름 라이히가 가장 맹렬한 비판자가 되었다.

프로이트는 슬퍼했지만 놀라지는 않았을 것이다. 그의 오이디푸스 독법의 핵심에는 아버지 살해가 있었다. 문명은 아버지를 살해하면서 일어났다. 프로이트는 스스로를 모세와 동일시하고 정신분석이 오랜 세월 황야를 지나게 될 거라고 생각했기에, 융이 아론이 되고 아들러가 '유다'가 될 것을 직감했을 것이다.

아이리스 머독은 엘리아스 카네티의 인생을 토대로 한 소설 『매혹자로부터의 탈출*Flight from the Enchanter*』(1956)에서 제자라는 직분의 고통을 표현한다. 스승은 때로 "악의 현신"이 된다. 그가 요구하는 "강철 같은 신중함", 제자들에게 강제하는 "항상적 준비"는 감당하기 힘들 수 있다. 프로이트와 관련해서 얼마나 많은 사람이 이 작품 속 수수께끼의 매혹자 '미스차 폭스'에 대한 보고와 같은 것을 느꼈을까. "항상 마지막 순간에, 이렇다 할 이유 없이 반전, 힘의 논리, 그녀가 이해할 수 없을 만큼 복잡하다는 암시가 왔다." 제자는 막강 카리스마의 스승으로부터 자신의 주체성을 지키기 위해 달아나거나 배신을 저지른다.

하이네의 말을 인용하면, "오래된 이야기지만 / 그 일을 겪는 사람들의 가슴은 쪼개진다."

05

•

본국에서

* * *

　모든 일반화가 그렇듯 의심스러운 일반화 하나: 내 주제는 미국의 기질에 반한다는 것이다. 불경함은 미국적 속성이다. '마스터Master'라는 말 자체에 노예제의 얼룩이 묻어 있다.[*] 위대한 미국 교사는 예전에도 있었고 지금도 있다. 가장 먼저 랠프 왈도 에머슨이 있고, 올리버 웬델 홈즈 2세, 찰스 엘리엇 노턴, 존 듀이, 마사 그레이엄 등이 있다. 특히 미국 시골 지방에서 '여교사'들은 민담과 전설이 된다. 하지만 유럽 문화에 내

---

[*] '주인님'이라는 뜻이 있기 때문이다.

재된 공식성, 확고한 지식층, '스승의 직분magisterium', 그리고 경제적 보상과 무관한 지식인의 사회적 위신, 이런 것은 미국의 정신에서는 잘해야 주변적이다. 미국의 정신은 아담 같은 순수와 발견의 정신이고, 그들의 재능은 원리를 교육받는doziert 것이 아니라 스스로 만드는 것이다. 영국의 '퍼블릭 스쿨'을 본떠서 만든 엘리트 중등학교들은 평등주의와 사회 정의의 포퓰리즘을 불편하게 따른다. '김나지움', '그랑제콜'의 신화와 공적 역할―그것들이 갈등에 시달리다 야만적 전쟁을 일으킨 유럽에 무슨 소용이 있었는가?―은 미국 환경에는 맞지 않는다. 그래서 "친애하는 선생님"은 미국적 언어로는 번역되지 않는다. 내가 이 책의 제목을 미국인의 작품에서 따온 것은 변칙적인 일이다. 하지만 잘 알다시피, 헨리 제임스는 완전히 유럽적인 환경, 투르게네프와 플로베르의 기반에서 '스승'이라는 말을 습득했다. 윌리엄 제임스를 포함한 미국의 동시대인들은 그 말의 용례를 우습거나 어쨌건 낯설게 여겼다. 하지만 헨리 제임스에게 교육은 깊은 의미가 있었다. 그의 일기는 스스로를 가르치는 개인 교습 일지 같다. 비평가가 과제를 내서 창작자를 가르치고 격려하고 괴롭힌다.

제임스가 부분적으로 도데의 인생에 토대해서 쓴 『스승의 가르침 *The Lesson of the Master*』은 부르제의 『제자』보다 1년 앞선 1888년 여름에 출간되었다. 폴 오버트―이름의 알레고리에 주목하라*―는 "미혹된 위대한 소설가" 헨리 세인트조지의 "뛰어난 창조의 원천"에 "큰 빚"을 진 "젊은 지망생"이다. 쇠퇴의 길을 걸었다고 해도 스승은 "용서할 만한" 사람으로, 어쨌건 완벽한 예술 작품을 '한 편' 생산했다. 오버트는 그 작품으로 상상력에 불을 붙이지만, 그럼에도 행동의 인간들과 비교해보면 예술가의 삶이 기생적이라는 것을 의식하지 않을 수가 없다. 세인트조지는 스스로가 "지치고 쇠약한 동물"이라고 말하지만, 그래도 오버트는 사제 간의 "막강한 친교"를 소망한다. 세인트조지가 전하는 가르침은 제임스의 『대사들Ambassadors』에서 램버트 스트레서가 전하는 유명한 가르침―"늙어서 나처럼은 되지 마라. 헛된 신들을 숭배하는 우울하고 한심한 작자 말야"―과는 정반대다. 스승은 세속에 무릎을 꿇었다. "다른 데 가지 말고 여기서 일을 해. 측정 가능한 과목을 공부해." 오버트는 말한다. "저는 선생님 말씀대로 할 겁니다."

제임스의 목소리가 세인트조지의 유미주의적 인생에 대한 찬가를 통해서 울린다. "아이디어는 현실의 골짜기에서 솟아올라서, 우리가 언제나 해야 할 일이 있다는 걸 가르쳐주지."

---

* overt는 '공개된'이라는 뜻이다.

"준수함"은 치명적이다. 제임스의 "생기론"은 니체의 생기론과 가깝다. 세인트조지의 40권의 저작은 결국 종이 찰흙이나 마찬가지다. 그는 팔려나갔고, "위대한 것"을 배신했다. 그는 확신을, "예술가의 삶에 필수적인 '최선을 다했다는 감각', 자기 두뇌의 악기를 통해 자연이 감춘 최고의 음악을 끌어내고, 그것을 제대로 연주했다는 감각"을 가질 수 없었다. 결혼은 장애물이다. "여자들은 그런 일에 대한 개념이 없어."(다시 한 번 니체) 만약 제자가 스승에게 너무 많은 책을 쓰게 한다면, "네 머리에 총알이 박힐 것이다." 진정한 작가는 "가난할 줄 알아야" 한다. 종결부는 잔혹하다. "네가 나를 혼자 두었으면 좋았을걸." 스승이 제자에게 말한다.

여기에는 예이츠의 「선택The Choice」이 말하는 문제—"인생 또는 작품의 완성"—가 걸려 있다. 제임스는 작품의 감상적인 종결부에서 비틀거린다. 스승의 걸작 『섀도미어 Shadowmere』의 제목은 가볍다. 그는 폴 오버트에게 "조롱의 악마"가 되었다. 미국 고전 소설에서 흔히 그러듯, 파우스트의 주제가 가깝다.

성 아우구스티누스, 몽테뉴, 루소의 내성 모델에 유념하면서 1906년에 소규모 개인 출판한 『헨리 애덤스의 교육 The Education of Henry Adams』은 지금도 철저하게 미국적인 텍스트로 여겨진다. 역사학자로서의 생애와 앨버터 갤러틴, 존 랜

돌프의 전기를 집필한 이력도 작용했지만, 주요하게는 워싱턴에서의 활동 경험을 통해서 애덤스는 정치 행동에서 아주 미국적인 투자에 전념하게 되었다. 교육의 목표는 공생활이었다. 하지만 지적 양심과 민주주의의 불순물 사이에는 실망이 내재되어 있었다. "교사들에게 보내는 편지"는 필연적인 실패를 암시한다. 애덤스는 샤르트르 성당에서 "하늘로 솟구친 열망의 기쁨"을 목격했다. 그것은 실제로는 영혼과 교육의 이상적 움직임이었다. 하지만 정치 상황, 그리고 에너지와 이해의 탁한 관계 때문에 그것은 실현되지 않았다. 뉴딜 정책 시절이던 1936년에 나온 R. P. 블랙머의 에세이는 그것을 요약해서, 애덤스는 "교육의 대표적 사례였다. 하지만 성공 공식에 이르면 멈추는 평범한 교육과 반대로 실패의 지점까지 밀고 나갔다"고 말했다. 그래서 헨리 애덤스에게 "심장의 희망은 영혼의 절망"이 되었고, 그 영혼에는 아퀴나스적 의미로 분투하는 지성이 있다. 그는 역사 속 특정 위인들에게는 그 간극이 없기를 바랐다. 하지만 링컨, 가리발디, 글래드스톤을 살펴보고 애덤스는 모두가 피상적이라고 느꼈다. 『헨리 애덤스의 교육』은 '환멸'의 고전이다.

젊은 애덤스는 신중하게 스승 탐색에 나섰다. 실망은 하버드에서부터 시작되었다. "그 4년의 성과는 그 후의 어느 넉 달과 비교해도 뒤떨어진다." 예외는 루이 아가시의 고생물학과 빙하기 강의뿐이었다. 그것은 애덤스에게서 무상성에 대한 관심을 깨웠을지도 모른다. 독일이 불렀다. 괴테는 셰익스피어와 어깨를 견주고, 칸트는 플라톤을 능가하는 입법자였기 때문이다. 독일의 세미나 형식은 이미 제임스 러셀 로얼에 의해 수입되어 있었다. 그는 먼저 안트베르펜 성당과 루벤스의 〈십자가에서 내려지는 그리스도〉를 보고 "감각 교육"의 충격을 받았다. "그곳의 맛은 달콤한 와인처럼 진하고 풍부하고 원숙했다." 애덤스는 루벤스의 그림 앞에 무릎을 꿇고 "다시 일어나서 어리석은 일상으로 돌아가야 한다는 사실에 혐오를 느꼈다." 독일 고등 교육은 "고발이 필요한 방해물에 가까워" 보였다. "하이네의 유대인다운 웃음"이 베를린 대학과 그 도시 문화의 공허한 허식을 뚫고 울렸다. 그러다가 베토벤의 힘이 예고 없이 애덤스에게 닥쳤다. "교육의 경이 중 이것이 가장 경이로웠다." 하지만 그 경험은 "교육이라고 할 수는 없었다. 그는 음악을 듣지도 않았기 때문이다. 그는 다른 것들을 생각하고 있었다." 애덤스는 그 후 40년이 지나서야 바그너의 〈니벨룽의 반지Der Ring des Nibelungen〉의 세계에 들어간다.

　이것은 비범한 주해다. 그 혼란과 모순은 자발적으로 보인다. 그것은 애덤스가 교육에서 윤리적인 것과 미적인 것을 구별하는 칸트 및 실러의 시도에 익숙하다는 것뿐 아니라, 그가 세기말 유미주의를 철저히 불신하고 월터 페이터 유의 플라톤주의도 의심한다는 표시다. 안트베르펜의 애덤스는 자신의 깨달음을 뒤엎고, 헨리 제임스의 "대사"가 고대 로마의 영광이 남은 체스터에 도착하는 대목의 심경에 대해 이의 제기를 하는 것처럼 보인다. 헨리 애덤스가 율리우스 랑벤이 예술적 탁월함과 민족의 운명을 동일시해서 유명해진 책 『교육자로서의 렘브란트*Rembrandt als Erzieher*』—이 책은 베토벤의 '독일적인 거대한' 역할에도 초점을 맞춘다—를 몰랐을 가능성이 있을까?

남북 전쟁이 제임스와 애덤스에게 미친 직간접적 효과—둘 다 참전은 하지 않았다—를 비교해보는 것도 의미가 없지 않을 것이다. 애덤스에게 남북 전쟁은 "학자가 되는 것을 불가능하게 하고, 학생을 자기 스승들에 대한 가혹한 판사로 만드는 일"이었다. 그런 발견에는 아무런 기쁨이 없었다. "우상이 파괴되는 것은 고통스럽고, 칼라일은 우상이었다. 그의 위상에 드리워진 의심은 황혼의 그림자들처럼 주변 어둠 속으로 깊이 퍼졌다. 우상만 무너진 게 아니라, 신앙의 습관도 무너졌다. 칼라일도 사기라면, 그의 학생들과 학교는 무엇이었나?" 시의 대천사인 빅토르 위고와 월터 랜더는 애덤스에게 지루했다. 포괄적 조직가와 세속적 예언자들은 어떻게 되는가? "뉴잉글랜드 특유의 편협한 속성"으로 그는 마르크스주의로 전향하지 않았다. 그래서 남은 것은 콩트의 실증주의와 지질학이 허락하는 한도 내의 다윈적 진화론이었다. 링컨의 무뚝뚝한 국무부 장관이었던 윌리엄 헨리 시워드는 진정한 "지혜의 교사"였지만, 애덤스의 인생과 정치적 희망에서 빠져나갔다. 그리고 애덤스도 헨리 제임스처럼 누이의 갑작스러운 죽음―누나 루이자 캐서린은 마차에서 떨어져 죽었다―이 전환점이 되었다. "마지막 수업―교육의 결산―이 그때 시작되었다." 미래는 창창했지만, 그 빛은 인디언 서머처럼 불안했다. 하버드 대학의 교수가 되어 스스로 어색하게 느끼는 스승 직분을 행사할 때, 헨리 애덤스는 돈키호테처럼 "교육을 찾았고······ 이제 그것을 팔아야 한다"고 말한다. "우리는 아직도 1860년의 독일 학생인 것처럼 토마스 아퀴나스, 몽테뉴, 파스칼과 함께 제논에서 데카르트까지 멋대로 두드리며 다닌다. 더 장래가 밝고 인기 있는 입구 수십 곳에서 거절당하고 절망감을 느껴야만 이 오랜 무지의 숲에 들어올 수 있다······ 교육의 비밀은 아직도 무지 뒤에 숨어 있고, 우리는 늘 그렇듯 힘없이 그 위를 더듬었다." 이 매혹적인 ―가끔 매끄럽지 못하지만― 회고록을 읽다 보면, 중요한 진실이 독자의 의식 속에 소리 없이 침투한다. 진정한 스승은 오직 죽음뿐이라는.

헨리 애덤스는 소설의 꿈을 포기하지 않았다. 두 번째 소설 『에스터 Esther』는 그에게 자신의 역사 저술 전체를 합친 것보다 더 의미가 컸다. 이 작품은 내 교수직의 전임자였던 라이오

넬 트릴링과 관련되어 있다. 그의 소설 『여행길 중간*The Middle of the Journey*』은 저평가되었다. 그것은 애덤스의 『민주주의 *Democracy*』와 로버트 펜 워런의 『왕의 모든 신하*All the King's Men*』와 함께 미국에 흔치 않은 일급 정치 소설이다. 트릴링은 다른 책에서 사제지간의 수수께끼를 살펴본다. 작품의 정신적 배경은 두 가지다. 트릴링의 불안한 유대교는 탈무드와 하시디즘 전반의 사제관계를 예리하게 주목했다. 또 매슈 아널드에 대한 열정적 연구의 결과로 교육적 관심과 '가치' 전달에 몰두한 학자를 그려냈다. 거기다 '헤브라이즘'은 아널드의 오랜 관심사 중 하나였다.

트릴링의 단편 「이 시간의, 그 장소의Of This Time, Of That Place」(1943)에서 캠퍼스는 전원곡의 분위기를 띤다. 조지프 하우는 첫 수업을 준비하면서 공개 토론을 계획하지만 "내 의견은 여기 있는 다른 누구의 의견보다 가치가 있다"고 생각한다. 퍼디낸드 R. 터탄이라는 학생이 "의전관처럼 뻣뻣하게" 들어온다. 계획은 흔들린다. 작문 과제는 "즉흥적인 사람" 터탄에게는 의미가 없다. 터탄은(트릴링의 콜럼비아 대학 제자 앨런 긴스버그가 모델이다)은 "이상한 입"으로 미소를 지으며, 하우를 "프랑스적 의미의" '메트르'로 규정하려고 한다. 올바른 교사가 되려면 칸트, 헤겔, 니체의 계보에 들어가야 한다. 하우는 반항적 학생에게서 "아벨라르를 떠나는 중세 학생"을 본다. 터탄은 매우 독창적이지만 과장되고 유사-서정시 같은 작문을 제출한다. 하우는 별볼일없는 시인으로, 학계의 작은 자리에서 "편히 쉴" 준비가 되어 있다. 그러다가 자신의 난해함을 혹평하는 비평을 본다. 운명적으로 터탄도 그 글을 읽었는데, 그는 하우의 의도를 높이 사고 그 비평가를 경멸한다고 고백한다. 사제간에 "다정함"이 싹튼다.

수업 시간에는 입센의 『유령』을 읽는다. 터탄은 핵심을 파악하지만, 장광설 때문에 그런 예리함이 묻힌다. "아, 그는 미쳤다. '미쳤다'는 그 말은 말하자면 칭찬을 담은 일종의 과장법으로 쓰였지만, 일단 표명되자 곧바로 문자 그대로의 의미로 결정結晶되었다. 하우는 터탄이 미쳤다는 걸 확실히 알았다." "교수님이 관여된 것 같군요." 기겁한 그에게 학장이 말한다. 이어 터탄이 학장에게 보낸 편지는 하우에게 "사랑의 힘"을 보여준다. 실제로 "불쌍한 터탄은 그를 엄격하게 동정했고, 터탄의 위로받을 수 없는 정신에서 위로가 왔다." 의학은 터탄에게 무자비한 판결을 내린다. 그것은 비인간적 "정밀 도구"들이 만들어낸 것이다. 터탄은 추방당해 입장하지 못한 졸업식장 밖에서 자신의 손에 든 카메라를 그렇게 정의한다. 하우는 "터탄이 세 겹의 외로움"에 둘러싸여 있다는 감각에 시달린다. 하지만 그러면서 동시에 동정받는 것은 자신이고, 실패도 그의 몫이라는 것을 직감한다. 그는 더 슬프고 더 현명한 사람이 되어 터탄과

헤어진다.

1945년의 「수업과 비밀The Lesson and the Secret」은 좀 더 가벼운 소품이다. 이론에는 밝지만 현실에서는 무능한 빈센트 해멀은 잡지에 글을 실어본 적 없는 부유한 여자 아홉 명에게 "문예 창작 기법"을 가르친다. 이 작가 지망생들은 "확실한 수단을 줄" 안내자를 열망한다. 해멀은 인정받는 매혹적인 이야기를 그들에게 읽어준다. 하지만 수강생들이 "조용히 생각에 잠겨 있을 때, 아주 오래되고 신화적인 것, 잠재적으로 위험한 것이 있었다. 트라케의 여자들이 그렇게 오르페우스 주위에 둘러앉아 있다가 그를 죽였을 것이다." 부르제(!)를 한 번 언급했던 포머로이 노부인은 문학이라는 경이에 감사를 표명한다. 하지만 반역을 촉발하는, 유일하게 의미 있는 질문을 한 것은 스토커 부인이다. "이 작가는 잘 팔리나요?"

* * *

당연한 일이지만, 복잡한 "사제 관계"는 종교, 철학, 문학에 국한되지 않는다. 언어나 텍스트에 제한되지도 않는다. 그것은 세대 간의 현실이고, 미술·음악·공예·과학·스포츠·군사 분야 등의 모든 훈련과 전수 과정에 내재한다. 애정 어린 충성, 신뢰, 유혹과 배신의 충동은 가르치고 배우는 과정에 빠질 수 없다. 배움과 모방의 에로스와 그에 따르는 권한은 섹스의 그것만큼이나 위기와 균열에 취약하다. 플라톤적 '대화 conversazione', 세미나실에서 오르락내리락하는 긴장은 화실, 음악원, 실험실에서도 똑같이 반복된다. 동일한 방식의 경쟁·질투·승계 욕망, 동일한 배신 전술이 워크숍과 마스터 클래스에서 작동한다. 우리가 살펴본 3중 패러다임—스승의 제자 파괴, 제자의 배신 또는 스승직 찬탈, 공유한 신념과 기원의 눈부신 불꽃—은 어디에나 있다.

연구를 보면, 이름난 예술은 상당 부분 집단 작업의 결과다. 많은 시대, 특히 중세와 르네상스 시대에 스승들은 조수와 견습생을 여럿 두었다. 의뢰인 초상화의 배경은 제자들이 그렸다. 화실은 제조업보다 먼저 분업과 대리의 기술을 사용했다. 바사리의 끈질긴 연구가 밝힌 것처럼, 이런 환경에서는 질투, 경쟁(때로 살인적인), 표절이 만연하다. 음악원, 작곡/연주 마스터 클래스에도 똑같은 메커니즘이 작동한다. 건축 사무소—프랑스어는 적절하게도 건축가의 étude(서재)라고 부른다—의 학생과 조수들은 떨어져 나가서 경쟁 업체를 차린다. 가능하다면 그들도 뉘른베르크의 금세공사들이나 안트베르펜의 태피스트리 직조공들처럼 고객을 빼내갈 것이다. 문외한들은 흔히 과학 연구에서는 모두 뜻이 척척 맞고 공정함이 실현된다고 여긴다. 하지만 과학 각 분야, 후원받는 연구실의 공동 작업은 질투와 경쟁적 이기주의의 온상이 될 수 있다. 결과가 누구의 이름으로 발표될 것인가? '질투invidia'는 성공의 경제성이 커지고 재정 지원의 안정성이 떨어지면서 더 격렬해졌다. 거의 모든 인간 직군에서 수련생은 스승의 비판자, 거부자, 경쟁자가 된다. 그 역동은 기술―붓 터치, 바이올린의 활놀림, 청사진 작도술―을 모범적 자극과 가르침에서 분리할 수 없을 때 더욱 복잡해진다. 기술적인 영역뿐 아니라 감성적인 영역도 마찬가지다. 최고의 사례는 음악에서 나온다.

나디아 불랑제의 발전은 눈부셨다. 그녀는 아홉 살 때 파리 음악원에 입학했고, "엄청난 음악가가 될 잠재력"을 보였다. 1903년에는 화성학에서 1등상을 탔다. 열세 살 나이에는 오르간과 피아노 연주자로 데뷔했다. 포레가 그녀의 열성적 교사이자 영원한 조언자가 되었다. 나디아 불랑제는 1904년에 모든 상을 받으며 졸업한 뒤 아직 십대의 나이에 독자적 교습을 시작했고, 학생들에게 공포와 존경을 일으켰다. 1905년 봄에는 콘서트 경력을 시작해서, 바흐 연주에 선구적으로 하프시코드를 사용하는 한편 작곡으로 관심을 돌렸다. 1908년에 로마 대상 2등상에 머물자, 학계와 전문가들의 부당한 평가에 항의하는 페미니스트적 면모도 보였다. 음악을 "너무도 수월하게" 익힌 동생 릴리로 인해 사태가 복잡해졌다. 릴리는 1913년에 여성 최초로 로마 대상 본상을 수상했다. 같은 해에 나디아 불랑제는 교육가로 이름을 떨치기 시작했다. 재능 있는 학생들이 몰려들었다. 그녀의 첫 신동 제자인 자크 뒤퐁은 두 살 때 그녀에게 왔다. 고학년 연령대 소녀들의 비공식 모임인 '나디아 불랑제 회'는 스승의 곁을 떠나지 않았다. 전설에 따르면 그녀는 이미 음악원 정교수가 될 수 없었다. 과도한 연습을 요구한다는 이유였다. 릴리가 작곡가로 명성을 쌓다가 1918년에 죽자, 나디아는 자기 희생적 직업에 마음을 굳히고 오직 최고의 교사로 살았다. 그녀는 학생들을 통해 살면서 창의력이 더 높았던 동생에게 품었던 집착적이고 양가적인 감정을 "속죄"했다. 릴리에 대한 사후 숭배는 느슨해지지 않았다.

나디아 불랑제의 첫 미국인 학생은 1906년에 왔다. 미국의 참전으로 '국립 음악원 프랑스-미국 위원회'가 생겨났다. 월터 댐로시가 파리에서 지휘자로 활동했다. 적대 관계가 마감되면서 미국의 미술가, 작가, 음악가가 파리로 몰려왔다. 불랑제에게 미국인들의 찬사와 재정 지원이 쏟아졌다. 알프레드 코르토를 수장으로 하는 파리 음악사범학교는 마침내 불랑제에게 테뉴어가 있는 자리를 주었다. 퐁텐블로에는 불랑제가 이끄는 미국인을 위한 음악학교가 세워졌다. 첫 등록생은 스무 살의 애런 코플랜드였다. 나디아 불랑제는 1925년 말까지 백 명이 넘는 미국 작곡가와 연주자를 가르쳤다. 그중에는 스탠리 에이버리, 로저 세션스, 버질 톰슨, 도널드 해리스, 월터 피스턴, 엘리서 카터도 있다. 음악사에서 불랑제의 '가르침magisterium'은 질과 양 모두에서 비교할 자가 없다. 그 효과는 대단했다. "그녀는 미국 음악이 1840년대의 러시아 음악처럼 도약할 거라고 느꼈다. 그리고 우리에게 그런 자신감을 안겨주었다." 학생들은 스스로 작곡한 작품을 연주해줄 사람들을 소개받았다. 그렇게 해서 코플랜드는 댐로시와 쿠세비츠키를 소개받았다. 신진 발레 댄서인 니네트 드 발루아, 발랑신도 퐁텐블로에 이끌렸다. 35세 때 마드무아젤 불랑제는 국제적 인물이 되어 있었다. 그녀의 제자들은 존경과 사랑으로 충성을 바치는 거대한 집단을 이루었다.

그녀가 1924년 12월 처음으로 미국을 방문하자, 지난날의 많은 학생과 팬이 그녀를 맞았다. 불랑제가 1938년 래드클리프 대학에서 한 강연은 아직도 인구에 회자된다. 불랑제는 합창단을 지도하면서, 몬테베르디, 쉬츠, 돌랜드, 캠피언의 르네상스 모테트를 재발굴했다. 그리고 퍼셀과 라모의 귀환을 이끌었다. 그러다가 1940년에는 원치 않는 상황에서 미국으로 피신했고, 강의와 마스터 클래스로 다시 한 번 열렬한 추종 집단을 만들었다. 그런 뒤 프랑스에 돌아가서 후보로 이름을 올린 지 무려 23년 만에 마침내 음악원 정교수가 되었다. 이때 새로이 밀려든 미국 학생들 중에는 잔 카를로 메노티, 레너드 번스타인도 있다. 반역자는 많지 않았다. 조지 앤타일, 조지 거쉰은 그녀의 방식을 마음에 들어 하지 않았다. 필립 글래스는 오랜 공부 끝에 그녀의 곁을 떠났다. 파리에서는 올리비에 메시앙이 이끄는 젊은 프랑스회La jeune France가 신고전주의를 대체했다. 그럼에도 불구하고 불랑제의 강의와 수요일의 레슨은 계속 강력한 영향력을 발휘했다. 프랑스 작곡가 장 프랑세와 이고르 마르케비치는 자신들이 "빵집"—음악적으로 신화적인 '빵집'*—에 빚을 지고 있다고 말했다. 미국 음악과의 관계는 끊어지지 않았다. 불랑제는 70세 생일에 독특한 헌정을 받았다. 〈뉴욕 타임스〉에 "선생님 만세Vive"라는 헤드라인이 실린 것이다. 시력은 떨어져도 청력은 여전했던 나디아 불랑제는 끝까지 최고 수준으로 합창을 가르쳤고, 1979년 10월에 92세로 죽었다.

그녀의 관점과 감성은 혼합 그 자체다. 미국의 경험을 중시해서 —이것은 미국 음악사에 중대한 전기였다— 나디아 불랑제는 유럽은 아테네고 미국이 로마가 될 거라는 신념을 포기하지 않았다. 또 규율과 권위를 숭상해서 유대계 제자들에게 둘러싸여 있으면서도 악시옹 프랑세즈Action Française의 파시즘—반유대주의까지 포함해서!—에 공감했다. 그녀가 아르놀

---

* '불랑제'는 제빵사라는 뜻이다.

트 쇤베르크를 이해하려고 하지 않은 것은 이런 이유도 있었을 것이다. 실제로 현대 음악에 대한 그녀의 태도는 변덕스러웠다. 열아홉 살 때는 〈봄의 제전〉에 열광했지만, 스트라빈스키에게는 모호하게 반응했다. 포레와 륄리의 제자인 불랑제에게 무조주의는 당혹스러웠다. 그녀는 자신의 학생 랠프 커크패트릭의 바로크적 기교를 기뻐했다.

불랑제의 학생이 아니었던 사람은 그녀의 가르침의 매력을 정확히 말할 수 없다. '가르침dicta'은 아주 일반적인 경향이 있었다. "나는 개인적 소통과 결합하지 않으면 미적인 것을 가르칠 수 없다고 생각한다." 래드클리프 합창단원들에게는 "최선을 다하는 것만으로는 부족하다. 최선 이상을 행하라!" "나의 최선을 자네의 최선과 바꿀 수 있을까?" 같은 말을 했다. 또 1945년에는 "교사는 흙 속의 부식토일 뿐이다. 많이 가르칠수록 생명과 그 긍정적 결과에 더 많이 접촉한다. 모든 걸 고려해보면 나는 때로 교사가 진짜 학생이자 수혜자가 아닌가 하는 생각이 든다." 십 년 후에는, "가르칠 때 나는 씨를 뿌린다. 그리고 누가 그걸 잡는지 본다…… 그걸 잡는 사람, 그걸로 무언가를 하는 사람은 생존할 것이다. 나머지에는 관심 없다." 그리고 〈음악 저널Musical Journal〉 1970년 5월호에서는 "어린이는 최대한 신중하게 훈련시켜야 한다…… 우리는 많은 걸 할 수 있는 사람에게는 할 수 있는 것을 다해야 하는데, 그것은 인간적 정의에는 맞지 않는다. 하지만 인간적 정의는 사소한 정의다"(플라톤과 괴테가 얼마나 동의했을까).

나디아 불랑제의 기술적 탁월성을 말해주는 일화는 넘쳐난다. 그녀는 학생들 연주에서 아주 미세한 실수도 즉시 알아차렸고, 작곡 또는 연주의 허세를 용납하지 않았으며, 기억력이 비상했다. 하지만 그녀의 천재성은 다른 데 있었고, 그것이 그녀가 가르친 모든 분야의 특징을 이루었다고 보인다. 가르치는 과정에 대한 불랑제의 참여는 보기 드물 만큼 절대적이고 '전체주의적'이었다. 재능과 창조성은 사회 정의에 구애받지 않는다는 강력한 신념은 그녀 자신뿐 아니라 학생들의 엘리트주의도 지지해주었다. 그녀는 학생들에게 가진 재능을 실현할 자신감을 주었다. 이것은 스승의 최고의 기여다. 네드 로럼이 말했듯, 나디아 불랑제는 "소크라테스 이후 최고의 교사"다.

* * *

핀다로스와 플라톤에게 그것은 당연한 일이었을 것이다. 철학, 문학, 음악에 스승과 제자가 있다면 스포츠도 마찬가지다. 미국 스포츠에서 감독은 우상적 존재다. 시골 고교 팀에서 프로 스포츠 팀까지 감독은 큰 존경을 받는다. 대학 교수는 말할 것도 없고 대학 총장의 봉급도 대학 풋볼 팀이나 농구 팀 감독의 천문학적 봉급과 비교가 되지 않는다.* 앨라배마 대학의 풋볼 팀 '크림슨 타이드'를 이끈 '베어' 브라이언트에게는 미국 대통령이 고별사를 했다. 하지만 명예의 전당에서 가장 빛나는 것은 크누트 로크니다.

그는 재능이 많았다. 화학 교사에 배우였고, 숙련된 플루트 연주자이기도 했다. 로크니는 대중 연설자가 되었고, 금세 루돌프 발렌티노만큼 유명해졌다. 그는 노르웨이 이민자 가정에서 태어나서 1913년 노트르담 대학의 선수로 육군사관학교 전에서 유명한 승리를 이끌었다. 이 경기는 포워드 패스를 막강한 무기로 만든 경기다. 로크니는 1914년에 풋볼 팀 코치가 되었다가 4년 뒤에 감독이 되었다. 그 후의 13시즌은 눈부신 기록의 시간이었다. 150승을 하는 동안 패와 무승부는 12회와 5회뿐이었고, 전국 대회 우승이 세 차례였다. 1922~24년의 노트르담 대학 팀은 후위에 '네 명의 기수'를, 스크리미지 선에 '일곱 노새'를 배치하는 전설적 진용으로 거의 무적의 행진을 이어나갔다. 스승은 전술을 바꾸어서, T-포메이션에서 블리츠 공격도 시도하고, 경기 중 '돌격대' 팀도 투입했다. 필드의 감독으로 그토록 놀라운 성취를 이루었지만, 크누트 로크니의 진

---

* 대학 스포츠가 활성화된 미국은 대학 풋볼과 농구 팀 감독 연봉이 수백만 달러 수준이다.

정한 업적은 다른 어떤 스포츠에서도 (또 어떤 교육적 기획에서도) 비교할 수 없는 코치 계보를 형성한 데 있다. 그는 타의 추종을 불허하는 교사들의 교사로, 제자들은 스승의 원리를 전파하고 개선했다.

로크니가 1931년 3월 캔자스 주의 비행기 사고로 죽었을 때는 그가 지도한 선수 200명 이상이 코치 및 감독으로 일하고 있었다. 그중 90명이 대학에 있었고, 감독이 40명에 육박했다. 로크니의 선수였다는 경력 자체가 졸업과 동시에 코치 자리를 보장해 주었다. 1919년의 선수단에서는 12명의 감독이 나왔고, 1922년의 선수단에서는 11명이 나왔다. 그들은 미국 전역에서 로크니의 아이디어와 훈련 방식을 설파했다. 로크니 모델은 특히 중서부 지방의 미시건, 퍼듀 대학을 풋볼의 명문으로 만들었고, 삼투 작용으로 그 대학들은 학술적 위치도 높아졌다. 하지만 스승은 늘 자신의 기술은 열린 책이나 마찬가지라고 했다. 그것은 안무와도 같은 디테일과 기본기 훈련으로 이루어졌고, 그 정밀함은 크나큰 자신감을 낳았다. 크누트 로크니는 제자들을 가족처럼 여겼다. 그들과 개인적 접촉을 유지하면서 전문적, 개인적 조언을 하고, 결혼 선물을 보내고, 아내와 아이들의 일을 물었다. 그 대가로 노트르담 선수 출신들은 코치로 일하지 않아도 스카우트가 되어서 상대 팀에 대한 정보를 수집하고 보고했다. 그의 유명한 1925년 로즈볼 대회 승리는 스탠퍼드 대학의 스타일을 정밀하게 읽은 것이 주효했다. 그리고 믿을 만한 스파이가 전한 "카네기 공대 관련 정보"를 통해 로크니는 23시즌 만의 첫 홈 경기 패배를 갚아줄 수 있었다.

로크니 코칭 스쿨은 1922년부터 노트르담의 철학과 기술을 가르쳤다. 노트르담 선수들이 강사로 참여하는 여름 강좌가 17군데에서 꾸려졌다. 그 결과 수천 명의 고교, 대학 코치가 로크니의 일반적 원칙과 구체적 플레이를 전수받게 되었다. 이때 만들어진 '코치 계보'는 그 성과가 아주 화려했다. '베어' 브라이언트와 빈스 롬바디(위스콘신의 프로 팀 그린베이 패커스)가 여기서 나왔다. 노트르담 대학에서는 프랭크 레이히가 혁신적 후계자가 되었다.

이런 계보는 역사적, 방법론적으로 아직도 흥미롭다. 미국에 한정되고, 많은 점에서 비전적 요소가 있는 이 여흥—미국 풋볼은 축구, 월드컵처럼 세계를 호흡하지 않는다—이 국민적 스포츠가 된 것은 상당 부분 한 사람의 천재적인 스승 덕분이었다. 다른 어떤 교육이 그토록 탁월함을 널리 퍼뜨렸을까? 로크니의 제자들은 3세대 지도자를 훈련시켰다. 그중 많은 방식이 21세기의 전술 변화 가운데에도 여전히 살아 있다. 크누트 로크니는 어찌 해서인지 기술적으로 완성된 승리의 상식을 예시, 전달할 수 있었다. 그의 카리스마적 위엄을 노래한 핀다로

스는 없었지만, 그의 장례식 때는 10만 명의 조문객이 사우스
벤드를 찾아왔다. 브라우닝의 시에 나오는 문법학자의 장례식
보다도 많은 수였다.

* * *

몇십 년 전부터 미국에서는 두 가지 운동 또는 병리 현상이
사제지간, 교사–학생 간의 신뢰를 부식했다.

에로스와 가르침은 불가분이다. 플라톤 이전에도 그랬고, 하
이데거 이후에도 그렇다. 영적 욕망/성적 욕망, 지배/복종의
변조, 질투와 신뢰의 상호 작용은 정밀한 분석이 불가능할 만
큼 복잡하고 미묘하다(레오 스트라우스는 『향연』에 대한 세미나
에서 사랑의 문제는 거의 다룰 수 없다고 말했다). 그 구성 요소들
은 젠더보다, 동성애/이성애의 구분보다, 젊은이들과의 관계에
서 관습적으로 허용/금지된 것의 경계보다 미묘하다. 역할 역
전은 항상 일어난다. 단테의 영혼의 스승이 되는 것은 베아트
리체, 사랑하는 아이, 흠모하는 여자다. 셰익스피어의 소네트
에서 가르침과 욕망, 증여와 수령의 '이인무pas-de-deux'는 설
명 불가능한 깊이에 가닿는다. 육체적 소유를 실현하는 일조차
(가르침에 내재된) 다른 인간의 핵심에 다가가 그것을 펼치는
일에 비교하면 사소하다. 스승은 가능태what might be의 질투

심 많은 애인이다.

여기에는 당연히 많은 위험이 있다. 지성의 에로스는 그 무엇보다 더 강력하게 욕정으로 빠져들 수 있다. 또한 심신 양면으로 착취적 사디즘을 일으킬 수 있다. 이런 타락에 대한 인식은 발자크, 디킨스, 그리고 헨리 제임스의 『여인의 초상The Portrait of a Lady』에 넘쳐난다. 제자의 정신적/직업적 요구와 소망, 스승에 대한 심리적/물질적 의존은 성적 압박을 유발, 아니 초래할 수 있다. 『향연』의 소크라테스, 헤세 우화의 '유희 명인'은 그런 덫을 잘 알았다. 그것은 비트겐슈타인도 불안하게 했던 것 같다. 낮은 차원에서 그런 압박은 파국을 촉진한다. 스승 직분, 교육에 "성령에 반하는 죄악"*이 있다면, 그것은 학생을 성적으로 이용하고 그에 대한 대가로 특혜를 주는 것이다. 이런 교환 행동을 희생자가 시작할 수도 있다는 사실, 성적 호의가 교육 현장에서 기대와 계산에 따라 제공된다는 사실은 거래를 더욱 추하게 만들 뿐이다. 때로는 복종이 가장 무서운 공격이 된다.

알키비아데스나 "사랑하는 제자"보다도 더 오래된 이런 복잡한 문제에 미국 방식의 '성희롱'은 위협, 폄하, 냉소, 공감의

---

* '용서하기 어려운 죄'라는 의미.

기술을 더했다. 교사와 학생 간의 친근한 말투, 여유로운 온정, 편안한 몸짓이 비난의 대상이 되었다. 연구실 문은 사적 공간의 오용을 막기 위해 열어두어야 한다. 결백한 인생들이 그 성격과 히스테리컬한 강도로 인해 거의 논박 불가능한 비난 속에 조롱당하고 파괴되었다. 그 해악은 특히 인문학부에 만연하다. 인문학부는 여학생이 다수인 데다 문학과 예술은 불가피하게 에로틱한 내용과 암시를 가득 담고 있기 때문이다. 많은 성희롱 고소가 정당했고, 학계의 자리를 노리는 지독한 경쟁이 착취로 이어졌음은 부정할 수 없다. 하지만 그런 비난 중 너무도 많은 수가 히스테리컬한 거짓말, 기회주의적 변덕의 결과였다. 그 대가는 참담했다. 그것은 데이비드 매밋의 『올리애나 *Oleanna*』, 또 남아프리카를 배경으로 한 J. M. 쿳시의 『불명예』에 잘 드러나 있다. 미국사의 풍토인 청교도주의와 율법주의가 속박을 벗었다. 미국의 에토스에서 이해의 효모인 아이러니는 지금까지 이미 그랬던 것 이상으로 혐오의 대상이 되었다.

아이러니를 삼가고, 성인 감성의 특징인 조롱을 삼가는 것도 "정치적 올바름"이라는 마녀 사냥의 특징이다. 물론 여기에도 유효한 근거가 있다. 소수 인종의 역사와 성취, 북아메리카 노예제의 비극적 유산, 미국 사회에 대한 흑인의 다양한 기여를 무시한 것은 진실로 수치스러운 일이었다. 남성 지배와 가부장적 편견으로 오랫동안 침묵을 강요당했던 여성의 역할을 제대로 탐구, 인식, 평가하지 못한 일도 마찬가지였다. 또 이슬람에 대한 우리의 엄청난 무지를 생각해보라. 모두 수리가 필요한 전근대적 부당함이다.

하지만 거기서 책임 있는 논쟁과 학술의 폄하라는 결과가 너무도 자주 이어졌다. 인위적이고 허구적인 구술성, 민중 텍스트, 저교양 또는 반교양이 찬양을 받았다. 필수 과목을 희생하고 유사-커리큘럼들이 자리를 잡았지만, 그것은 아프리카계 미국인 또는 멕시코계 미국인들에게 해방이 아닌 새로운 게토가 되었다. 역사의 재서술은 거의 패러디의 수준에 이르렀다. 하지만 좋든 싫든 (나는 인문학과 비인간성의 상관관계를 묻는 데 학자 인생을 바쳤다) 우리 서구의 유산은 예루살렘과 아테네와 로마의 것이다. 우리 인식의 알파벳은 "죽은 백인 남자들"이 발전시킨 것이다. 우리의 문학, 철학, 예술의 시금석은 유럽과 북아메리카를 핵심으로 해서 여러 차례 외부의 활기찬 영향을 받은 것으로, 이제는 거기에 인종적 다양성이 제한과 풍부함을 더하고 있다. 소포클레스, 단테, 셰익스피어가 제국주의, 식민주의 멘탈리티에 오염되었다고 보는 것은 어리석기 짝이 없는 시각이다. 세르반테스로부터 프루스트에 이르는 서양의 시와 소설을 '남성 우월주의'로 폐기하는 것은 분별없는 행위다. 문법과 발전한 어휘의 창조력을 언어적 반달리즘과 감축의 압력에 포기하는 것도 마찬가지다. 바흐와 베토벤이 구현한 인간 노력의 폭이 랩이나 헤비메탈을 뛰어넘는다는 것, 키츠의 시는 밥 딜런의 가사에는 없는 통찰을 제기한다는 것은 그 신념들의 정치 사회적 함의―이런 것은 실제로 있다―와 무관하게 자명한 일이다.

명예로운 예외들도 있지만, 이번에도 반역은 성직자들의 것이었다. 학계, 문화 비평가, 역사가들은 인기나 용서를 희망하며 늑대와 함께 울부짖었다. 참회의 마조히즘이 넘쳐난다. 교사들(그리고 그들의 겁먹은 학장들)은 진실을 탐구하고, 명료한 판단을 추구하고, 비인기를 각오한다―이런 것들은 교사가 그 직에 들어갈 때 표현을 하건 않건 각오해야 하는 것이다―는 '히포크라테스의 선서'를 깼다. 그 결과는 강의 계획, 시험 과정, 대학 임용, 진지한 연구서 출간의 폄하 및 기금 지원으로 보면 아주 파괴적이었다. 오늘날 인문학부에는 더 이상 가르치지 않는 것들을 상기시키고, 금기 질문을 금지하는 유령 같은 과목이 너무 많다.

세일럼의 마녀 사냥과 정치적 올바름의 강제가 유사하다는 견해들도 있다. 아프리카 내부 노예 제도의 기원과 편재성을 살펴보거나, 그리스 사상의 놀라운 천재성을 되새기거나, 특정 서양 언어와 경전의 전 세계적 반향을 언급하는 진술들은 억압되었다. 많은 교사와 학자가 박해받고, 거짓 '수정주의자'들이 큰 보상을 받았다. 과학에는 그런 어리석음이 없다. 사람들은 이 핵심을 자주 간과한다. 아르키메데스, 갈릴레오, 뉴턴, 다윈의 유산은 안전하다. (물론 그렇다고 인도 수학이나 고대 중국의 기술 등을 무시해도 된다는 것은 아니다.) 과학은 인종, 젠더, 이념에 토대한 왜곡은 말할 것도 없고, 과장도 최대한 배제된다. 올바름은 방정식의 것이지, 비겁한 정치학의 것이 아니다. 아마 이런 차이도 현재 과학과 인문학의 상대적 위신이 차이가 나는 이유라고 생각된다.

몇몇 뛰어난 미국 작가가 이런 질환을 다루었다. 필립 로스의 『죽어가는 짐승』(2001)이 보이는 감정의 저속성은 아마 의도적으로 보인다. 노스승과 젊은 제자는 상상력을 키우려는 시도의 일환으로 격렬한 시정詩情을 담은 "혼란한 섹스"를 실천한다(만년에 성적으로 고통받던 예이츠처럼). 가르치는 행위뿐 아니라 섹스도 나이 차이를 가로질러야 한다. "나는 나에 대한 그녀의 지배 행위를 저술한다"라는 문장은 아주 예리하다. "도서관의 오럴 섹스는 캠퍼스의 사탄 미사"로, 학생의 복종이나 굴종이 아니라 풍자적, 바쿠스적 승리를 실현한다. "섹스는 죽음에 대한 복수이기도 하다." 이 모티프를 가지고, 로스의 신랄한 지성은 다양한 방식으로 아이러니와 고독을 표현한다. 화자에게 "가르침은 내 운명이다." 그것은 "사제 간 금기의 온실적 열정"을 뒤엎고 실행해야 한다. 의욕이 차고 넘치는 여자들, 매력적인 "끼순이들" 안에 마이나스*가 도사리고 있다. 누가 누구를 희롱하는가?

그보다 1년 전에 출간된 솔 벨로의 『래벌스타인*Ravelstein*』은 다른 내용을 다룬다. 고전적 교육을 받은 폴스타프 유형의 주인공은 정신적, 감각적으로 모두 오만한 엘리트주의의 인생을 살았고, 방탕한 인생의 막바지에 유명세와 부를 얻었다. 그것은 앨런 블룸 교수와 그의 베스트셀러 『미국 지성의 종언*The Closing of the American Mind*』을 모델로 한 것으로 보인다. 래벌스타인의 플라톤적 관심, 마키아벨리와 홉스에 대한 언급은 다름 아닌 시카고 대학의 현인 레오 스트라우스의 것이다. 래벌스타인에게는 추종자 무리가 있다. "그들은 그에게서 정치철학을 배운 학생들과 오랜 친구들이다. 대부분은 래벌스타인 자신이 더바 교수에게서 교육받은 대로 교육받고 그의 폐쇄적인 어휘를 썼다." 그중에는 이름난 공무원, 저널리스트, 싱크탱크 연구원도 있다. 전화를 통해 세미나가 이어지고, 거기서는 미국과 프랑스의 정치 상황이 "그들이 20~30년 전에 배운 플라톤, 로크, 루소, 심지어 니체와도 병치된다." 스승의 가르침은 자비가 없다. "그는 네 영혼에 대해 말해줄 것이다. 이미 빈약한 그것이 점점 빠르게 쪼그라들고 있다고."

---

* 바쿠스의 여신도들.

래벌스타인은 제자들이 "곧 마을 기차나 잡화점보다 니키아스나 알키비아데스와 더 친숙해지게" 한다. 좀 더 운이 좋고 재능이 있는 이들은 플라톤과 마이모니데스(스트라우스의 강의), "셰익스피어의 고등 인문주의"를 거쳐서 "니체와 그 너머까지" 이끌려 간다. 래벌스타인의 제자들은 스승을 농구계의 슈퍼스타 마이클 조던과 비슷하게 본다(완전히 미국적인 비유). 래벌스타인은 그렇게 세계 위에 떠서 "게리 시의 제철소, 잿더미, 도로의 오물을 바라보면서" 플라톤의 『고르기아스』를 설명한다. 제자들의 눈에 "싸구려 사탕과 불법 아바나 시가에 집착하는 이 남자는 호메로스적 천재 그 자체였다." 그들은 "그에게 미쳐서" 그의 걸음걸이를 흉내 내고(나는 오펜하이머의 걸음을 흉내 내는 젊은 과학자들을 보았다), 그의 난해한 음악 취향과 화려해지는 옷차림도 흉내 냈다.

솔 벨로는 핵심을 묵직하게 전달한다. "그는 교사였다. 그것이 그의 천직이었고, 그는 가르쳤다. 우리는 교사들의 민족이다. 유대인은 수천 년 동안 가르치고 배웠다. 가르침 없이 유대 민족은 불가능했다." 래벌스타인은 친구 허브스트―이 이름은 가을이라는 뜻이다―와 함께 "자신의 기원을 없애는 일은 불가능하다"는 결론을 내린다. "유대인이기를 그만두는 일은 불가능하다. 래벌스타인과 허브스트가 그들의 교사 더바[벨로는 폴 쇼리를 생각했을까?]의 뒤를 이어 가르친 유대인들은 역사적으로 구원이 부재함을 목격했다." 이 점에 대해서는 다시 이야기하겠다.

에로스와 고전은 거리가 멀지 않다. 앤서니 헤크트의 시 「카이사르의 수수께끼The Mysteries of Caesar」에 나오는 사이퍼 씨 ― "머리가 벗어지고, 향수를 뿌리고, 태도가 온화한" ― 가 가르칠 때는 더욱 그렇다. 그는 깊은 인내심과 "수수께끼 같은 미소"로 학생들이 『갈리아 전쟁』을 잘못 해석하는 것을 가만히 듣는다. "문법은 지독히 어려웠지만,"

> 학생들은 사이퍼 씨를 좋아했다. 그는 친절하고
> 점수를 잘 주었다. 그가 홀아비였나?
> 몇 년 전에 아이를 잃었다는 말은 있었다.
> 그가 그들의 서툰 해석을 차분히 들을 때,
>
> 그들은 그의 마음속 생각이 궁금했지만,
> 그 내면의 눈, 고독의 잔인한 축복을 지닌
> 그 눈에, 이 학생 또는 저 학생이
> 안티누스가 된다는 것은 짐작하지 못했다.

그 내용은 교양 수준이 높은 이들을 빼고 모두에게 '암호cypher'*일 것이다. 안티누스는 금욕적이고 외로운 황제**가 총

애한 청년이다. 학교 교실과 라틴어 수업은 오래된 신세계에 머물렀다.

"캐나다에 사는" 앤 카슨은 아마도 현대 시의 가장 내면적이고 수수께끼 같은 목소리일 것이다. 그녀의 정신은 그리스 서사시와 서정시에 사로잡혀 있다. 그리스어 운율 및 소크라테스가 파이드로스에게 펼치는 사랑 담론이 그녀의 시를 형성한다. 하지만 라틴어 수업에서 운명의 깨달음이 일어난다.

> 늦봄, 늦은 오후, 수동태 완곡법,
> 무슨 이유로 나는 의자에서 몸을 돌렸고
> 거기 그가 있었다.

구문syntax이 징조가 된다.

> 분석을 끼워 넣거나
> 가정법적 제안을 하는 것은 소용없다.
> Quid enim futurum fuit si…… 만약 그랬다면 무슨 일이 있었을까, 같은.

---

* 사이퍼Sypher 씨의 이름과 동음이의어.
** 하드리아누스 황제.

라틴어 선생님 목소리가

조용한 물결에 실려 올라갔다 내려갔다. 수동태 완곡법은

사실과 반대의 조건에서

미완료 또는 과거완료 접속법을 대신할 수도 있다.

Adeo parata seditio fuit

ut Othonem rapturi fuerint, ni incerta noctis timuissent.

음모는 깊이 진전되어서

그들이 밤의 위험을 두려워하지 않았다면 오토를 잡았을 것이
다.

왜 내가 이 문장을

머릿속에 간직하고 있을까

30년 전이 아니라 세 시간 전에 들은 것처럼!

이 밤에, 아직도 보호받지 못하고.

그 위험을 두려워한 그들은 얼마나 옳았는가.

미국 그리고/또는 캐나다의 지성이 저문다고 누가 말하는
가?

06

·

늙지 않는 지성

* * *

우리는 표면을 살짝 건드렸다. 스승과 제자, 교사와 수련생 없이는 어떤 공동체도, 신조도, 학문도, 기술도 없다. 지식은 전달이다. 진보, 혁신이 아무리 강력해도 과거는 존재한다. 스승은 무사 여신의 어머니인 기억을 지키고 실행한다. 제자는 정체성의 개인적·사회적 원동력을 고양, 보급, 또는 배신한다. 우리는 그 역동의 상호성을 보았다. 스스로의 발견을 공유할 능력이 없거나 그런 일을 거부하는 자폐적 스승은 논리적으로 가능하지만 모순에 가깝다. '무언의 밀턴'에 대해서 우리가 무엇을 알 수 있을까?(물론 '독사$_{doxa}$' 또는 발견이 사악한 자들의 손에 들어가는 것을 막으려고 전달을 거절한 사례들이 있기는 하지만.)

전체를 '포괄'하겠다는 야심은 어리석은 일일 것이다. 필요한 언어와 민족지·인류학·역사·과학적 전문성이 개인적 목격의 범위를 멀찌감치 벗어난다. 샤먼 또는 칼라하리 사막이나 남태평양의 전례적 이야기꾼의 제자 양성, 아프리카·동남아시아·이슬람 문화권의 도제 생활—흔히 비전적이고 외부 관찰이 완전히 금지된—은 소수의 전문가들만이 알 수 있다. 성공한 세계 종교, 이념, 과학적 추론과 기술조차 겉으로 보이는 것은 빙산의 일각일 뿐이고, 그 가르침의 감추어진 덩어리는 인간 경험의 심층부로 뻗어 내려간다. 점성술사가 천체물리학 교수보다 훨씬 많다. 의식의 기본적이고 '유기적'인 차원에서 그들의 영향력이 훨씬 더 클 것이다.

그럼에도 불구하고 두 개의 전통—'두 세계'라고 해도 좋을 것이다—은 언급되어야 한다. 적절한 언어들과 텍스트들에 대한 내 무지 때문에 이 언급 전체가 부적절해져도 마찬가지다.

"가르침 없이 유대 민족은 불가능했다"고 벨로는 말한다. 유대교는 교육에 대해 비타협적이다. 교육은 유대교 일신론에 내재해 있다. 아브라함 이후 신과 유대인의 끝없는 대화는 흠모하고, 반항하고, 복종하고, 외면하는, 그리고 무엇보다 '질문하는' 민족을 통해 사제 관계의 모든 면을 보여주었다. 모세가 전달한 토라, 다윗의 영감으로 쓴 시편, 각종 예언서와 잠언이 일상적 가르침의 실러부스와 매뉴얼을 이룬다. 유대인은 끊임없이 '시험을 받는데examined' 그 의미는 소크라테스가 말한 '성찰하는 인생examined life'의 그것과는 다르다. 유대인은 평생토록 교육받는다. 이 교육 관계에서 특히 두드러진 것은 대화의 폭이다. 그것은 열광적 찬양으로부터 쓰라린 아이러니에 대한 복종, 욥의 도덕적 항변까지 넓은 영역을 포괄한다. 또 예배에서 집전자가 신의 음성을 모방해서, 이의 제기나 비난(파울 첼란의 절망하는 「반反 시편」)에 반응하는 것도 포함된다. 현실적으로 유대교의 생존은 이렇게 수천 년 동안 교실, 회당, 탈무드 학교, 그리고 개인의 양심 안에서 행해진 신비로운 '이항binomial' 대화 덕분이었다. 유대인에게는 "내가 너를 해석하는 동안은 내게 말하지 마라"는 농담이 있다. 이스라엘의 하느님은 세계라는 '회당shul'의 교장이다.

유대인의 민족적·물질적 생존 조건이 사실상 뿌리 뽑힌 경우에도, 이런 끈질긴 교육 담론이 그들의 정체성을 보존해주었다. 성전이 파괴되고 로마의 지배가 확립된 뒤에도, 아키바와 제자들은 토라 연구와 주해가 핵심적 지위를 잃지 않게 했다. 탈무드 해설자, 교사, 해석학자들의 계보는 추방과 박해 상황에서도 계속 생겨나고 변성했다. 죽음의 수용소에서도 랍비의 수업이 열렸다. 특정 랍비 분파들은 토라를 매일 공부하라는 계명을 신을 사랑하고 존경하라는 계명보다 위에 놓는다. 토라 공부가 바로 그런 사랑의 실천이기 때문이다. 그래서 유대 전통과 공동체 내에서는 교사가 비길 데 없이 큰 신망을 누린다. 그래서 비트겐슈타인이 우울한 설득력이 있다고 본, 유대인의 천재성은 독창성보다는 학습과 설명에 있다는 통찰이 계속 나오는 것이다. 신이 창조한 것에 덧붙일 것이 무엇이 있을까? 유대인의 고향은 텍스트고, 그것은 지상 어디에 있어도 기억되고, 치밀하게 탐구되고, 끝없는 주해의 대상이 된다(프로이트의 "끝없는 분석"을 참조하라). 유대 신화에는 스승 이야기와 그들의 가르침에 부수하는 사례가 유난히 많다.

그런 가르침의 전승은 어지러울 만큼 다양하다. 초정통파와 근본주의도 있고, 이단론과 반율법주의도 있다. 토라와 탈무드의 가르침도 있고, 카발라의 가르침―여기에도 독자적인 사제의 서사가 풍성하다―도 있다. 하지만 문서들은 그 방대함에도 불구하고 전체의 극히 일부에 지나지 않는다. 구술성은 오랫동안 주요한 역할을 했고, 지금도 그렇다. 이해의 탐구는 살아 있는 말, 에마뉘엘 레비나스가 해석학적 우선권을 준 대면 접촉에 깃들어 있다. 사제 관계를 가장 끈질기게 신화화, 극화하는 것은 하시디즘의 이야기, 회고록, 속담이다. 하시디즘은 신비주의적 면모가 있는 경건주의 운동으로, 18세기 폴란드에서 스승 중의 스승인 바알 셈 토브가 일으킨 것이다. 스스로를 신의 제자, 도제로 선언한 이스라엘의 목소리가 가장 강력하게 울리는 곳은 랍비의 '법정', 그리고 동유럽, 폴란드, 발트해 연안 국가의 학교와 유대인 마을이다. 가벼운 개괄로는 현재 전하는 자료들의 변증법적 정교함, 지적 심오함, 아이러니, 유머, 파토스, 때로는 폭발적 기쁨―영혼이 춤을 출 때―을 제대로 담아낼 수 없다(그것이 "증거하는" 세계는 지금 잿더미지만). 마르틴 부버, 엘리 위젤, 민족지학 및 비교 종교학 학자들이 이 자료를 수집하고 재구성한다. 그것이 카프카, 보르헤스, 벨로 같은 세속 작가들에게 미친 영향은 매혹적인 장면을 이룬다. 그것은 해럴드 블룸과 레비나스를 통해서 현대 시학과 후기구조주의 철학의 언어에도 들어갔다. '숄렘'과 '골렘'은 각운이 맞는 이상의 관계가 있다.*

바알 셈과 관련된 전설은 아주 많다. 학자들은 환상적, 샤먼적 요소들과 소박한 일상적 삶과 필요에 뒤얽힌 가르침을 구별한다. 스승은 토라 두루마리를 들고 춤을 춘다. 그의 인격과 수수께끼 같은 통찰에서 카리스마가 뿜어 나온다. 그는 우화의 대가다. 한 제자가 우리가 신에게 매달리는 순간 무한한 거리감을 경험하는 이유가 무엇인지를 묻자 바알 셈은 대답한다. "아들에게 걸음마를 가르칠 때 아버지는 아이가 넘어질까봐 두 손을 양옆에 바짝 든다. 하지만 아들이 가까워지며 혼자 걸

---

* 숄렘은 유대교 역사가, 골렘은 유대 전설에 나오는 사람 모양의 움직이는 물체.

음마를 익힐 수 있도록 손을 넓게 벌린다." 바알 셈은 이례적인 열정과 발전을 보인 유대인 공동체에 뿌리를 두고도 환상을 품지 않았다. 이스라엘 자체처럼, "진실은 사방에서 쫓겨났고, 계속 방랑해야 한다." 그는 숨을 쉬듯 가르쳤다. 그의 마지막 말도 가르침, 에스테르기의 한 구절에 대한 권위 있는 설명이었다.

그에 뒤이어 교사들의 교사 세 명이 왔다. 메즈리츠의 마기드,* 코레츠의 피나스, 그리고 다소 평가가 엇갈리지만 즐롯호브의 예히엘 미칼이다. 전설의 주요 원천은 마기드의 하시드학교다. 부버가 말했듯이, 마기드에게 우주는 오직 "신의 교육 방법이라는 관점"으로만 이해할 수 있다. 그는 제자들에게 그들 중 누가 자기 가르침을 올바로 해석했는지 말하지 않았다. 토라의 70면 중 어느 곳도, 진실한 정신과 확고한 주의력으로 숙고하면 진실을 말해준다. 마기드는 제자들의 의식에 촛불을 켰다. 하지만 길고 집중된 명상으로 한 마디 말이나 텍스트의 편린에서 풍요로운 의미를 끌어내야 하는 것은 그들이었다. 마기드의 초기 명성을 특징지었던 금욕적 황홀이 교육으로 들어갔다. 가르침이 생명의 호흡이 되었기 때문에, 대∗마기드로

---

* '설교자'란 뜻.

불리게 된 그는 책을 쓰지 않았다. 그는 소크라테스처럼 구어를 통해 깨우쳤다. 자신의 말을 '받아적는 것'은 허락했다. 그는 저술을 짓지 않고, 제자들과 제자들의 제자들만 만들어냈다. 카발라 신비주의 랍비인 그의 아들 아브라함은 거기서 더 나아가서, 슈네우르 잘만이라는 한 제자에게만 가르침을 주었다. 내적 계시를 가르침으로 외화하는 것은 "가장 아래칸으로 내려가는" 일이기 때문이다. 오늘날에도 극소수의 카발라 스승은 평생토록 한두 명의 제자만을 둔다.

랍비 피나스는 바알 셈의 정신과 모범에 가장 충실했던 제자로 여겨진다. 동시대의 숭배자들은 그를 "세계의 두뇌"로 여겼다. 그가 제자 베르샤드의 라파엘과 맺은 개인적, 원리적 관계는 순수한 충성과 일치의 관계였다. 그것은 사제 간의 무수한 갈등의 역사에서 금빛 페이지로 남아 있다. 랍비 예히엘 미칼은 우리를 19세기의 문턱으로 이끌고 간다. 이 금욕적 '의인 zaddik'은 열정적인 편력 설교자였다. 그의 갑작스러운 출현과 사라짐, 그가 (말하자면) 어둠에서 빛을 이끌어낸 일은 신화에 둘러싸여 있다. 그는 실제로 신성한 말씀을 역설적, 심지어 반율법적으로 해석해서 가르쳤음에도 "영혼 중의 영혼"이라는 빛나는 언어로 존경을 받았다. 교사에게 이보다 더 자랑스러운 칭호는 없을 것이다.

'마기드'라는 전통적 호칭을 얻은 제자 300명 중 한 명인 비텝스크의 메나헴 멘델은 하시드 운동을 팔레스티나로 옮겼다. 그는 추종하는 학생들을 이끌고 1777년에 거기 갔다. 전승에 따르면, 그의 학생 카를린의 아론은 말솜씨가 몹시 뛰어나서 경청자들에게서 불확실함과 도덕적 선택의 자유를 모두 박탈했다. 그것이 신이 그의 젊은 목숨을 거두어간 이유가 되었다. 편력 스승들은 카발라 특정 유파의 가르침대로, 자신들의 편력 행위를 신의 '자기 유배'의 모방 행위로 만들었다. '라브'라는 별명의 랍비 잘만은 유난히 번성한 하시디즘 리투아니아 지파를 세웠다. 합리주의적 성향이 강한 그의 가르침은 점점 거세지는 하시디즘과 전통 랍비적 정통주의의 간극을 메우려고 노력한다. 잘만은 또 뛰어난 가수이자 무용수로, 소크라테스처럼 노래를 부르고 니체의 말대로 지혜를 춤추었다. 하시디즘의 금욕주의에서 아가雅歌는 중요한 역할을 한다. 아가의 즐거운 에로티시즘은 신과의 친밀함을 추구하는 열정으로 옮겨진다. 스승들은 역설적인 "순수를 향한 관능적 욕망"을 호소했다.

하시디즘의 가르침을 어떻게 편찬해도 그 도전적 힘을 제대로 보여주지 못한다. 그것은 거듭해서 전달을 강조한다. 메즈비즈의 바루크는 말한다. "누군가의 말이 인용되면 무덤 속에서 그 사람의 입술이 움직인다. 그리고 그 발언을 하는 사람의 입술도 죽은 스승의 입술처럼 움직인다." "내가 마기드에게 간 것은 토라를 듣기 위해서가 아니라 그가 신발 끈을 어떻게 풀고 묶는지를 보기 위해서였다." 랍비 레브는 회상한다. 코레츠의 피나스는 학생들에게 말했다. "영혼은 끊임없이 가르치지만 반복은 하지 않는다." 위트가 변증법을 날카롭게 한다. 하니폴의 랍비 주시아는 니체 이전의 말투로 촉구했다. "다음 세상에서 사람들은 내게 '당신은 왜 모세가 아니었느냐?'고 묻지 않고, '당신은 왜 주시아가 아니었느냐?'고 물을 것이다." "너 자신이 되어라." 공부는 구원이다. 저 세상에 다다르면 우리는 질문받을 것이다. "너의 교사는 누구였고, 그에게 무엇을 배웠느냐?"(카를린의 슐로모). 하지만 헌신적인 공부도 헛것이다. 코니츠의 랍비 이스라엘은 카발라 관련 책 800권을 섭렵했다. 하지만 대마기드에게 갔을 때 그는 자신이 아무것도 모른다는 것을 깨달았다. 랍비 자코브 이차크는 좌절한 동료를 위로하면서 위대한 가르침의 핵심을 전했다. "사람들이 내게 오는 것은 그들이 오면 내가 놀라기 때문이고, 사람들이 당신에게 가지 않는 것은 그들이 오지 않으면 당신이 놀라기 때문이다." 하시디즘과 랍비의 세계에서 공부의 집은 기도의 집이기도 하다(회당의 학습실Beth ha-Midrash을 생각해보라). 그곳은 여행자도, 영육의 집을 잃은 자도 환영한다.

마르틴 부버는 1798~99년에 팔레스티나에서 가르친 바알 셈의 손자 랍비 나흐만의 이야기를 수집했다. 나흐만은 제자가 깊이 감춘 통찰을 스승이 알아차리는 것은 공명의 경이를 통해서라고 믿었다. 그가 죽으면서 신비주의의 주요 계보가 죽었다. "기쁨은 영혼에게 집을 주고, 슬픔은 내쫓는다." 오늘날은 그 흔적만 남아 있다. 야만주의가 그들의 공동체와 언어와 기억을 멸종시켰다. 하지만 사제 관계에 대한, 교사라는 소명의 경이와 이질성에 대한 기록에서 하시디즘은 비길 데 없는 역사를 남겼다. 그들보다 더 진정한 인간 영혼의 "노래하는 스승"은 없었다.

* * *

'동방의 빛'의 매혹, 아시아의 오컬트적 계시와 정화 및 초월성에 접근하는 명상 기술에 대한 소망은 서양 문화에 끊이지 않았다. 우리는 이집트와 페르시아의 비밀 전승이 피타고라스와 플라톤 학파에게 발휘한 매력을 안다. '구루'라는 말은 힌두교와 시크교에서 비롯되었다. 유럽인과 영미인의 관심이 연속적으로 "인도로 가는 길"(같은 어구가 월트 휘트먼과 E. M. 포스터에게서 갖는 함의를 비교해보라)을 열고, 각자 도교, 불교, 선불교에 대한 이미지를 만들었다. 오늘날의 매혹은 1893년 시카고에서 열린 "종교들의 의회"에서 기원한다. 헤르만 헤세나 올더스 헉슬리 같은 신입자들을 통해서 이런 개념들은 문학, 미술, 음악, 심리 치료에 영감을 주었다. 그리고 특히 1950년대에 캘리포니아에 퍼진 후에, 마약, 요가, 금욕/몽상 공동체의 니르바나들과 연결되었고, '뉴에이지'의 키치뿐 아니라 진정한 것들에도 영향을 미쳤다. 캘리포니아의 특정한 몽상―이른바 인도, 중국, 동아시아의 계시로 가득한―은 현대 생활의 불안한 심장과 공허에 대한 두려움을 파고든다.

　이것은 문제다. 자료가 너무도 다양하고, 파생적·기생적인 아마추어리즘과 허식에 오염되어 있어서 진정한 원천에 가닿을 수가 없다. 그것을 어느 정도 제대로 이해하려면 극도로 어려운 12개의 언어와 문자, 수천 년에 걸친 종교·철학·사회사, 서양의 관습과는 판이한 감정과 신체 규율에 대한 개인적 복종이 선행되어야 한다. 샤를 말라무드처럼 뛰어난 서양의 동양학자, 민족지학자, 비교종교학자들도 전체 영토의 극히 일부만을 살펴볼 수 있다. 불교와 유교는 인도, 중국, 티벳, 스리랑카, 버마, 일본에서 각기 다른 형태로 번성하고, 거기서 다시 비전적·공전적, 폐쇄적·공개적인 다양한 가지를 친다. 서양의 여러 학자와 번역자가 우리를 위해 도교, 유교 의례, 베다 의식의 의미를 "텍스트 안팎에서"―마이클 위첼의 책 제목― 해석해주려고 노력했다. 한정된 수의 서양인들이 신도神道 같은 아시아의 수도원 제도를 개인적으로 체험했다. 그런 진정한 학자와 전문가들은 여행기나 저널리스트의 요약을 점잖게 경멸한다. 아주 많은 선사禪師가 수년간의 침묵 명상을 필수적인 —충분하지는 않다 해도— 준비 행위로 여긴다. 나는 그 언어를 모르고, 정신과 공동체의 배경을 모르기 때문에, 그 표면을 초보적, 간접적으로 주마간산할 뿐이다. 그 너머의 세계는 거의 닫혀 있다.

사제 관계는 중국 유교와 그 복잡한 종교적·의례적 배경에서 중요한 역할을 한다. 우리에게도 익숙한 원형이 넘쳐난다. 공자가 묻는다. 자신의 가르침을 훌륭하게 이어갈 자로와 안회 같은 제자가 스승에 앞서 죽는 것보다 더 큰 배신이 어디 있는가? 스승의 가르침을 말로 전달할 수 있는가 하는 질문은 늘 열려 있다. 그러면 완벽한 가르침은 무엇인가? "스승이 두 마디도 하기 전에 제자는 잠들어서 코를 곤다. 스승은 기뻐한다. '내 제자의 몸이 죽은 나무 같다. 그 심장은 식은 재와 같다. 그의 지식은 이제 진실하다! 그는 습득한 모든 지식에서 떨어져 있다. 무지와 어둠에 잠겨서 아무 생각이 없다. 우리는 더 이상 그와 논의할 필요가 없다! 얼마나 좋은 친구인가!'" 그 요점은 자신과 영혼을 비워내야 한다는 것이다. 그것만이 명상과 존재의 핵심으로 가는 길을 열어주기 때문이다.

불교가 중국에 전래된 서기 65년 무렵, 그것은 이미 창시된 지 5세기가 지나서 스승과 현자의 전설로 가득했다. 도교와 유교는 경쟁 관계이자 상호 수태 관계였다. 수 세대가 산스크리트 문헌의 번역에 힘을 쏟았다. 527년에 광동을 찾아온 보리달

마는 권위 있는 현자의 모든 특징을 체현하고 있다. 그 모티프는 우리에게 아주 익숙하다. 스승이 제자들과 작별하고 산중으로 떠난 뒤 나막신 한 짝만 발견된다. 엠페도클레스의 그림자. 경전적 문서는 변함없는 존경과 주해의 대상이지만, 깨우침의 핵심에 있는 것은 말과 개념을 초월하는, 그래서 많은 수가 비전과 비밀의 길을 가는, 구술 전달이다.

일본은 중국에서 이른 시기에 선불교를 전래받았지만, 그것이 확고한 위치를 갖게 된 것은 1200년대 이후였다. 일본의 토양은 아주 적합했다. '사무라이'라는 말은 '섬기는 사람'이라는 뜻이다. 복종, 가혹한 신체 훈련은 일본의 습속에 내재되어 있었다. 검도 등의 여러 무술이 선불교의 수행과 잘 통합된다. 궁술은 자신을 비워낸 궁사가 과녁의 텅 빈 중심을 찾는다는 내용으로 복종하는 영혼의 우화가 된다. 서예, 일본식 정원은 미세한 세부에도 까마득한 깊이가 담긴 총체성을 표현한다(카발라의 글자의 신비처럼). 하이쿠의 미니멀리즘은 내폭하고, 농축을 통해 방사된다. 영원은 순간을 통해, "모래 한 알"을 통해 경험된다. 이런 활용법들을 통해서 선불교는 제국 권력이나 평민들과의 교류가 늘 모호한 엘리트의 처세법이 되었다.

존경받는 도겐道元 선사가 오늘날까지 이어지는 진언mantra을 지은 것은 1227년이다.

녕예로운 제자들이여, 가부장의 적법한
계보를 따라라. 인내하면 너희가 그들처럼
될 것이다. 너희 보물의 방이 절로 열려서
너희 심장의 욕망을 채울 것이다.

　고운 에조孤雲懷奘는 '자기 소멸'의 방식을 가다듬는다. "8만
4천 개의 환상이 네 안에 솟고 사라져도, 네가 그것을 중히 여
기지 않고 가만두면, 그 각각에서 큰 지혜의 놀라운 빛이 생
겨날 수 있다." 그렇게 "자발적으로 타오르는 텅 빈 광휘는 정
신 에너지를 멀리 초월한 곳에 위치해 있다." 1325년에 죽은
게이잔 조킨瑩山紹瑾은 오늘날까지 이어지는 종파를 창시했다.
"배움과 생각은 문 앞에 두고 와야 한다. 연꽃 자세를 취하는
것은 집에 돌아와서 평화로이 앉는 것이다." 그가 제자들에게
말하는 교육적 우화는 예수에 뒤지지 않는다. "아이가 부모 옆
에서 자다가 매질을 당하거나 큰 병에 걸리는 꿈을 꾼다. 아이
가 아무리 고통스러워도 부모는 아이를 도와주지 못한다. 누구
도 남의 꿈속은 들여다보지 못하기 때문이다. 하지만 아이가
스스로 깨어나면 즉시 고통에서 풀려난다." '깨어남'은 선불교
의 핵심 단어다. 또 한 명의 매혹적인 인물은 상스럽고 반도덕
률적인 잇큐 소준一休宗純이다. 그는 노년에도 백 명 이상의 열
성 제자가 있었다고 한다. "나는 게다에 지팡이를 짚고 길을

가면서, 진리를 탐색하고 있을지 모르는 눈먼 나귀들을 찾는다." 제자들은 흔히 먼저 굴욕과 거절을 겪은 뒤에야 스승의 승인을 받았다. 그들은 스스로 선택한 교사를 찾아 외딴 암자나 높은 곳까지 가야 했다. 또 스승이 자신의 존재를 인지할 때까지 때로 몇 년이나 기다렸다. 하지만 전승에 따르면, 1740년에 하쿠인 에카쿠白隱慧鶴는 4백 명에 이르는 제자에게 선인들의 가르침을 전했다. 에카쿠는 무서우면서도 따뜻하고, 강하면서도 다정하게 "차를 대접하듯 개인적 도움과 조언을" 베풀었다. 그가 말과 글로 펼친 가르침은 광범위하게 퍼졌다. 그는 생전에 직계 제자 91명을 남기고, 아직도 이어지는 종파를 창시했다. "한 손으로 박수를 치면 무슨 소리가 나는가?"라는 '공안公案'―이 말은 서양 전문가들의 손에서 상투어가 되었다―은 에카쿠의 것이다. 그것은 5단계 명상 질문에서 초보 단계에 속한다. 제자는 더 깊은 추상과 '공空'으로 올라간 뒤에야, 수년간의 고독에 의탁해서 스스로 가르칠 최종적 준비를 하게 된다.

이런 절제, 종파 간 경쟁, '기적적인' 통찰과 금욕 위업의 서사, 제자들의 떨리는 질문에 어떤 설명도 거부하는 스승들의 알쏭달쏭하고 신탁 같은 말들, 스승의 방랑, 은둔, 신성한 죽음을 둘러싼 전설―이런 것은 탈무드, 카발라, 하시드의 자료들과 비슷한 것 이상이다. 그 일치 수준은 거의 섬뜩할 지경이다.

이것들은 공유된 유형을 암시한다. 하지만 차이점도 크다. 유대교는 신성과의 직접 접촉과 대화, 풍성한 계시 경험을 열망한다. 불교, 특히 선불교는 완벽한 공허, 이성이나 논리로 가늠을 수 없는 '무한공無限空' 속 자아의 소멸을 추구한다. 제자들에 둘러싸여 있어도 선사는 여전히 은수자隱修者이거나 그것을 지향한다. 이런 현상은 유대교에는 드물다. 그런 것이 나타나도, '이단' 또는 스피노자, 비트겐슈타인처럼 이탈 현상일 뿐이다.

유대교는 체스 마스터를 키운다. 일본 엘리트는 바둑을 둔다. 외부인들은 1954년에 처음 책의 형태로 출간된 가와바타 야스나리의 르포 소설 『명인』을 통해 일본 사제지간의 숭배 문화를 가깝게 들여다볼 수 있을 것이다. 소설은 실화에 토대했다. 1938년 6월 26일~12월 4일에 벌어진 은퇴기隱退棋에서 명인 혼인보本因坊 슈사이가 젊은 기타니 미노루에게 패배했다. 명인은 이전까지 무패였다. 병에 걸려 죽음을 앞두고 있던 슈샤이는 대국의 어지러운 전개와 상대의 기술 앞에서 초인적 침착함과 자기 통제를 보인다. 거기에는 우리가 지금껏 살펴본 가장 깊은 의미와 역설이 걸려 있다. 소설 속 도전자 '오타케'는 스승을 존경한다. 그를 무찌르는 것은 부친 살해와 맞먹는 일이다. 하지만 굴복하는 것은 스승의 모범과 유산을 부정하는 더 음험한 배신이다. 그것은 달아날 길 없는 곤경이다. 허약한

몸 안쪽에 생명의 깜부기불을 간신히 유지하고 있는 병든 상대에 맞서 승리를 추구하는 것이 명예로운 일인가? 이제 두 세계가 서로를 마주한다. 옛 방식의 심미적으로 너그럽고 즐거운 바둑이 형식적으로 엄격한 새 방식에 맞선다. 폐기된 특정 파격과 부정확을 눈감아주는 일은 실제로는 스승에게 불명예를 안겨주는 일이다. 그는 가장 엄격한 방식으로 패배해야 한다. 슈사이의 착점이 엄청나게 느려지면서, 오타케 자신의 바둑도 어둡고 무거워져서 "냉혹한 괴로움"이 된다. 그리고 그것이 공유한 완벽한 아름다움에 대한 스승의 이상을 저해한다. 대국의 끝은 견디기 힘들 정도로 고통스러운 광경을 이룬다. 붕괴에 임박하는 것은 제자. 스승은 패배에도 침착하다. 그는 대국이 끝난 직후 눈이 내리는 가운데 죽는다.

우리에게 유대교 자료와 인도 및 중국-일본의 가르침만 있다 해도, 이 책의 주제에 대해 끝없이 이야기할 수 있을 것이다.

* * *

막스 브로트가 티코 브라헤와 케플러에 대해 쓴 소설을 말할 때 나는 과학을 이야기했다. 고대와 중세 대학에서는 그 구별이 크지 않았다. 스승과 제자의 관계, 마기스테르Magister/마구스magus와 도제의 관계는 인문학과 과학 모두에 통용되었다. 철학, 우주론 또는 연금술의 라이벌 학파들은 공통된 패턴으로 경쟁했다. 플라톤과 아리스토텔레스 이후의 아카데미, 갈레노스 이후의 의학교, 연금술사의 실험실, 점성술사의 관측탑 어디에서도 충성 또는 반역, 계승과 배제의 역학은 근본적으로 동일했다. 포스터스-와그너 관계는 신학, 철학, 과학이 이렇게 결합된 사정을 반영한다(과학은 루크레티우스 시절과 마찬가지로 '자연 철학'이다). 17세기에 과학이 자율적 지위를 얻기 시작하면서 비로소 중대한 차이들이 생겨났다. 하지만 그것을 정의해 보려고 하면, 논거가 딱 맞지는 않는다.

'기술'은 정밀과학과 응용과학뿐 아니라 미술, 음악, 문법, 철학적 논리학에도 관계된다. 그것은 이론과 예시를 통해 전달되어야 한다. 하지만 차이가 있다. 넓은 의미의 '기술'은 넓은 의미의 철학적·정신적 아이디어만큼 자발적인 이의와 반박을 받아들이지 않는다. 관찰적, 실험적 기술의 전달에는 결정적 통일성이 있다. 어려운 단계로 갈수록 고급 수학과 밀접한 관계가 된다는 것이다. 개인의 재능이 중요하다. 실험실의 시범자, 검토하는 교수는 특출한 재능의 후계자를 알아본다. 수학과 과학의 신동은 이를테면 시나 형이상학 분야의 신동보다 훨씬 많고 알아보기 쉽다(그래서 수학, 음악, 체스에 숨겨진 연결고리가 있다는 직관이 생겨난다). 실험실과 관측소의 질투와 낙심도 화실과 세미나실 못지않게 지독하다. 하지만 역시 차이가 있다. 심리학적 요소, '선택적 친화성'—화학에서 유래한 개념—이 어떻건 간에 '스타'는 객관적이고 증명 가능한 기준을 통해 등장한다. 감정, 비합리성은 인문학 분야의 사제 관계에서 더욱 뚜렷하다. 그래서 우리가 이해한 에로스의 작동이 발휘될 확률도 훨씬 높다. 물론 과학 분야에도 그런 예들은 있다.

인간의 기획 중 가치가 '완전히' 배제된 것은 없다. 아주 순수한 추상에도 이념적, 사회-역사적 상황의 알갱이가 들어갈 수 있다. 하지만 '유대인의 타락'이 상대성 이론 때문이라고 하고, 스탈린주의의 이름으로 멘델의 유전학을 근절하려는 것은 정신 나간 폭거다. 수학적 공리, 과학적 추론과 반박 과정은 가능한 한 인종, 종교, 정치적 이해 관계와 무관한 '진실'—가장 취약한 개념이자 단어—을 찾는다. 비선형 방정식에는 자본주의적 해법도 사회주의적 해법도 없다. 생물발생학의 발견이 금전적 이득에 굴복하는 것은 수학, 물리학 연구가 군사적 목적으로 검열당하는 것과 똑같이 추악한 일이다. 비타산적이고 공유된 진보의 이상에 가까워질 때, 과학적 발견은 인간 자유의 가장 성숙한 모델이 된다.

이것은 과학의 가르침과 배움 과정도 인문학과 차별화한다. 제자가 스승을 반박하고 개인적으로 전복하는 일, 진화의 라마르크 모델 대신 다윈 모델을 채택하는 일은 얼마든지 일어날 수 있지만, 그것은 과학 자체에 내재된 필연성에서 생겨난다. 스승의 진정한 승리는 (흔히 저평가되지만) 제자가 자신을 논박하고 추월하는 것이다. 제자에게서 자신을 뛰어넘는 힘과 장래성을 알아보는 것이다. 아이작 배로는 아이작 뉴턴에게 물려주려고 루카스 석좌교수직에서 내려왔다. 다비트 힐베르트는 쿠르트 괴델의 유명한 구두 시험에서 별반 질문을 하지 않았다. 이들은 자기 자신보다 더 큰 목적을 섬기는 하인들이다.

이런 진실의 중립성은 익명성, 순수 및 응용과학의 비개인성 덕분이다. 과학 역사에서도 개별적 천재성은 문학과 예술의 천재성만큼 두드러진다. 하지만 그 중요성은 훨씬 떨어진다. 단테가 없다면 『신곡』은 없고, 바흐가 없다면 〈골드베르크 변주곡〉도 없었다. 슈베르트의 요절은 실현되지 않은 감성의 공간을 남겼다. 수학과 과학의 경우는 그렇지 않다. 대수 논문에 개인적 스타일이 담길 수는 있지만, 페르마의 정리를 풀거나 리만 가설을 도출하는 것은 다른 대수학자도 가능했다. 다윈은 진화와 자연 선택 이론의 문턱에 다다른 여러 동물학, 지질학 연구자들 중 가장 철저하고 논리적인 사람이었을 뿐이다. 오늘날에는 십여 곳에 이르는 연구 센터와 '원자 분쇄기'가 입자 물리학과 우주론의 똑같은 수수께끼를 풀기 위해 노력하고 있다. 과학 저널이나 인터넷에 발표하는 논문은 서명자가 서른 명을 넘는 경우도 많다. 우연 또는 홍보의 힘으로 개인에게 어떤 영광이 돌아간다고 해도, 이론, 발견, 수학적 해법은 근본적으로 모두 익명적이고 집단적이다. 그런 팀 작업과 필연성—그 결과가 오늘이 아니라면 내일 성취된다는—은 철학자의 제자, 마스터 클래스의 초보 작곡가가 맞닥뜨리는 것과는 전혀 다르다. 플라톤의 이데아 사상이나 시스티나 예배당에는 필연적인 것이 없다.

관련 자료는 산만하다. 저명한 과학자의 전기, 자서전 또는 회상록이 그런 자료가 되는데, 그것은 그렇게 많지 않다. 과학 연구는 그 비개인성, 익명성 때문에 신중함을 동반한다. 거기다 전달의 장벽이 있다. 수학자는 말할 것도 없고, 과학자들 중 자신의 노고를 일반인에게 설명할 능력이 있는 사람은 매우 드물다. 수학을 토대로 한 전문 용어와 전문적 관용어가 끼어들어서, 과학을 글로 옮기면 억지스럽고 오류가 많다. 은유는 방정식의 대용이 되지 못한다. 토마스 만과 로베르트 무질 같은 소설가들은 우리를 위해서 몇몇 과학 이론을 소설로 탐색해보았다. C. P. 스노의 초기작 『수색 *Search*』은 여전히 가치 있는 작품이다. 때로는 과학 소설이 아주 근접한 역할을 한다. 이런 희귀함 때문에 『파인만 씨, 농담도 잘 하시네 *Surely You're Joking, Mr. Feynmen*』(1985)에 나오는 리처드 파인만의 떠들썩하고 재치 있는 자기 묘사는 (물리학과 천체물리학의 용어를 빌리자면) '특이점'이 되었다.

환상적 재능의 이론가이자 계산가였던 파인만은 벤저민 프랭클린이나 토머스 에디슨처럼 현실적인 것에 대한 예리한 이해, 메커니즘에 대한 통찰력─"이게 어떻게 작동하지? 더 잘 작동하게 만들 수는 없을까?"─이 있었다. 파인만은 20대 초기부터 스승들에게 이야기를 했다. 존 휠러, 헨리 노리스 러셀, 존 폰 노이만, 볼프강 파울리가 파인만의 이야기를 들으러 모였다. 아인슈타인도 왔다. "이 '괴물 같은 두뇌들'이 내 앞에서 기다리고 있다!" 하지만 기적이 일어난다. "내가 물리학을 생각하면서 설명에 집중할 때, 머릿속에 다른 것은 전혀 들어오지 않아서 불안할 이유도 없다. 일단 이야기를 시작하면 나는 방에 누가 있는지도 몰랐다. 그저 이 아이디어를 설명할 뿐이었다." 프린스턴 대학과 로스앨러모스 국립연구소에서는 거인들을 가깝게 만날 수 있었다. 하지만 파인만에게 영감을 준 것은 공식적 가르침보다 그들과의 협력이었다. 실험이 그를 가르쳤다. 폰 노이만과 계곡을 산책하거나, 닐스 보어의 검토자 역할을 할 때에도, 파인만은 위대한 과학자들의 말을 '자명하게prima facie' 여기지 않고 불경한 독창성을 추구했다. 그런 뒤 그가 유명한 교사가 되었다. "나는 가르치는 일 없이는 살 수 없을 것 같다." 하지만 그 동기는 심리적이었다. 연구가 벽에 부딪힐 때 "약간의 기여"를 해야 한다는 강박 때문이었다. 파인만은 그림을 배우면서, 물리학에는 "많은 기술─많은 수학적 방법—이 있어서 우리는 학생들에게 일하는 방법을 계속 말한다. 반면에 미술 교사는 학생에게 말하기를 두려워한다…… 그들은 학생을 특정 방향으로 밀고 가려고 하지 않는다. 그래서 미술 교사는 지시 대신 삼투만으로 그림을 가르치는 게 문제고, 반대로 물리학 교사는 물리학 문제를 풀 때 그 정신이 아니라 기술만 가르치는 게 문제다." 성 아우구스티누스라면 거기 공감했을 것이다.

일반인에게 자기 분야의 수수께끼를 맛보게 해줄 수 있는 수학자는 그보다도 훨씬 드물다. 로랑 슈바르츠의 뛰어난 자서전 『시대와 싸운 수학자*Un Mathématicien aux prises avec la siècle*』(1997)는 사회 정의와 정치적 행동 관련 내용도 있지만 상당한 수준의 대수학적 수해력을 전제한다. 스타니스와프 울람의 『수학자의 모험*Adventures of a Mathematician*』(1976)은 조금 더 수월하다. 울람은 전쟁 전 폴란드에서 공부하던 시절을 어지럽고도 즐겁게 회상한다. 그 시절 수학과 형식 논리학—이 두 분야의 경계가 불분명해서 성과가 좋았다—에서 폴란드에 필적할 만한 나라는 별로 없었다. 울람의 책에는 학생이 진정한 장래성을 보여준 뒤 교사와 학생이 창조적 친밀 관계를 이루는 내용이 나온다. 울람은 대학 신입생 시절 이미 카지미에시 쿠라토프스키, 스타니스와프 마주르 같은 혁신적 수학자 집단과 밀접하게 교류했다. 파인만의 용어를 빌리면 '삼투'가 중요한 역할을 했다. 울람은 공강 시간마다 교사들의 연구실에서 그들의 난해한 기술을 거의 잠재의식적으로 흡수했다. 스승이 제자에게 주는 결정적인 선물은 아직 증명되지 않은 가설, 문제, 정리다(어떤 스승은 제자들에게 무의식적 또는 악의적으로 사소하거나 해결 불가능한 과제를 주었다는 음침한 소문들도 있다). 서로 협력해서 탐색하는 경우도 많고, 학생이 혼자 씨름할 때도 있다. 울람은 대학 신입생 시절에 집합 이론과 집합 변환의 문제를 풀었다. 논문이 발표되었다. 중부 유럽 및 동유럽 전통에서는 카페가 빠질 수 없다. 17시간을 이어진 한 모임에는 울람, 마주르, 그리고 저명한 대수적 위상수학자 스테판 바나흐가 참여했다. ('공간'에 자기 이름이 붙는 것 — '바나흐 공간' — 은 누구에게라도 매혹적인 일일 것이다.) 울람은 또 나치에 의해 많은 스승이 죽고 폴란드 지식인 사회가 계획적으로 파괴된 일도 서글프게 회상한다.

슈바르츠와 울람 모두 — 이들은 나중에 로스앨러모스에서 원자 폭탄을 만드는 데 중요한 역할을 한다[*] — '순수한' 수학 가설과 해법이 경험적, 정치적 운명을 바꿀 수 있다는 역설

---

[*] 슈바르츠에 관해서는 저자의 착오다. 슈바르츠는 2차 대전 때 자신이 유대인이라는 사실을 은폐하고서 스트라스부르 대학에서 가르치며 살아남았다. 따라서 로스앨러모스 계획에는 참여하지 않았다.

을 잘 알았다. 우리 세계를 변화시킨 입자 물리학과 정보 이론은 한때 난해하고 공상적인 유희로 여겨졌던 수학적 도구를 사용한다. 아인슈타인의 상대성 이론에서, 또 핵무기 개발로 이어진 질량과 에너지의 등가성에서 텐서 미적분이 행한 (자주 간과되지만) 중추적인 역할을 생각해보라. 하지만 수학자들에게 요구되는 지적 집중과 일상성 초월의 정도가 워낙 크다 보니 ―울람은 여섯 시간 동안 꼼짝 않고 집합 이론의 미해결 문제 하나를 풀던 일을 회상했다― 그들에게는 정치적·사회적 문해력이 뒷전이 되기도 한다. 그래서 제자들에게 인간적 의무의 폭넓은 지평을 인식시켜 주려고 한 슈바르츠나 안드레이 사하로프 같은 스승이 특별한 것이다.

아리스토텔레스는 논리학, 인식론, 정치학에 근본적인 기여를 했다. 칼 포퍼도 마찬가지다. 세 번째가 있었나?

포퍼가 런던정경대학에서 한 화요일 오후의 세미나는 전설이 되었다. 참가자와 청강생들은 많은 일화를 남겼다. 조셉 애거시의 『철학자의 제자 : 칼 포퍼의 연구실에서 *A Philosopher's Apprentice : In Karl Popper's Workshop*』(1993)는 히스테리한 상처가 가득하고 자화자찬도 넘치지만, 그럼에도 불구하고 높은 가치가 있다. 두 남자는 1953년부터 1960년까지 긴밀한 사이였다. 제자는 유대인 방식으로 "철학자"(특징적인 명칭) 스승을 선택하고 찾아갔다. "내가 철학자와 가까이 지낸 몇 년은 내 인생 전체에서 가장 중요했다. 그의 가르침을 받으며 나는 학교 생활을 마쳤다. 그것은 실패와 고통 속에 시작했고, 그의 도움과 지도를 통해 기쁨과 진전으로 끝났다. 나는 그에게서 글을 쓰거나 쓰지 않는 법, 논쟁을 하거나 하지 않는 법, 중요한 것과 그렇지 않은 것, 자기 일에 최선을 다하는 법을 배웠다. 철학자와 함께한 수련 시절은 의심할 나위 없이 내 인생에서 지적으로 가장 흥미로운 시기였다." 하지만 애거시는 처음부터 고통스러운 금지에 부딪혔다. 칼 선생님은 "윤리 문제가 나오면 반드시 논의를 피했다. 논의할 용의가 있다고 엄숙하게 말하면서도 윤리 문제가 정작 나오면 외면했다. 그래서 내게는 단순한 선택만 남았다. 떠나거나 아니면 남아서 싸우며 내가 이제는 수련생이 아니라는 것을 거듭 알려주는 것뿐이었다." 이 선택은 당연히 단순하지 않았다. 지리적 거리도 ―애거시는 다른 여러 나라에서 교수 생활을 했다― 철학적·개인적 교류의 중단도 제자의 고통을, 스승의 인정과 신뢰를 원하는 갈망을 누그러뜨리지 못했다. 하지만 애거시 교수는 차이를 구별하려고 했다. "나는 우리의 우정이 깨지는 것은 원하지 않았다. 내가 원한 것은 우리의 사제 관계가 깨지는 것이었다. 하지만 결과는 그 반대였다." 제자는 숨 쉴 공기를 얻고자 분투했다. "나는 스승―그 말의 아주 오랜 의미로―이었던 철학자에게서 수련을 받았다. 그는 스승으로서 나를 가르쳤다. 나는 제자로서 그를 위해 일했다. 공정한 거래였고, 당시 나는 만족했다. 그 이상은 원하지 않았다…… 내가 스스로 선택해서 그에게 갔기 때문에 내 운명은 내 책임이었다…… 하지만 나는 스승의 속편이 되기로 약속하지는 않았다. 그가 은퇴하면 그의 자리에 들어가려는 계획은 내게 없었다. 하지만 예전에는 제자들이 대개 그렇게 하고, 스승의 딸과 결혼도 했다는 걸 안다."

제자들 사이의 혹독한 경쟁으로 문제가 복잡해졌다(동료 제자들은 이후 애거시의 책을 반박했다). 비범한 인식론 학자이자 논리학자인 임레 라카토시는 분노한 애거시에 따르면 "이아고가 아니라 스탈린"을 본받는 것처럼 행동했다—라카토시의 헝가리 시절 행적이 모호한 것을 염두에 둔 고약한 비교다. 세미나는 젊은 야심가들의 경쟁적 음모와 모략으로 들끓었던 것 같다. 실제로 포퍼가 피터 메더워나 에른스트 곰브리치 같은 청강자들 말고 다른 누구를 자신과 대등하게 여겼을 것 같지는 않다. 그와 비트겐슈타인의 격론은 우화가 되었다. 세미나 참석자들은 거의 예외 없이 스승의 독백을 검토해주어야 했는데, 그 업무량은 엄청났다.

"철학자는 일 년에 최소한 360일을 밤낮없이 일했다." 포퍼는 『열린 사회와 그 적들』을 서른 번 고쳐 써서, 다섯 개의 완전한 버전이 있다고 말했다. 그는 일주일 내내 새벽부터 밤까지 일했다. "건강 문제로 규칙적으로 일할 수 없을" 때는 논리 문제를 천착했다. 그는 조셉 애거시가 자신의 전기를 쓸 것이라 여겼다(여기에 대해서는 반론도 있다). 하지만 포퍼가 "나를 조종하기 시작했을 때 나는 우리 관계를 완전히 바꾸기로 결심했다." 철학자는 주변에 불만을 표출했다. 관계는 실망과 "배은망덕한 이별"로 끝났다. 이것은 익숙한 모티프다. "스승에 의해 추방당한" 애거시는 스승에 대한 두려움에 마비된 다른 제자들보다 자신이 포퍼의 가르침을 더 잘 이해할 수 있다고 여긴다.

칼 포퍼의 이기주의는 이해할 만한 실망감 때문이었다. 획기적 저서 『탐구의 논리 *Logik der Forschung*』는 1935년에 나왔다. 하지만 1959년 영어판이 출간된 뒤에야 약간의 인지도를 얻을 수 있었다. 포퍼는 자신만 못하지만 더 인정받는 동시대인들이 자신의 연구를 광범위하게, 하지만 부당하게 가져다 쓰는 데 분개했다. 그는 사회적·학문적으로 가장 각광받는 영국 사상가*—자신과 같은 타국 출신인—는 일시적으로 유행하는 가짜라고 보았다. 그에게 명예와 인정은 아주 늦게 왔다. "철학자"는 당연히 심정적으로도 지성적으로도 너그럽지 않았다. 그가 "의견 변화를 인정하는 일은 드물었고, 범죄 혐의를

---

* 비트겐슈타인을 가리킨다.

인정하듯 비자발적이었다. 비판을 받고 견해를 바꾸는 것은 발전이지만, 은근슬쩍 바꾸는 것은 최악의 지적 범죄라고 말하면서도 그랬다." 20세기에 유대인 철학자이자 정치적 현자가 되는 일, 난민으로 (극소수의) 동료에게 오래도록 도움을 받는 일은 그에게 파괴적인 영향력을 미쳤다. 애거시는 자신의 책이 "음울한 기록"이라는 것을 알았다. 그는 스승의 "폭발적인 무례", "엉터리 재판", 그리고 1964년 최종 결별 직전에 배신자라고 비난받은 일의 고통을 극복하지 못했다. 그는 "복수가 목적이 아니라고 말해봐야" 소용없다는 것을 알지만, 칼 선생님에게 피해가 가는 것을 원치 않는다고 말한다.

비극 뒤에 사튀로스 극. 라이벌이었던 포퍼와 비트겐슈타인의 만남에는 폭력의 위협이 있었다. 외젠 이오네스코의 『수업 *La Leçon*』은 살인으로 클라이막스에 이른다. 이 섬뜩한 소극은 우리가 도입부에서 본 플라톤의 『메논』과 대조된다. 작품의 탁월성은 이오네스코의 속도 조절, 자위와 사정의 리듬을 실은 언어에 있다. 어두운 슬랩스틱은 가르치는 과정의 심부에 얽혀 있는 에로스와 사디즘, 성적 굴욕과 해방을 보여준다. 이오네스코에게 늘 핵심적인 주제인 권력 관계와 그 집행이 광기의 수준까지 올라간다. 교수의 사디즘은 하녀의 엄격한 감시 아래서 마조히즘을 향해 기운다(스트린드베리와 자리Jarry의 느낌). 살인을 향한 몽환적 전환은 가장 위험한 과목인 문헌학을 통해서 온다. "문헌학은 최악의 길을 열어준다." 문법과 그 비합리적 복잡성은 권위를 상징한다. 똘똘하지 않은 프롤레타리아 출신 학생은 그 지배적 수단이 없다. 번역으로는 제대로 전할 수 없다.

our apprendre à prononcer, il faut des années et des années. Grâce à la science, nous pouvons y arriver en quelques minutes. Pour faire donc sortir les mots, les sons et tout ce que vous voudrez, sachez qu'il faut chasser impitoyablement l'air des poumons, ensuite le faire délicatement passer, en les effleurant sur les cordes vocales qui, soudain, comme des harpes ou des feuillages sous le vent, frémissent, s'agitent, vibrent, vibrent, vibrent ou grasseyent, ou chuintent ou se froissent, ou sifflent, sifflent, mettant tout en mouvement; luette, langue, palais, dents······

(발음법을 배우려면 몇 년이 필요해. 학문 덕분에 그것을 몇 분 만에 배울 수 있지. 그래서 단어, 소리, 우리가 원하는 게 나오게 하려면 폐의 공기를 가차 없이 내몰고, 이어서 그것이 성대를 스치며 부드럽게 나가게 해야 해. 그때 성대는 하프처럼 또는 바람 속 나뭇잎처럼 흔들리고, 움직이고, 떨고, 떨고, 떨거나, 목젖으로 R 소리를 내거나, '슈' 소리를 내거나, 움츠러들거나, 휘파람 소리, 휘파람 소리를 내면서 목젖, 혀, 입천장, 이빨

등 모든 것을 움직이지……)

　"이빨," 젊은 여학생은 34번이나 치통을 호소하지만 소용없다. 선생님은 학생이 원하건 원치 않건 가르치고 연습시킨다. 질문은 이상한 나라에서 하얀 여왕과 붉은 여왕이 앨리스에게 가하는 고문에 비슷해진다. 연쇄적 아첼레란도Accelerando가 병적 흥분 수준에 이른다.

　　Je vous appelais pour aller me chercher les couteaux espagnol, néo-espagnol, portugais, français, oriental, roumain, sardanapali, latin et espagnol…… Il suffira que vous prononciez le mot "couteau" dans toutes les languages, en regardant l'objet, de très près, fixement, et vous imaginant qu'il est de la langue que vous dites.

　　(내가 자네를 부른 건 나한테 스페인어, 신스페인어, 포르투갈어, 프랑스어, 동방어, 루마니아어, 사르데냐-나폴리어, 라틴어, 스페인어의 칼을 찾아오라고 시키기 위해서였어…… 자네가 그 모든 언어로 "칼"이라는 말을 발음할 수 있으면 돼. 그 물체를 옆에서 뚫어지게 바라보면서, 그리고 그것이 자네가 말하는 그 언어로 되어 있다고 생각하면서 말이지.)

　시체는 치워지고 초인종이 울린다. 하녀가 말한다.

Vous êtes la nouvelle élève? Vous êtes venue pour la leçon? Le Professuer vous attend. Je vais lui annoncer votre arrivée. Il descend tout de suite! Entrez donc, entrez, mademoiselle!

(새로 온 학생인가요? 수업을 받으러 왔죠? 교수님이 기다리십니다. 제가 교수님께 알려드릴게요. 금방 내려오실 거예요! 들어오세요, 마드무아젤!)

이런 파국, 이런 순환의 자동성은 니체가 말한 "영원 회귀" 원칙의 패러디일까?

* * *

포퍼의 인식론은 창조적 오류와 반증 가능성이 핵심이다. 어떤 방식, 어떤 목적으로 오류를 가르치고 기만을 전수할 수 있을까? '기만자', 합리적 사고와 반증을 좌절시키는 악마는 데카르트의 숙고를 그늘지게 한다. 결국 진실하기에 '교육 가능한' 현실을 보증하는 것은 신의 사랑뿐이다. 데카르트가 신의 스승직의 신뢰성에 도전한 것은 빛을 향한 도약이었다. 그것은 증명할 수 없다. 오류의 스승, 제자를 고의로 오도하는 문제는 정밀한 구별이 필요하지만, 미묘한 차이와 회색 지대는 넘쳐난다.

　스승은 '아닌 것'을 공언할 수 있고, 그것은 이미 스위프트가 비존재와 비실재와 관련된 명제들에 온갖 파르메니데스적, 아리스토텔레스적 질문을 제기한 영역이다. '알면서' 거짓을 가르치는 일은 가능하다(이 문장의 패러독스를 보라). 설득을 위해, 정치적 악의나 냉소적 장난을 위해, 또 신과 그 세계 질서에 반항하기 위해 오류를 가르치는 일은 가능하다. 사탄, 밀턴의 타락한 대천사, 마법사 시몬과 메피스토펠레스의 광대한 영토가 여기다. 세속에서는 우리가 보았듯, 소피스트들이 언어가 존재론적 견고함, 실질적·확증적 존재와 갖는 상응 관계를 해쳤다고 비난받았다. 하지만 헤겔은 이 소피스트들이 바로 그리스 문화와 교육술을 태동시킨 자들이라고 단호하게 말한다(소크라테스도 소피스트 아니었던가?). 선전은 거짓을 가르친다. 이념은 정치적, 사회적, 인종적 자료를 고의적으로 조작한다. 이슬람교는 순교자들에게 내세에 가면 72명의 처녀가 그들을 기다린다고 가르친다. 하지만 명확한 사례는 드물고, 반박은 어렵다. 정밀과학에서도 라카토시, 파이어아벤트 같은 평자들은 포퍼의 '결정적 실험experimentum crucis'과 입증 가능성 기준에 의문을 제기했다.

　오류의 전달은 비자발적, 부수적, 일시적일 수도 있다. 그 폭과 강도는 다양하다. 스승이 아직 새 소식과 수정된 텍스트를

접하지 못한 경우도 있다. 검열도 작용한다. 오류는 수 세기 동안 악의 없이 이어질 수도 있다. 최고의 정직성을 지닌 자들이 프톨레마이오스의 우주론이나 플로지스톤 연소 이론을 믿고 가르쳤다. 반면에 오늘날 아이들에게 지구 평면설을 가르치거나 진화론을 비방하는 근본주의자들에 대해서 우리가 뭐라고 하는가? 하지만 신중함이 필요하다. 현재의 우주론, 물리학, 생물유전학의 정설이 계속 유효할까? 드물지만 수학조차 수정이 필요하다. 유클리드 기하학의 특정 공리는 넓은 의미로 볼 때 비유클리드 기하학으로 반박되었다. 우리는 이런 다양한 오류의 역사에 왜곡, 악의의 낙인을 찍지 않는다. 부수적인 믿음은 변화한다. 모든 가르침은 임시적이다. 그것은 이의 제기에 열려 있어야 한다. 소피스트들에게 그런 이의는 그것이 도전하는 명제 못지않게 유효했다. 합리주의자, 자유주의적 사회개량주의자들은 그것을 더욱 포용적이고 생산적인 가설로 나아가는 걸음으로 여긴다. "틀린 스승들"이라는 주제는 아직 탐구되지 않았다. 성서는 두 가지 경우만 기록하고 있다. 하나는 사마리아의 스승이고(사도행전 8장 9~24절), 다른 하나는 키프로스의 스승이다(사도행전 13장 6~12절).

내가 확신하는 것은 제자에게 '고의로' 비진리 또는 비인간성을 가르치는 (두 가지는 똑같다) 스승은 용서 불가능한 범주에 들어가야 한다는 것이다. 하지만 이런 어두운 분위기로 책을 마치고 싶지는 않다.

막스 베버는 1918~19년 겨울 뮌헨에서 "직업으로서의 학문"(독일어 Wissenschaft는 아주 포괄적인 의미의 '공부'와 '지식'을 가리킨다)이라는 강의를 했고, 그것은 제대로 기록되지 않았는데도 고전이 되었다. 유럽은 망가졌다. 높은 문명, 지적 추구—특히 독일 대학들이 그 수호 역할을 했다—는 재난을 막을 힘이 없었다. 학자, 교사의 직분이 다시 위신을 회복하고 존경받을 수 있을까? 베버는 유럽의 고등 교육과 학계가 미국화, 즉 기업적 관료주의화할 것을 예견했다. "자본주의적 대형 학술 기획의 수장과 옛날 방식 정교수"사이의 간극은 컸다. 베버가 필수적이라 여긴 학술-과학 연구와 가르침의 통일은 위험해졌다. 새로이 시행되는 승진 기준은 의심스러웠다. "학생들이 특정 교사에게 몰리는 일은 놀라울 만큼 많은 정도가 기질이라든가 목소리 어조 같은 피상적 요소에 따라 결정된다. 나는 많은 경험과 숙고의 결과로 (물론 피할 수 없지만) 대규모 청중을 의심한다. 민주주의는 어울리는 자리가 있다. 학문적 훈련은, 독일 대학의 전통을 따른다면 특정한 유형의 지적 귀족정이다."

게다가 이런 전통에 대한 위협은 '비센샤프트' 자체에도 내재해 있다. 우리 문화는 전문화 과정을 토대로 출발했고, 거기서 벗어날 길은 없다. 외부자, 다방면의 박식가는 무력하다. 어떤 의미로 보면 이런 초점의 협소화는 훌륭한 일이다. "스스로에게 눈가리개를 채울 능력, 자기 영혼의 운명은 어떤 원고의 특정 구절에 대한 자신의 해석이 옳은지에 달려 있다고 믿을 능력이 없는 사람은 학문과 학계에서 이방인이 될 것이다." '이런 희귀한 도취'를 경험할 능력이 없는 사람은 다른 분야에 가야 한다. 하지만 이런 전문화는 불모화로 이어질 수도 있다. '딜레탕트', 잡학에서 주요한 가설과 통찰이 나올 수도 있다(예: 선문자 B의 해석). 영감은 프로그램될 수 없다. 중대한 통찰은 "그것이 만족스럽지만 우리 욕망을 고려하지 않을 때" 이루어진다. 인문학이건 과학이건, 사업 행위건 예술 행위건, 창조적 성취는 플라톤이 말한 "광기"에서 온다. 하지만 과학자는 자신의 발견이 일시적이라는 것, 자신은 스스로 그의 수고를 지우고 수정해나가는 발전의 하인임을 인정한다. '완성'은 예술에서만 가능하다. 예술은 후대의 성취가 선대의 성취를 폐기하지 않기 때문이다. 과학자와 학자는 희생적 이상에 전념한다.

마르틴 하이데거의 〈총장 취임사〉는 의도적이건 아니건, 막스 베버의 금욕적 고결함에 대한 반박이었다. 그것의 문장은 이미 살펴본 것처럼 너무 복잡하고 거의 비전적이라 그 해석은 위험하고 끝도 없을 것이다. 하지만 그가 학업과 가르침, 대학 '전체in toto'를 '민중Volk'의 운명 및 나치 혁명의 요구와 동일시한 것은 분명하다. 칸트와 베버가 말하는 관조적 정신성은 사치가 되었다. 새로운 스파르타에서 스승들은 '한 스승 아래의 스승들'일 뿐이다. 제자들은 큰 스승의 북소리에 맞추어 행진한다. 시학조차 육체적 행동을 말하는 어원*으로 돌아간다. 이 두 텍스트는 각자 나름대로 웅대하다. 하지만 하이데거가 복종과 제자 직분을 찬양한 데는 야만의 기미만 있는 것이 아니다. 그 결과로 예이츠가 말하는 "신의 성스러운 불길 속에서 있는 현자들"(책이 불태워진 학자들)의 이미지는 지독한 현실이 되었다. 물론 그 공포도 사라지지 않았다.

---

* 시학(poetics, 그리스어 poietikos)은 '만들다'는 뜻의 그리스어 'poiein'에서 유래했다.

맺음말

* * *

내가 여기 그려 보인 사제 관계의 계통이 지속될까?

지식과 기술을 전달할 필요성과 그것을 습득하려는 욕망은 인간 조건의 상수다. 사제 관계, 가르침과 습득은 사회가 존재하는 한 이어질 것이다. 우리가 아는 인생은 그것 없이는 존속하지 못한다. 하지만 지금은 중대한 변화가 일어나고 있다.

우리 행성의 일에서 과학과 기술이 차지하는 압도적 역할과 권위는 경제적·실용적 차원을 뛰어넘는다. 그 지각 변동적 움직임, 무게 중심의 이동은 성인의 정신에서 종교적 세계관이 부식된 것만큼 막대한 영향을 미치고, 그 부식 역시 정확히 과학의 권위가 오르면서 일어난 것이다. 나는 이미 많은 에너지와 지성이 다른 어떤 기획보다 과학에 투자되고 있다고 언급했다. 이 새로운 평형은 일반화될 것이다. 컴퓨터 사용, 정보 이론과 검색, 인터넷의 편재성과 글로벌 웹은 기술 혁명의 수준을 뛰어넘는다. 그것들은 인식, 인지 및 표현 방식, 우리가 아직 측정하지 못하는 상호적 감각의 변화를 수반한다. 그것들은 다중 터미널과 시냅스에서 우리의 (상사 기관일지 모르는) 신경계 및 대뇌 구조와 연결될 것이다. 소프트웨어가 인체에 내장될 것이고, 의식의 틀이 달라져야 할지도 모른다.

학습 과정에도 이미 중대한 변화가 나타나고 있다. 어린 학생들은 콘솔 게임기를 통해 새로운 세계로 들어간다. 컴퓨터 작업을 하는 학생과 웹을 서핑하는 연구자도 마찬가지다. 협력적 교환과 토론, 기억 저장, 즉시 전달, 시각적 표현의 조건은 이미 '비센샤프트'의 여러 영역을 재조직했다. 스크린은 인간 교습자보다 정확하고 명료하고 끈기 있게 가르치고, 검토하고, 시연하고, 소통할 수 있다. 그 자원은 원하는 만큼 널리 보급할 수 있다. 그것은 편견도 피로도 모른다. 제자는 질문, 반대, 대답할 수 있고, 그 변증법의 교육적 가치는 구술 담론을 능가할지도 모른다.

그에 대한 반발처럼, 치유적 현인, 구루, 세속적 샤먼에 대한 수요가 특히 불면증에 시달리는 서구에 널리 퍼졌다. 신앙 치유자, 오컬트 전파자, 영적 '콘실리에레consigliere'— 본래 '마피아의 조언자'를 가리키는 이 말은 아주 적절해 보인다— 각종 돌팔이가 지금보다 많았던 적이 없다. 나는 '오리엔탈리즘'과 신비주의가 사이비가 많지만 부정할 수 없는 물결을 이루는 것을 언급했다. 하지만 이보다 훨씬 더 큰 영향을 미치는 것은 정신분석 네트워크, 스승들의 경쟁, 의존하는 제자들의 공동체로, 이들은 우리 언어와 관습의 많은 영역을 물들이고 있다. 여기서는 사제지간의 고전적 모티프가 허술한 가면을 쓰고 넘쳐난다. 뉴에이지, 프로이트 이후의 풍조는 어떤 면에서는 소크라테스 전대와 비슷하다. 피타고라스와 엠페도클레스가 본다면 익숙함을 느낄 것이다.

소명을 받은 교사의 카리스마적 아우라, 교육 행위 속 인물의 로맨스는 지속될 것이다. 하지만 진지한 수준에서 이런 것이 적용될 영역은 점점 줄어들 것이다. 지식과 '방법지techne'의 전파는 점점 다른 수단과 방법에 의존할 것이다. 인간적 충성과 배신, 차라투스투라의 사랑과 반역의 율법—한쪽이 다른 한쪽을 강력하게 요구하는—은 전자 시대에는 어색한 일이다.

여자 스승들은 뛰어났지만 극소수였다. 시라쿠사, 아테네, 안티오케이아부터 여자 제자는 많았다. 이런 '인구 구성'은 이제 변하고 있다. 문학과 현대어 분야는 이미 여학생이 남학생보다 많다. 인문학 전 분야에서 여성화가 이루어지고 있다. 여자들은 과학 기술 분야에서도 마땅한 양지의 자리를 얻기 위해 싸우고 있다. 사제 관계에 내재된 가부장적 구조가 쇠퇴하고 있다. 성 정체성과 성 경계도 흐려지고 있다. 어쨌건 우리가 지금껏 살펴본 충성과 배신, '권위auctoritas'와 반역, 모방과 경쟁의 구조는 변할 수밖에 없다. 여자 스승은 남자 제자에 대해서 —'제자'라는 말조차 새로운 울림을 띨 수 있다— 새롭고 복잡한 반응, 기대, 상징 활동을 하게 될 것이다. 그에 대해 남자 제자는 충실하면서도 어떤 의미로는 중립적인 태도에 이르게 될 것이다. 여자 스승의 여자 제자들은 (상황을 복잡하게 만드는 에로틱한 면을 완전히 무시한다고 해도) 단순하면서도 불안정한 상황에 놓일 수 있다. 지금까지 관련 문헌은 희소하고 주변적이다. 나는 나디아 불랑제와 시몬 베유의 경우를 예로 들었다. 아이리스 머독의 소설에도 징후가 있다. 자료는 늘어날 것이다. 하지만 아직은 이런 전례 없는 가치와 긴장 관계에 대해서 추정만 할 수 있을 뿐이다.

세 번째 변화가 가장 중요하다. 이것은 정의하기 가장 어려운 것이기도 하다. 인종적 맥락이나 해당 문명과 무관하게 사제 관계는 종교 경험에 뿌리를 내리고 있다. 스승의 가르침의 원천은 신관神官의 가르침이다. 그 가르침이 소크라테스 전대와 고전 시대 철학으로 변모하는 일은 거의 눈에 띄지 않았다. 중세와 르네상스 시대 스승은 공식적으로 신학 박사, 말하자면 토마스 아퀴나스 또는 성 보나벤투라의 이름을 단 석좌 교수직이었다. 신학적 유산은 약해졌지만, 그 관습은 세속적 현대 사회 전반에 남아 있었다. 이런 정신의 형식과 관습을 지탱한 것은 무조건적이고 자명한 존경이었다. 자신의 '스승Maître'을 존경하는 것은 본유적이고도 자연스러운 관계 규약이었다. '존경'과 경의가 시들어도 그것과 밀접한 관계인 존중과 자발적 복종은 남아 있다. 서구에서는 아리스토텔레스와 키케로까지 거슬러 올라가는 어떤 의미로 보면, 그 역학은 찬탄을, 그리고 스승의 위상과 그가 자신을 제자로 받아준 데 대한 자부심을 담고 있다. "유명하신 스승님이 고요한 죽음 속에 / 우리 어깨에 누워 계신다……"

나는 현 시대를 불경의 시대라고 부르고 싶다. 이 근본적 변화의 원인은 정치 혁명, 사회 격변(오르테가의 악명 높은 "대중의 반역"), 그리고 과학에 필수적인 회의주의다. 존경은 고사하고 찬탄도 유행이 지났다. 우리는 시샘, 명예 훼손, 하향 평준화에 중독되어 있다. 우리의 우상이 되려면 빈 머리를 보여야 한다. 숭배의 대상은 운동 선수, 가수, 돈 사냥꾼, 범죄 수괴들이다. 미디어에 넘쳐나는 유명세celebrity는 명성fama과 반대되는 것이다. 축구 슈퍼스타의 이름을 새긴 유니폼을 입는 것과 가수의 헤어스타일을 따라하는 것은 제자라는 직분의 수행과 반대되는 일이다. 이에 상응해서 현자의 개념도 우스꽝스러운 것에 가까워졌다. 사람들의 의식은 포퓰리즘과 평등주의로 기울거나 그렇게 시늉한다. 엘리트에 대한 지향, 막스 베버가 말한 지적 귀족정 선언은 민주주의적 대량 소비 사회에서 금지어에 가깝다(물론 민주주의가 최고의 해방, 투명성, 희망의 제도이기는 하다). 존경 행위는 종교적, 의례적 영토의 먼 기원으로 귀환하는 일이다. 하지만 세속적 관계를 지배하는 어조는 도전적 무례함이고, 그것은 특히 미국적 특징을 자주 보인다. "늙지 않는 지성의 기념비들"도 우리의 두뇌도 아마 낙서로 덮여 있을 것이다. 학생들은 누구의 문 앞에서 일어서는가? 1968년 5월 소르본 대학의 벽에 꽃피어난 구호 하나는 '교사 확충Plus de Maîtres'이었다.

과학주의, 페미니즘, 대중 민주주의와 미디어. '스승의 가르침'이 이 거대한 돌진을 뚫고 살아남을 수 있을까?

나는 형태는 지금으로서는 예견할 수 없게 달라지더라도 결국 그리리라고 본다. '지식을 향한 욕망libido sciendi', 이해를 향한 갈망은 최상의 인간들에게 새겨져 있다. 교사의 소명도 마찬가지다. 이보다 더 특권적인 직능은 없다. 다른 인간에게서 자신을 뛰어넘는 힘과 꿈을 깨우는 일, 다른 인간 안에 자신이 사랑하는 것에 대한 사랑을 일으키는 일, 자신의 내적 현재를 그들의 미래로 만드는 일은 무엇과도 비교할 수 없는 삼중의 모험이다. 옛 제자들이 퍼져나가는 것은 늙은 나무의 푸른 부분이 가지를 내는 것과 비슷하다(내가 가르친 학생들은 5개 대륙에 퍼져 있다). 본질적인 것의 하인, 전달자가 되는 일은 비길 데 없는 기쁨이다. 일급 창작자나 발견자가 얼마나 드문지 알기 때문이다. 소박한 수준의 교육—학교 교사 수준—에서도 잘 가르치는 일은 초월적 가능성을 품고 있다. 뒷줄의 말썽꾸러기도 깨우치면 수 세기를 가는 시를 쓰거나 정리를 추론할지 모른다. 고삐 풀린 수익을 추구하는 사회, 교사를 대우하지 않는 사회는 결함 있는 사회다. 근본적 아동 포르노는 그것일지 모른다. 사람들이 맨발로 스승을 찾는 곳에서는(하시디즘의 흔한 비유) 영혼의 생명력이 지켜진다.

우리는 스승 직분에 오류가 있을 수 있고, 질투, 허영, 오류, 배신이 불가피하게 끼어드는 것을 보았다. 하지만 그 갱신되는 희망, 불완전한 경이는 우리를 인간의 '위엄dignitas'을 향해 돌려세워서, 더 나은 자신에게 귀환시킨다. 아무리 편리한 기계적 수단도, 아무리 의기양양한 물질주의도 우리가 스승을 이해했을 때 경험하는 여명을 없앨 수는 없다. 그 기쁨이 죽음의 고통을 덜어주지는 않는다. 하지만 그것이 낭비되는 일은 분노를 일으킨다. 또 한 번의 수업을 받을 시간이 없는가?

이 책의 논점은 시로 마무리해야 할 것 같다. 내가 제기하려고 한 문제를 니체보다 더 깊이 생각한 사람은 없다.

Oh Mensch! Gib Acht!

Was spricht die riefe Mitternacht?

"Ich schlief, ich schlief — ,

"Aus tiefem Traum bin ich erwacht: —

"Die Welt ist tief,

"Und tiefer als der Tag gedacht,

"Tief ist ihr Weh — ,

"Lust — tiefer noch als Herzeleid:

"Weh sprich: Vergeh!

"Doch alle Lust will Ewigkeit — ,

" — will tiefe, tiefe, Ewigkeit!"

오 인류여! 잘 들어라!

깊은 밤이 뭐라고 말을 하는지?

"나는 잠을 잤다, 잠을 잤다―,

"나는 깊은 꿈에서 깨어났다:―

"세상은 깊다,

"낮이 생각한 것보다 깊다.

"세상의 고통은 깊다―,

"욕망―심장의 고통보다도 더 깊다:

"슬픔이 말한다: 사라져라!

"하지만 모든 욕망은 영원을 추구한다―,

"―깊고 깊은 영원을 추구한다!"

서툴게 번역을 시도해 보았다. 이미 말러가 눈부신 번역의
사례를 남겼다는 걸 생각하면 더 한층 무용한 일이기도 하다.*
말러와 니체, 스승과 스승이 대치한 예라고 해야 할까.

---

* 말러의 3번 교향곡 4악장에 니체의 이 시에 곡을 붙인 노래가 나온다.

옮긴이 | 고정아

연세대학교에서 영문학을 공부하고 현재 번역가로 활동 중이다. 『전망 좋은 방』 『하워즈 엔드』 『순수의 시대』 『오만과 편견』 『토버모리』 『플래너리 오코너 단편선』 『오 헨리 단편선』 『몰타의 매』 등의 문학 작품을 비롯해 『히든 피겨스』 『로켓 걸스』 등의 인문 교양서와 아동서 등 250여 권의 책을 우리말로 옮겼다. 『천국의 작은 새』로 2012년 제6회 유영 번역상을 받았다.

가르침과 배움

초판 1쇄 발행 2021년 10월 5일

지은이 조지 스타이너
옮긴이 고정아

펴낸곳 서커스출판상회
주소 경기도 파주시 광인사길 68 202-1호(문발동)
전화번호 031-946-1666
전자우편 rigolo@hanmail.net
출판등록 2015년 1월 2일(제2015-000002호)

ISBN 979-11-87295-61-7 03800